岩 波 文 庫

31-106-6

子 規 居 士 の 周 囲

柴 田 宵 曲 著

岩 波 書 店

目　次

I　子規居士の周囲

Ⅱ　明治俳壇の人々

Ⅰ　子規居士の周囲

はしがき

その人の一生を叙するにとどまらず、歿後に及び周囲に亙るのが、近時の伝記の一傾向のようである。昨年三月三省堂から「子規居士」を出し、今復《また》この書を公にするのは、その顰《ひそみ》に倣ったかに見えるが、決してそういうわけではない。前著に於《おい》て十分に意を悉し得なかった居士と周囲の人々との交渉を、寧《むし》ろ漫然と書きつらねて行ったに過ぎぬ。従ってこの内容は、居士をめぐる人々の列伝にならぬのみならず、居士との交渉の一切を描いたことにもなっていない。物の外郭なり背景なりを描いて、その実体をはっきりさせる場合があるように、周囲を描くことによって居士の面目を窺おうとしたまでのものである。居士を描き、周囲を描き、併せて相互関係の微妙な消息を伝え得ることになれば幸であるが、実際はその幾分かを現し得たにとどまるであろう。「子規居士の周囲」は「子規居士の拾遺」に通ずると云われても、或《あるい》は弁解の余地が無いかも知れぬ。

最初は居士と周囲の人々との接触の順序により、年代を逐って進むつもりであったが、何かの都合で前後したところも少くない。著者は居士の周囲に於てなお挙ぐべき人を逸しているに拘《かかわ》らず、各人の条に就《つい》て見ると、いささか断面的な記述に終始した嫌がある。鳴雪《めいせつ》翁以下の五氏に関し、比較的細叙を試みたのは、その交渉の上に尋常ならざるものを認めた為であるが、同時にそれによって一巻に多少の変化を与えることになったかと思う。もし他の諸氏に就て同様の記述を敢てしたら、与えられた紙数の範囲に収めることは不可能であったろう。中にはあまり材料が多過ぎる為、殊更に細叙を避けた人さえある。その事は巻中に断って置いたから、ここには繰返さぬことにする。

前著とはなるべく重複せぬように力《つと》めた。少くとも「子規居士」の中で委《くわ》しく述べたところは、出来るだけ簡略に従おうとしたが、もともと独立した書物なので、意の如くならなかった。それが必ずしも著者の特に意を用いた箇所ばかりでないとしたら、謹んで読者の寛恕《かんじょ》を乞わなければならぬ。

著者自身索引を要するような書物とは思わぬ。ただつけて置けば便宜な点があるかも知れぬというので、書肆の希望に任せることにした。それも人名その他の、必要な程度にとどめたことは云うまでもない。

昭和十八年二月五日立春

著者

子規居士の周囲

一

芭蕉の二百年忌に相当する明治二十六年の末から翌二十七年の初へかけて、子規居士が「日本」紙上に連載した「芭蕉雑談《ばしょうぞうだん》」には、第一に「年齢」の項目があって、日本古来の文学者、美術家の年齢を算えている。居士がここに挙げた八十五人のうち、最も多きを占むるものは七十歳以上で、八十歳以上がこれに次ぎ、六十歳以上と五十歳以上と相如き、四十歳以上に至って俄《にわか》にその数を減ずる。この年齢別は更に多くの人物を挙げて来ることによって、或《あるい》は比例の上に多少の差を生ずるかも知れぬが、大体に於《おい》て「古今の歴史を観、世間の実際を察するに人の名誉は多く其《その》年齢に比例せるが如し」という居士の断案を証明しているように思われる。

居士が「芭蕉雑談」の稿を起すに当って、劈頭先《ま》ずこの年齢問題を持出したのは、「人生五十を超えずんば名を成す事難く、而して六十七十に至れば名を成す事甚だ易きを知る」と云い、一転して「千古の大名を成す者を見るに、常に後世にあらずして上世にあり」と論じ、僅々二百余年前に生れた芭蕉が宗教以外の一閑地に立ちながら、一門は六十余州に広まり、弟子は数百人に及ぶほど、多数の崇拝者を有したことに対し、「而して其齢を問へば則ち五十有一のみ」という讃歎の声を繰返さむが為であった。この言葉は居士自身の場合にも、そのまま当嵌るような気がする。吾々は居士の遺著を読み、その事業を想う毎に「其齢を問へば則ち三十有六のみ」の歎を発せざるを得ない。

明治文壇は不思議に三十台にして歿する有力なる作家が輩出した。二十台にして不滅の作を留めた者さえ絶無ではない。しかも居士の作品と事業とは、その間に在って最も長い光芒を放つものであろうと信ずる。居士ほど各方面に亙り大きな痕迹を遺した事業が、僅々三十六年――それも最後の数年間は殆ど病牀に釘付であった――の短生涯に於て成就されたということは、奇蹟に近い出来事であると云うを憚らぬ。

居士三十六年の一生を通じて、その身辺に現れた人々は相当ある。居士は決して汎交の士でなかったから、他の人々に比して必ずしも多いということは出来ぬかも知れぬが、事業の各方面に亙っただけ、異色ある人物に富んでいたとも云えるであろう。以下少しく年次を逐うて、子規居士の周囲に現れた人々を観察して行くことにする。

二

居士がまだその郷里松山に在った頃、五友と称する仲間があって、詩会、書画会を催したり、「五友雑誌」などという筆写雑誌を試みたりした。居士の文学趣味はこの辺に端を発したと云ってもいいかも知れない。松山に於ける五友は相次いで東京に出たが、五友が一処に会することは一度もなく、三友一処に会することさえ極めて稀だったとあるから、各々《おのおの》その方向を異にするに至ったものであろう。その中で晩年まで比較的交渉の絶えなかったのは三並良《みなみはじめ》、竹村黄塔《こうとう》(鍛《きたう》)の二氏である。

三並氏は居士の再従兄に当る。居士が幼時大原観山翁に素読を学んだのも、松山市中僅《わずか》に二人だけという頃まで、髷を戴いて小学校に通ったのも、夜学をずるけて軍談を聴きに行ったことが発覚して叱られたのも、皆三並氏と一緒であった。三並氏は居士より一年早く上京、爾後も交渉は絶えなかったわけであるが、居士の文学的事業には直接関係が無く、従って文献の徴すべきものは少い。三並氏訳の「有神疑義」の批評を居士が「日本」に掲げたのなども、その一に算えなければなるまい。

佐藤紅緑《こうろく》氏の書かれたものに、居士晩年の或日《あるひ》、期せずして枕頭に集った人々の中に三並氏が在り、気持よく談笑していたが、間もなく暇《いとま》を告げて去ろうとすると、もう少し居てくれ、お前が帰るとそこがからッぽになるじゃないか、と云って居士が泣出した。三並氏が座に復してから十分もたつと、もういいよ、帰ってもいいよと云ったという話が出ている。「三並氏の眼鏡の底が涙に光つてゐた」とあるが、涙無しには読み得ぬ一条であろう。居士の埋棺の際、棺の上に置いた真鍮板に「子規正岡常規之墓、慶応三年九月十七日生、明治三十五年九月十九日歿、享年三十六」の三十五字を認めたのが三並氏で、香取秀真《かとりほつま》氏がこれを鐫《え》たように仄聞している。三並氏が物故したのは昭和十五年であった。晩年の病牀生活は居士よりも長かったが、その間屢々《しばしば》居士に関する追懐の文章が発表されている。

竹村黄塔氏は居士や三並氏が唐宋八家文その他の講義を聴き、詩人の添削を乞うた河《かわ》東静渓《ひがしせいけい》翁の第三子で河東碧梧桐《へきごとう》氏の令兄に当る。居士が俳句に力を注ぐ以前、常盤《ときわ》会寄宿舎内に於て内藤鳴雪《めいせつ》翁と共に詩文の交を共にしたのは黄塔氏であった。神戸に赴任した関係上、居士の神戸病院入院中は屢々之《これ》を見舞って居り、後年再び上京してからは「ホトトギス」の蕪村句集講義にも加った。黄塔氏の志は国語辞書編纂に在り、晩年冨山房に入ったのもその為であったが、中途にして歿した。居士は「吾寒園の首に書す」の一文を「ホトトギス」に掲げて悼んだ外、「墨汁一滴《ぼくじゅういってき》」には何箇所か黄塔氏の事が見えるし、黄塔氏遺愛の硯を借りて用いることが「病牀六尺《びょうしょうろくしゃく》」にもある。明治三十四年十一月六日、ロンドンの夏目漱石氏に宛てた書簡に、「錬卿死ニ非風死ニ皆僕ヨリ先ニ死ンデシマツタ」とある「錬卿」は黄塔氏の別号なのである。

五友より稍々《やや》おくれて柳原極堂《やなぎはらきょくどう》氏が現れる。極堂氏は中学時代からの同窓で、三並氏等と共に静渓翁の講義を聴く仲間にも加われば、居士が政談演説に耽った時代にも行動を共にした。上京したのは三並氏より一年後、居士より一箇月ほど前である。在京時代の極堂氏は、神田の下宿に於て居士から強制的に句作を課された程度のことで、特筆するに足るような交渉も無かった。極堂氏が松山の新聞社に入る為、東京を引揚げるに当って暇乞旁々《かたがた》居士を訪ねたのが、最初の喀血の直後であったというから、居士の文学趣味も未だ真に確立していなかったわけである。それが明治二十七、八年に至り、松山に松風会が興ってからは、俄に熱心な作者の一人となり、特に居士が日清戦争従軍の帰途病を獲て、松山に静養していた間の如きは、日参して句を作るという勢であった。その主宰する「海南新聞」に於て、地方的に俳句を鼓吹した努力も忘るべからざるものであるが、居士中心の最初の雑誌「ほとゝぎす」を三十年一月から発行したことは、明治俳諧史上に一時期を劃するものと云わなければならぬ。「ほとゝぎす」は二年足らずで東京に移ったが、創刊者たる極堂氏の功績は永遠に伝えらるべきものであろう。氏は最近「友人子規」なる一書を公にし、少時よりの居士との交渉を細大漏さずこの裏に収めた。松風会当時から「ほとゝぎす」創刊に至る間の消息も詳細に伝えられてあって、蛇足の加うべきものが無い。就《つい》て見られむことを希望する。

三

明治十六年の上京後も、当分の間は郷友との交渉の継続であった。他郷の人と交るようになったのは、共立学校あたりからかと思うが、その時代の同窓にどんな人がいたか、よくはわからない。十七年七月、試に大学予備門の試験を受けて見ようということになって、何人かこれに赴いた中で及第したのは、居士と菊池仙湖(謙二郎)氏と二人だけであった。

二十一年の春、一ツ橋の高等中学寄宿舎——大学予備門が十九年に改称されたのである——に賄征伐騒ぎがあった時、居士も菊池氏もその一人であったが、菊池氏は他の十名余と共に停学処分を受け、居士は免れた。二十二年四月、居士が水戸に菊池氏の家を訪ねたところ、行違いに上京してしまって逢えなかった時の顚末は「水戸紀行」となって遺っている。居士は菊池氏のことを厳友と呼んでいるが、学生時代には相当交渉が多かったようである。

菊池氏は大学卒業後、教育界の人となった。三十一年八月、大原恒徳氏宛の手紙に

「私同学の友人菊池といふ男は仙台の第二高等学校長と相成候、これが同学生中第一の出世なるべく候」とあるのをはじめ、居士の手紙には菊池氏の消息を伝えたものがいろいろあるが、最も看過しがたいのは三十三年末から三十四年初にかけて、居士が菊池氏に寄せた三通の手紙である。当時「葱汁や京の寄宿の老書生」という境涯に在った菊池氏は俳句を作って居士の批正を求めたらしく、「玉稿返璧句ハ作れは進むものニ御坐候、作らずとも心かけ居候へば進み可申候、前年拝見致候よりは一段の上ニあるやう存候」というような感想を述べている。しかし吾々に取って興味があるのは、単に俳句の問題だけではない。菊池氏の句を点検するに当り、油然として居士の胸中に湧起る懐旧の情である。

別紙貴稿の末に少シもの書候処忽《たちま》ち懐旧の泪にくれ申候
河東碧梧桐は昨年末結婚猿楽町廿一番地ニ住居申候、猿楽町廿一番地とハ猶貴兄の御記臆ニ残リ居候哉如何、尾谷といふ下宿屋今もありて碧梧桐寓居と隣り居候由、尾谷といふ下宿より聯想を起せバ無数の記臆ハ心頭に現れ申候、貴兄ハ何とかいふ少年と同居、小生ハ大井といふ我儘者と同居致居候、鍋焼饂飩ハ毎夜格子の外に来て荷をおろしたることも有之候、貴兄が石井等と鯨汁を貪らうとする途端小生が嗅

付たる事も有之候、貴兄若《も》し当時を想起し玉ハヾ笑の種なるべく候、小生ハ此事《この》を思ふ度に一度ハ笑ひ一度は泣申候

苦痛に堪えぬ病床に横わりながらも、一度想を過去に馳せれば、無数の記憶は点火された如く明《あきらか》に浮び上って来る。「一度ハ笑ひ一度は泣申候」の一語は、居士の心境を悉《つく》したものであろう。けれども居士の手紙は決してこの種の感情に終始せぬ。「昔を想ふて泣き未来を想ふて泣く、或時ハ死ぬるのがいやで泣き或時ハ死にたくて泣く」と書いたあとには「併《しか》シ泣きながらも猶大食致居候、先御安心被下べく候」と出て来る。「大兄不相変《あいかわらず》御健全の由結構に候」という平凡な言葉も、この際のものとして読過に堪えぬかと思うと、今度は平然として八橋煎餅が見当ったら送って貰いたい、という註文を持出す。菊池氏が晩年の居士を評して、率直で修飾がなく、真人に接するような思いをした、と云っているのも偶然でない。「墨汁一滴」の「近日貧厨をにぎはしたる諸国の名物」の中に「京都の八橋煎餅」が見えるのは、或は菊池氏所贈のものかも知れぬと思う。

菊池氏は同学であっても稍々方途を異にし、居士の文学的事業にはあまり因縁が無かったが、初期に於《お》ける文学的友人としては大谷是空《ぜくう》氏を第一に挙ぐべきであろう。是空氏の「是空子」に対して居士は「子規子」を草し、大磯滞在中に「おほいそ記」が

成ったのを見て、あとからこれを訪うた居士も負けずに「四日大尽」の筆を執るという風であった。御百度と称して互に端書を頻繁に交換した時代もある。「子規全集」の書簡を検すると、明治二十年より二十五年に至る是空氏宛のものが三十五通もあり、この時代として最多数を示している。俳句も二十年頃から居士に勧められて作ったというから、最も早い同志の一人でなければならぬ。是空氏には二十九年中「是空俳話」の著がある。明治俳壇に於けるこの種の文字としては、年代的に居士の著作に次ぐものとして注目に値する。

後年日本海海戦の参謀として驍名を轟かせた秋山真之《さねゆき》中将も、郷友ではあるが、松山時代の交渉は徴すべきものが見当らない。予備門時代の中将は居士と共に所謂《いわゆる》七変人の一人で、居士とは下宿を共にし、寄席《よせ》行を共にし、無銭旅行を共にし、極めて親密な間柄であった。中途予備門を去って兵学校に転じてしまったから、相会する機会も自然少くなったことと思われるが、居士は秋山氏を認め、秋山氏も居士を認め、互に敬重することは変らなかった。居士の句稿には

送秋山真之々英国

暑い日は思ひ出せよふじの山

送秋山真之米国行

君を送りて思ふことあり蚊帳《かや》に泣く

等の句が見える。前者は二十六年、後者は三十年である。三十年六月二十八日、高浜虚子氏宛の書簡に「秋山米国へ行く由聞きし処昨夜小生も亦《また》渡行に決したることを夢に見たり、元気未だ消磨せず身体老いたり、一嘯」とあるが、辛うじて大患を切抜けた当時の居士としては、「思ふことあり蚊帳に泣く」というのも、決して誇張の語ではなかったと考えられる。「病牀六尺」に枕許に散らかったものを片端から記し、「其中に目立ちたる毛繻子のはでなる毛蒲団一枚。是《こ》れは軍艦に居る友達から贈られたのである」という一節がある。「軍艦に居る友達」は中将に相違無い。居士はこの旧友の情の籠った毛蒲団を、臨終まで身に著《つ》けていたそうである。

予備門から大学に至る学生時代の友人には、藤井紫影《しえい》、得能秋虎《しゅうこ》両博士、「吾輩は猫である」に天然居士として噂の出る米山保三郎氏をはじめ、種々の人物が現れるが、最も特筆しなければならぬのは、「吾輩は猫である」の著者たる夏目漱石氏であろう。漱石氏と居士との交渉に就ては、後に改めて記すことにする。

四

明治二十一年九月、居士は旧藩主久松家が同藩子弟の為に建てられた常盤会寄宿舎に入った。居士の文学的事業が真に世間的活動を示すようになったのは、「日本」入社以後に属するが、それ以前に温床時代と目すべきものを求めるならば、常盤会寄宿舎時代を挙げなければなるまいと思う。特に俳句はこの舎中を以《もっ》て発生の地とすべきであろう。居士と時を同じうして常盤会寄宿舎に在った人々の中には、勝田主計《しょうだかずえ》氏の如く、大正以後に於て何度か大臣の椅子を占めたような人もある。勝田氏は当時明庵と号して俳句を作り、大原其戎《きじゅう》という旧派の老俳人に居士を紹介したような挿話もあるが、さのみ深入したわけではなかった。舎中の文学派としては第一に新海非風《にいのみひふう》氏が浮んで来る。

後年居士は「明治二十二、三年の頃より多少俳句に心ざし丶者五百木飄亭《いおぎひょうてい》、新海非風の二人あるのみ。非風早く文学を廃し東西に流浪し俗界の人となる」と云ったことがあるが、非風氏が居士と相識ったのは明治二十一年であるから、飄亭氏より一年早い。寄宿舎に於ける室を同じうし、文学的趣味を同じうし、後に肺患を得るに及んで病までも同じうするに至った。但《ただし》病を獲て後の態度が、居士は益々《ますます》文学に専念せんとしたに反し、非風氏は自暴自棄の結果放縦生活に陥り、両者の歩む途は左右に岐れざるを得なくなった。

常盤会寄宿舎に於ける文学熱なるものは、最初から一定の標準があったわけでなく、或時は小説に耽り、或時は俳句に傾き、非文学党の攻撃を免れぬほどであったが、文学熱の中心人物は常に居士及《および》飄亭、非風の二氏であった。非風氏の作物として今伝わっているのは僅に居士との合作小説「山吹の一枝」があるに過ぎぬ。藤野古白《こはく》宛の居士の書簡に「近時非風子露伴風の小説を作る、文章意匠実に風流仏を離れず、亦奇といふべし、其奇思涌出するに至ては小生抔《など》の及ぶ所にあらず」とあるのを見れば、風流仏的小説を草する点に於ても、居士より一歩先んじていたらしく思われる。必ずしも小説ばかりではない、俳句に於ても非風氏の方が先鞭を著けていたと見られる点がある。二十三年の夏房州で作った「蚊遣《かやり》して魚待つひまや夏の月」「夕やけの波に近よる蜻蛉《とんぼ》かな」「波走る灯もあり浜千鳥」等の句は、飄亭氏をして「まだ熟しては居ないが、僕等から見ると俳想は明かに一段の進歩を示して居る」と評せしめたもので、この「僕等」という言葉の中には無論居士も含まれている。従来の俳書に眼をさらし、旧派の門牆を窺うようなことが多少あっただけに、居士はそういう趣味から脱却することが後れたのである。

非風氏は明治三十四年十月、京都に歿した。居士に先だつこと一年足らずであるが、両者の交渉は大分前から絶えていた。居士を中心とする明治の俳句が漸《ようや》く興らむとするに当り、最も有力なる作家の一人であった非風氏は、その後に於ける居士の文学的事業の大成を、不遇の裡に在って傍看する形であった。この疎隔に就て両者のいずれとも親しかった飄亭氏は、「此感情の激越なる男と理性の最も強き男とは、元来どこかで衝突すべき因縁が有つたのである」と云い、又《また》「併し非風を見棄る際に於ける子規は如何《いか》に彼のため悲しんだか、亦如何に親しき同志を失うて自己の周囲の落莫たるを悲しんだか、非風をして我輩局外の位置にあらしめたならば、決して爾く単純に冷淡無情を以て憤り得なかつたであらう」とも云っている。非風氏を後世に伝えるものは少数の俳句に過ぎぬであろうが、非風氏その人の面影は、「子規を語る」(碧梧桐)「子規居士と余」(虚子)等の書中に散見する。小説「俳諧師」(虚子)の中に在って最も光彩を放つ五十嵐十風が、非風氏を描いたものであることは、改めて説くを要せぬであろう。非風氏ははじめ「非凡」と号したが、何かで非風と誤植になったのを見、爾来「非風」と改めたという。その一生は慥《たしか》に平凡な一生ではなかった。

常盤会寄宿舎に就て新海非風の名を挙げれば、どうしても飄亭氏に及ばなければならぬ順序であり、二代目の監督として遂に居士から文学の洗礼を受けた内藤鳴雪翁の事も、ここで一言すべきところであろうが、両氏に関しては別に記すつもりだから、今は省略する。寄宿舎に関係は無いけれども、明治俳句の劈頭を飾る作者として、非風氏と共に永く記憶さるべき藤野古白《こはく》氏に就て記すことにする。

古白氏は居士より四歳年少の従弟である。従ってその交渉は松山に於ける少年時代にはじまって居り、「彼が遊ぶべき広き美しき庭園を持ち其庭園の中に自ら王となりて他より制限せられずに悪戯を為すの権を持ちたりしことは、内気なる貧しき余をして如何に其境遇を羨ましめしか」と居士は云っている。居士が明治十六年に上京した時、藤野家は已《すで》に数年前から東京に移っていたから、或時はここに寄寓し、或時は共に須田学舎に入り、起居を共にする機会は相当多かった。二十一年夏の向島月香楼に於ける同宿者でもあったし、一緒に松山に帰るとか、松山帰省中共に久万山に遊ぶとかいうようなことも屢々あった。古白氏が俳句を作るに至ったのは、この間に於ける居士の感化であることは云うまでもないが、二十四年の秋に作った「今朝見れば淋しかりし夜の間の一葉かな」「芭蕉破れて先住の発句秋の風」「秋海棠《しゅうかいどう》朽木の露に咲きにけり」等の句は、居士及周囲の人々を驚かした。居士は後年これを評して「趣向も句法も新しく且《か》つ趣味の深きこと当時に在りては破天荒」と云い、「此等の句はたしかに明治俳句界の啓明と目すべき者なり。年少の古白に凌駕せられたる余等はこゝに始めて夢の醒めたるが如く漸く俳句の精神を窺ふを得たりき。俳句界是より進歩し初めたり」とも云っている。当時の俳句界なるものが極めて範囲の狭いものだっただけに、これ等の句の与えた刺激は想像以上のものがあったろうと思う。

けれども古白氏の志は必ずしも俳句の上にのみ在るわけではなかった。二十五年東京専門学校(早稲田大学の前身)に入って文学を修めんとした。島村抱月、後藤宙外の諸氏が同窓であったらしい。脚本「築島由来」は古白氏一代の大作であり、又世に問うた唯一の作品でもあったが、推敲又推敲、三度稿を改めたというに拘らず、自ら期待したような反響は得られなかった。古白氏が冷静なる一篇の遺書をとどめて自ら命を絶ったのは、二十八年四月、居士が日清戦争従軍の為、東京を出発した後であった。「顧て思ふに予が精神昂沈不定にして恒に一事一物に専らにせしむる能はず、勇猛進取の気力は例として一時の発作たるに止りて持久するを得ず、傲慢にして他に愬ふる事を得為さゞりしの果遂に愬ふる所なきに至りて茲《ここ》に現世に生存のインテレストを喪ふに至りぬ」ということが遺書中に見える。享年二十五である。

古白氏の遺稿は居士の手によって纏められ、明治三十年に出版された。居士はこの書の為に「藤野潔の伝」一篇を草し、「古白の墓に詣づ」なる新体詩も亦これに収めてある。居士は遺稿を編むに当り「其草稿を取つて熟読するに及んで歌俳小説尽《ことごと》く疵瑕《しか》多くして残すに足らず。完全なるは十数首の俳句のみ」と云った。古白氏は遺書中に「顧くは余の死後に拙劣なるわが文章筆蹟などを棄却し給へ」と云い、居士も「余の贔屓目《ひいきめ》より見るも文学者として伝ふるに足らず」と評したに拘らず、「古白遺稿」一巻は意外に古本として珍重されている。その点は殆ど何も伝わるところの無い非風氏よりも、遥に幸福であったと云えるかも知れぬ。居士の古白氏に関する文章は「陣中日記」にもあり「松蘿玉液《しょうらぎょくえき》」にもある。殊に「仰臥漫録《ぎょうがまんろく》」の小刀と千枚通しを画いた上に「古白曰来」の四字を題したのを見れば、人生にインテレストを失って自ら世を棄てた若い従弟のことは、何時までも居士の脳裏を去らなかったものと思われる。

五

非風、古白、飄亭、鳴雪の四氏は、明治俳壇の黎明期に在って、居士の身辺に現れた最も有力な作家であった。この中鳴雪翁を除く外は、或は早く居士を遠ざかり、或は自ら世を棄て、或は次第に俳壇と疎くなりして、真の明治俳句の大成期には参与しなかった観があるが、二十三年中に碧梧桐氏が現れ、二十四年には虚子氏が出《い》で、居士ははじめて永く渝《かわ》らざる同行者を得ることになった。

碧梧桐氏は居士の漢学の師たる河東静渓翁の第五子であり、竹村黄塔、河東可全《かぜん》等の兄弟皆居士と親交があったから、碧氏も年齢が長ずれば当然近寄るべき順序であったろう。虚子氏は碧氏と同級の関係から、碧氏を介して文通を始めるようになったのであるが、従来の居士の同志が概《おおむ》ね常盤会寄宿舎を中心とする直接関係であったのに、間接的な立場に在る年少の人々まで、その風を望んで起つに至ったのは、居士の文学的天地が漸く拡大せむとする証左でなければならぬ。碧梧桐氏は居士から文学上の洗礼を受けるに先《さきだ》って、野球の手ほどきを受けた。居士は日本野球史の上に於ても、比較的早いところに記さるべき人であるから、松山に野球という遊戯を持込んだのは無論居士が最初であったらしい。ミットもグローヴも無しに、素手で球の受け方を教わったり、野球のルールを図解して貰ったりした一人が碧梧桐氏であるというに至っては、奇縁というより外は無いが、虚子氏の「子規居士と余」も亦野球の事から筆が起してある。松山城の北に当る練兵場でバッティングをやっていると、東京帰りの書生が何人か通りかかった。「おい、ちょっとお貸しの」と云って、バットとボールを借りると、或一人の前へ持って行く。その人は他の人々のように著物《きもの》もつんつるてんでなく、夏の真中に手首を釦《ボタン》でとめるようなシャツを著《き》ていたが、自ら一団の中心人物であるものの如く、直にバッティングをはじめると、他の人々は数十間あとへ下ってボールを受ける。その人も終には単衣《ひとえ》の肌を脱ぎ、シャツ一枚になって相当鋭いボールを飛ばすようになったが、そのボールが一度外れて虚子氏の前にころげて来た。ボールを拾ってその人に投げると、かった、というのである。このバッターが子規居士であったことが後になってわかった、というのである。その後に於ける両者の交渉を考えると、偶然ころげて来たボールも無意味でなかったような気がする。碧虚両氏とも初期に於て野球に関する挿話を持合せているのは、居士自身も当時まだ学生として野球に親しんでいたからであろう。

碧虚両氏が居士に近づいたのは、文学的嗜好から出発して先輩の教を乞う為で、必ずしも俳句に志した為ではなかった。居士が「風流仏」に刺激されて「月の都」の執筆を思立った時、誰よりも多くの興味を懐いてその成る日を待った者が、松山中学生たる碧虚両氏であったことは、最もよく這間の消息を伝えている。居士自身の興味が俳句の上に深くなればなるだけ、周囲の者もこれに引入られる結果になったらしく、虚子氏は「子規居士と余」の中で「石橋《しゃっきょう》」の能を例に引き、親獅子は舞台に出て舞い、子獅子は橋がかりで舞う。「余と子規居士との関係はさういつたやうな状態であつた」と云っている。碧虚両氏は年が若かったから、その感化され方も人一倍強かったに相違無い。学校を中途で退いて文学に向うということも、皆居士の顰《ひそみ》に倣うようになってしまった。

子規居士に於ける碧虚両氏の位置は、五百木飄亭氏の所謂「不動明王に随へる二童子」の如きものである。両氏に就て具《つぶさ》にその交渉の迹を訪ねるのは容易の業ではない。已に両氏の手に成った「子規を語る」「子規居士と余」の二著が各々一部を成している以上、それ等の内容を引用して屋上屋を架する必要もあるまいと思う。小説「俳諧師」に於ける居士は陰の役者として、時々噂が出るに過ぎぬが、別に正面から居士を描こうとした小説「柿二つ」があり「子規居士と余」が細叙するに及ばなかった晩年病牀の面影を伝えている。それ等以外に文献によって何者かを附加えることは、全然無意義ではないにしろ、何程の効果も齎《もたら》し得ぬことは自明の理であるから、爰《ここ》には最初の一段だけを記して先へ進むことにしたい。

六

明治二十四年の末から二十五年の初にかけて、居士は本郷駒込の奥井屋敷の中に一戸を借り、小説「月の都」の執筆に没頭した。この一篇は幸田露伴氏の「風流仏」に傾倒の結果成ったもので、最初はこれを提げて文壇に打って出る筈であったが、遂にその志を果さなかった。居士が駒込を去って根岸に移った後、「月の都」を懐にして露伴氏を谷中に訪ねたのは、自ら「風流仏」の影響顕著なるを認めた為で、爾後何度か訪問を重ねているけれども、露伴氏との交渉は「月の都」を中心とした短期間に属すると見るべきであろう。

それよりも居士の運命に多大の関係があるのは根岸移転の一事である。この事は全く陸羯南翁《くがかつなん》が根岸に居住された為で、もし適当な家が早く見つかっていたら、駒込時代なしに直に根岸に移っていたかもわからない。根岸に移った二十五年の後半に於て、居士は大学退学を決行し、羯南翁の主宰する新聞「日本」に入るのであるが、羯南翁に関しては別に記すところが無ければならぬ。

「月の都」は世に現れなかったけれども、居士の筆に成ったものはこの二十五年に於て屢々活字に附されることになった。「日本」に寄せた「かけはしの記」及「獺祭書屋《だっさいしょおく》俳話《はいわ》」をはじめ、「城南評論」の「向井去来」、「早稲田文学」の「我邦に短篇韻文の起りし所以《ゆえん》を論ず」等の諸篇は、いずれも「日本」入社以前の執筆にかかるものである。居士の文学的事業が漸く世間的ならむとし、その第一著手の所が俳句と定まるようになった時、相識ったのが伊藤松宇《しょうう》氏であった。

従来居士の文学的周囲は殆ど郷党の外に出でず、偶々これあるも学友に限られていたが、松宇氏はそのいずれでもない。旧派の俳人に慊焉《けんえん》たる両者が高津鍬三郎氏を介して相近づくに至ったので、松宇氏の示した富士百句を具に評したのが最初の交渉であった。松宇氏は居士より年長でもあり、当時已に椎の友なる一団を擁していたので、居士は斯人によって古俳書を借覧し、運座の方法を教えられる等、種々の便宜を得た。居士の周囲に在った人々も自然この運座に於て、椎の友の人々と交るようになった。二十六年に入って、明治俳句最初の雑誌たる「俳諧」が生れたのは、椎の友と合流した結果で、僅に二号で廃刊してしまったけれども、注目すべき事実たるを失わぬ。その後「日本」の俳句が盛になり、「ホトトギス」が俳壇の中心勢力をなすに及んでは、居士と松宇氏との歩調は必ずしも同一ではなかったが、「墨汁一滴」の中に松宇氏が訪ねて来て蕪村の文台を示す記事があり、晩年まで交渉は絶えなかったようである。文壇に於ける露伴氏と云い、俳壇に於ける松宇氏と云い、二十五年という年は慥に居士の接触面が在来より広くなりかけたように思われる。

　周囲の広くなったのはそればかりではない。居士は「日本」入社によって多くの同僚を得た。今筆を改めて「日本」社中の諸豪を説くとなれば、一朝一夕には済まぬ虞《おそれ》がある。ただ福本日南、国分《こくぶ》青厓《せいがい》の諸氏は羯南翁と同じく、かつて司法省法律学校に於て加藤拓川《たくせん》氏（居士の叔父）と同窓であったことだけ註して置きたい。居士は明治十六年中、竹村黄塔氏宛の書簡に「加藤愚叔ノ友ニ国文豁ナル人アリ、明治戊寅夏共ニ富士山ニ上レリ、而シテ此国文ナル人ノ詩三十七首（富士山往復ノ詩）アリ、粲雪詩草ト云フ」云々と云ってその詩を伝えたことがある。「国文」は勿論「国分」の誤であるが、青厓翁のことで「豁」は「トホル」と訓むのだそうである。居士が入社以前「日本」に掲げた「岐蘇雑詩」は青厓翁の刪潤《さんじゅん》を経たものであった。而して粲雪詩草は青厓翁の手許に存せず、僅にその数首が居士の書簡によって伝わっているのだと云う。不思議な因縁というより外は無い。

佐藤肋骨氏がはじめて居士に会ったのもこの年だそうである。当時の近衛歩兵四聯隊には、五百木飄亭、新海非風、仙田木同というような人達が入営していた。肋骨氏は飄亭氏に誘われて句を作るようになり、飄亭氏の日曜下宿たる原宿の竜嵓寺に於て屢々句会を催した。兵隊組と称したこの顔触に、居士をはじめ鳴雪、古白というような人達が参加する。兵隊組の人々は定められた年限を了えて営外に去り、肋骨氏一人とどまって軍人になったわけであるが、ここにも亦居士の世界の広くなり行く迹が認められる。

居士が日清戦争従軍の意を決した時、肋骨氏は未だ出征せず、東京に居ったので「大兄御閑暇の節もあらバ半日の閑談ニ軍学御教授相願度存候」などと云い送っているが、居士は近衛師団に従って出発、大患を獲て帰り、肋骨氏は台湾征討の軍に於て右足を失うに至った。

三十年の五月、居士の病が悪化したので、在京の知友が代る代る看護に赴いたことがある。晩年の看護番のように日割がきまっていたわけではないが、肋骨氏もその一人であったことが当時の記録に見えている。病牀の居士は苦悶の間に句が浮ぶと、仰臥のまま短冊に書いて示す。肋骨氏の手許には署名の無いその時の短冊が三枚ほど残っているそうである。

隻脚の人となってからの肋骨氏は、屢々各地に旅行を試み、その紀行は多く「日本」紙上に現れた。居士の病が漸く篤くなった三十四年には天津に赴任していた。この年羯南翁も近衛霞山公に従って支那に遊んだので、肋骨氏はその帰るに託していろいろな天津土産を居士に贈った。それが居士の感興を動かしたらしく

題払子　肋骨ノクレシ払子毛ノ長サ三尺モアリ

馬の尾に仏性ありや秋の風

秋一室払子ノ髯ノ動キケリ

題画美人　肋骨所贈

美人ノ画ト払子ト並べ掛ケタル

ウスモノ、秋ニ勝《た》へザル姿カナ

夕顔ノ垣根覗キソ美人禅

等の句が「仰臥漫録」に記されている。この贈物の中に「万年傘に代へてところの紳董どもより贈られたりといふ樺色の旗」があった。これは「仰臥漫録」中の材料には用い

られなかったが、一年を経た三十五年九月に至り、この旗二旒《りゅう》を鴨居に掛け垂し、下に夕顔の鉢を置いて、左のような長歌が出来た。

くれなゐの、旗うごかして、夕風の、吹き入るなへに、白きもの、ゆらゆらゆらく、
立つは誰、ゆらくは何ぞ、かぐはしみ、人か花かも、花の夕顔

実に居士歿前十余日である。居士がこの世に遺した最後の歌は、この夕顔の長歌であった。

七

明治二十六年は「日本」入社第二年目で、文苑に俳句を掲げはじめた外、居士の文学的事業はそれぞれその歩を進めたが、身辺に著しい変化は無い。奥羽方面に長途の旅行を企てた際、地方の旧派俳人を訪ねたりして見たが、徒《いたずら》に失望を繰返すのみであった。
佐藤紅緑氏が羯南翁の玄関に於てはじめて居士に逢ったのは、二十六年中の事に属する。但この時はまだ紅緑氏に俳句に対する興味が起らなかった為、居士は御向うの正岡さんとして認められたに過ぎなかった。

二十七年になって「日本」の別働隊たる「小日本」が発行されることになり、居士は入ってその編輯を主宰した。この任に当るに就ては社中に危む人が多かったと、推挙者の一人たる古島一雄氏の書いたものにある。しかし「小日本」は「日本」と違って、絵入振仮名付の家庭新聞を標榜していたから、その点から云えば豪傑揃の「日本」社中では、寧ろ居士が適任者だったのかも知れない。古島氏は居士の俳句や「獺祭書屋俳話」以来の議論よりも「君が代も二百十日は荒にけり」の一句によって、新聞紙上に俳句の時事評を掲げ得ることを喜ぶ程度の人であったが「小日本」の仕事を共にしている間に、やはりその感化を受けて句作せざるを得なくなった。居士が俳句の題材用語を輯録分類した「たね本」を古島氏に贈ったのも、この間の事である。

古島氏は俳句などに縁の無くなった後年でも、時々病牀に現れて林檎論や新聞論を試みたり、双眼写真を贈ったりしている。「病牀六尺」連載当時は古島氏が編輯長だったので、病人に休ませるつもりで一日だけ載せなかったら、「僕ノ今日ノ生命ハ『病牀六尺』ニアルノデス、毎朝寝起ニ死ヌル程苦シイノデス、其ノ中デ新聞ヲアケテ病牀六尺ヲ見ルト僅《わずか》ニ蘇《よみがえ》ルノデス」云々という手紙が来て、驚いて休まず出すことにしたという話もあった。芥川龍之介氏をして「何度読み返しても飽かざる心ちす」と評せしめた「病牀六尺」の一節――「藪のあるやうな野外れの小路のしかも闇の中に小提灯をさげて居る自分、小提灯の中に小石を入れて居る佳人」の情景は「小日本」時代の回想で、文中に「古洲」とあるので即ち古島氏である。古洲の号は「新俳句」あたりにもあったかと思う。「筍《たけのこ》や目黒の美人ありやなし」の一句は、蕪村の「若竹や橋本の遊女ありやなし」から脱化したものであろうが、この回想によって古島氏宛書簡の末に記されたのであった。

古島氏は又「小日本」時代の事に就て「犬骨坊飄亭がお医者さんから新聞記者に化けたり、中村不折《ふせつ》が下宿屋の隅から世の中に出たのは此時である」と云っている。飄亭氏を引入れたのは無論子規居士であるが、不折氏の推挙者は浅井忠氏であった。浅井氏は上野元光院に於ける長清会の一人であったから、羯南翁から話でもあって、不折氏を推挙する順序になったのであろう。それまで新聞の挿画と云えば、先ず浮世画系統のものと相場がきまっていたのに、洋画の畠から新な画家が登場することになった。後年「墨汁一滴」の中で、不折氏洋行の送別の辞を述べた時、居士は不折氏とはじめて相見《あいまみえ》たことから説き起し、「後来余の意見も趣味も君の教示によりて幾多の変遷を来し、君の生涯も亦此時以後、前日と異なる逕路を取りしを思へば、此会合は無趣味なるが如くにして其実前後の大関鍵たりしなり」と云ったことがあるが、不折氏の画が世間に現れた最初の舞台は実に「小日本」であった。居士は不折氏と相識るに及んで、次第に在来の絵画に対する観念に変化を生じ、洋画趣味の上に新な眼を開くに至ったのである。

居士と不折氏とは「小日本」廃刊後「日本」に還り、日清戦争にも共に従軍したが、不折氏が根岸に住むようになってからは更に来往の機会が多くなった。絵画が病牀の居士に多くの慰安を齎したことを思う時、何人も不折氏の影響を看過するわけには行かぬであろう。居士が晩年克明な写生画を試みるに当り用いた絵具も、不折氏の贈ったものであった。

何事の上にも人一倍の努力を吝《おし》まなかった居士は、不折氏が努力の人である点にも敬意を払っていた。不折氏が拮据《きっきょ》数年にして中根岸に画室と住宅とを新築した時は、湯婆を抱えてこの画室に列席し、「ホトトギス」の「消息」に次のような感想を述べた。

今迄《まで》不折氏の住みたる陋巷《ろうこう》の破屋、僅に二畳か三畳かの一間を以て画室にも客室にも寝室にも当て居たる其陋巷の破屋を知る人にして今新築の画室を見し者は必ずや多少の感を起し可申候。況して六、七年来の交際に其境遇を熟知し居る私は此成功を見て覚えず涙を催し候。涙は、人間が道のために尽す勇気の神聖を感じたる涙にて、涙其者も神聖なる者かと存候。「自助論」中にも入るべき不折氏の昔の窮困と耐忍と勉強とを人に語り聞かす時すら嗚咽《おえつ》言ふ能はざりしものが今の成功を見て涙を催すは不思議にもあるまじく候。

年代不明の居士の手記に「先日モアル少年ニ向ツテ友人ノ艱苦シテ勉強シタコトヲ話シテ聞カセタケレド、話サウトスルトハヤ涙ガコボレル。話シテヰル中ハドウシテモヤマナカツタ」とある友人は不折氏のことに相違無い。居士の周囲は多士《たし》済々《せいせい》ではあったが、居士をして嗚咽言う能わざらしむるほど、艱苦に堪えて勉強する人は他に見当らぬからである。但居士は右の消息の文中に「乍併《しかしながら》不折氏の成功は勇気の上にありて技術の上にあらず、技術上の成功無くば折角の画室も藪医者の玄関と同じくこけおどかしに終り可申候。今後の責任の重き事は不折氏も固《もと》より承知の事と存候」という数語を挿むことを忘れなかった。不折氏が絵画修行の為、フランスに遊んだのは、その翌々年である。居士は生前再び不折氏に会する機会を失ったけれども、その不断の努力に対しては、心中ひそかに可しとしたことと思われる。

八

「小日本」の生命は僅々半歳余に過ぎなかったが、この期間に於て居士の身辺には不折氏の外に今一人を加えた。石井露月《ろげつ》氏がそれである。

露月氏が居士に接近するようになったのは、その友人の友人が古白氏と同級であるという間接的因縁によるものであった。文学者たらむとする志望を懐きながら、町医者の薬局に起臥していた露月氏は、この一筋の因縁を辿って、「小日本」社中の人となったが、久しからずして廃刊となった為、居士や不折氏と同じく「日本」に移った。居士に会うまでの露月氏は俳句に対して何程の関心を持っていたかわからぬ。「小日本」の仕事に鞅掌《おうしょう》する間に居士から洗礼を受けたのである。

「日本」の社員として在る間に、露月氏は屢々脚気に罹り、転地したり、郷里に帰ったりしていたが、二十八年秋に至って遂に素志を一擲し、医師の前期試験を受くべく決心するに至った。一夜居士を訪うてその決心を告げた時、居士は憮然として暫く何も云わなかったと云う。後年居士の書いた「柚味噌会」の文中に、「昔爾の江湖に流落して東都に来るや、我一見以て異となす。推して職に文字に就かしむ。しかも爾は職に堪ふる能はず、一、二年にして郷里に帰る。我病床に在りて熟々《つらつら》之を思ふ、惆悵《ちゅうちょう》の情に堪へず。或は爾が志の堅からざるを憐み、或は我が人を見るの明無きを愧《は》ぢ、或は文学に志す者の末路は多く此の如くならざるべからざるかを歎きぬ」とあるのが、この際のことであろう。何事によらず半途にこれを廃するというが如きは、居士の取らざる態度であった。

露月氏が前期試験に及第した二十九年秋には目黒の栗飯会があり、愈々《いよいよ》万事を済して東京を引上げることになった三十二年秋には、ほとゝぎす発行所の闇汁会や道灌山の柚味噌会がある。柚味噌会記事の最後に「然れども文学は爾の余技にして其什或は世に伝はり、方技は爾の職務にして其名未だ人の知る所とならず、豈《あに》多少の慚愧無からんや。得意は爾が長く処るべきの地にあらず。長く処らば則ち殆《あやう》し。如かず疾く失意の郷に隠れ、失意の酒を飲み、失意の詩を作りて以て奥羽に呼号せんには。而して後に詩境益々進まん。往け」とあるのが、露月氏を送る居士の別辞であった。羽後国女米木《めめき》の里は果して得意の地であったか、或は失意の郷であったかわからぬが、露月氏は一度ここに引込んだきり、二十何年の久しきに亙って、都門を窺おうとしなかった。

「ほとゝぎす」が松山から東京に遷った時、居士は「貴兄亦遊軍トナリテ一彪ノ軍馬ヲ思ハヌ方ヨリクリ出シテクレ玉へ」と云って、奇警な随筆か何かの投寄を促した。露月氏がこれに応じて送った一篇は「極々つまらんのでもてあまして居る」ということであったが、やがて「今少し順序を改めて御投稿被下まじくや、随筆にても多少順序ある方よろしかるべく紀行と議論とが隣合せになり居候も読みにくきかと存候」という理由の下に返却した。次いで「旅籠屋の雨」なる一文を草して送ると、「君が書いてる事は何も書くべき事がないのを無理に書いたのだから、山といふ者がない」どうも面白くないから、と云って又送り返した。柚味噌会の送別を受けて帰国した後、鎌倉紀行を送ったら、「ホトトギス」へ載せずに「日本」に載せた。そうしてその紀行の欠点を指摘した末、今少しく文章を練磨すべしと云い、練磨に二種類あり、筆を執りて考えるものと、考えて後に筆を執るものとで、自分は近頃後者を取っている、というような注意を与えている。同じ人の文章を採用せざること三度、そのうち二度までは此方から寄稿を慫慂《しょうよう》して置きながら、出来栄《できばえ》によっては毫《ごう》も仮借せぬのである。居士の事をいやしくもせぬ態度はこれでわかるし、後進に対する鞭撻の模様も見える。露月氏も文章を書くに当り、人に見られて恥しいと思ったことは無いが、居士の目にも触れるのだと思うと、注意せざるを得なかったと云っている。

露月氏に雁行して嶄然《ざんぜん》頭角を見《あらわ》したのが佐藤紅緑氏である。紅緑氏は居士が「小日本」主宰中に「日本」に入社していたので、「小日本」廃刊後居士や露月氏と席を同じうするようになり、一日「薄《すすき》」の題を課せられたのを皮切にして、やはり一門に加わることになってしまった。本名の「洽六」に宛てた紅緑という号は、薄の句を翌日の新聞に出すまでに居士がそう定めたのである。夕方植字場へ行って見たら、ちゃんと「紅緑」となっていたと、紅緑氏の文章に見えている。

「明治二十九年の俳句界」の中に「露月と塁《るい》を対する者を紅緑とす。一は沈黙、一は多弁。一は遅鈍にして牛の如く、一は敏捷にして馬の如し。性質に於て相反し、俳句に於て相反す。然れども其句奇警人を驚かすに至りては両者或は似たる所あり。蓋《けだ》し一時経歴を同じうせしためか」とあるが、一時経歴を同じうすというのは、共に「日本」に在ったことを指すのであろう。露月氏は医となって家郷に帰り、紅緑氏も仙台に去って「河北日報」に入った。爾後の両氏の歩みは自ら相離れてしまったけれども、初期の両氏が常に対照的に考えられるのは、或点に於て相反し、或点に於て相似たる為かと思われる。居士が糸瓜の画に題した左の句の如きは、いろいろな意味から云って興味の多いものである。

紅緑露月二人の写真を見る、露月は黒き鬼灯の如く紅緑は白き蕃椒に似たり

秋のいろあかきへちまを画にかゝむ

子規居士は門下の士の長所短所に通じていると共に、絶えずこれを試みることを怠らなかった。「人十二ケ月」なるものを示した時、「稲の花人相書の廻りけり」という句を真先に取ると、これは君が取るだろうときめて置いたと云われて、思わずギョッとした

と紅緑氏は書いている。牡丹の幾鉢かを示して、どれが好かと云う。紅緑氏が黒くいぶされたような深紅の牡丹を指したら、そうだろう、俳句の連中は大抵それを取る、歌の方は桃色が好なんだ、と云ったそうである。居士の下から多くの才俊が輩出したのは決して偶然でない。

明治二十九年八月十八日、虚子氏に宛てた居士の書簡に、「秋水の句集まりまはしおき候へども余り善しと思ふはなきやうに候、只《ただ》感心したるは」とあって、鳴雪翁の二句及紅緑氏の二句を挙げ「小生は紅緑の魚の眼或は圧巻ならんと存候、併し賛成の人はあるまじきか、不折の画も廻しおき候、紅緑は近来細心の句多し、今少し練磨を経ば覇を一方に称するに足らん」と云っている。この秋水の句というのは「めさまし草」に載せた同人の句を指すのであろうと思われる。「不折の画も廻しおき候」とある秋水の画が、その句と相対する頁に掲げられているからである。居士が感心した紅緑氏の二句は「底澄むや雨をためたる秋の水」「魚の眼のするどくなりぬ秋の水」で、慥に細心微妙の趣に富んでいる。紅緑氏の俳句はその後に於ける他方面の文学に掩《おお》われてしまった観があるが、「俳諧紅緑子」の巻頭に収められた「俳三年」は、明治時代の異彩ある句集として、永く記憶さるべきものと信ずる。

露月氏は秋田の産、紅緑氏は青森の産である。碧虚両氏に雁行する最も有力な新作家が、二人とも全然かけ離れた東北の人であったことは一奇とすべきであろう。居士をめぐる世界は二十七年に入って大分広くなった。大阪の水落露石《みずおちろせき》氏が屢々書を寄せ、俳句の評を乞い来ったのもこの年である。「小日本」は家庭向の新聞であった為、在来の「日本」以外に新な読者の加わった関係もあり、俳句投稿者の顔触も自然賑《にぎやか》になったように思う。

京都の高等学校に学びつつあった虚子氏が突然退学を決行して東上したのは、二十六年の冬休中であった。虚子氏が居士の許に寄寓していた半歳ほどの間は、丁度《ちょうど》「小日本」時代に当るわけである。東京に志を得ずして復校すると同時に、第三高等学校は解散されたので、虚子氏は碧梧桐氏と共に仙台の三高に転じたが、その年のうちに今度は両氏とも退学を決行して東京へ帰って来た。この退学は居士の意に満たぬものであったにせよ、或意味から云えばやはりその身辺を賑にするものであった。

九

明治二十八年は居士が周囲の反対を押切って、日清戦争従軍を決行した年である。従軍の結果は船中の喀血となり、神戸の病院生活となり、須磨及松山に於ける保養生活となり、一年の大半を病の裡に過したから、居士に取っては極めて多事であったが、周囲には格別これという新な人物も現れなかった。居士の従軍は「日本」社中としても極めて遅い方で、未だ発せずして広島に在る間に、講和使節たる李鴻章《りこうしょう》は已に馬関に来ていたほどである。従って居士は折角遼東の地へ渡ることは渡っても、一発の砲声すら耳にすることが出来なかった。

居士の「陣中日記」を見ると、東京を発するに臨んで、福本日南氏との和歌の応酬がある。日南氏は宇品に於ては居士の出発を見送っているのみならず、旅順に於ても相会して居り、神戸病院入院後も何度か見舞っている。日南氏は「日本」社中の長老であったが、「項毛の白くなるまで死はせで可笑しくもある哉人の軍看る」という感慨を懐いて、同じく従軍の途に上ったのであった。

日南氏と居士とは特に交渉が多いというほどの事は無かったかも知れぬが、当代歌人の歌に悉く慊《あきた》らなかった居士が、僅《わずか》に敬意を払い得たのは、歌人を以て居らぬ愚庵和尚と日南氏とであったろう。又「日本」社内の先輩中居士の作歌なり歌論なりに就て、或程度まで同感を表し得た者は日南氏以外に無かったろうと思う。日南氏は晩年まで居士を訪ねたらしく、「仰臥漫録」などにもその名が見える。病牀に不断の活動を続ける居士を評して、蛇が鎌首を擡《もた》げているようで気味が悪い、と云ったことがあるそうである。

居士の神戸病院入院中は、衰弱が非常に甚しかった為、一杯の牛乳も一杯のスープも摂ることが出来ず、毎朝少量の苺《いちご》を食うことを許されていた。この苺を交代に畑へ行って取って来るのが看護の為に枕頭に駈付けた碧虚両氏の役目であった。一日大《おおい》に苺を食った後、「いちごとり」というのは面白い名だ、小説にすれば森鷗外などの好む所か、などということから、居士は金州で鷗外氏に逢った話をし出した。金州の兵站部長になっていると聞いて訪ねたら、兵站部長でなしに軍医部長であった。それ以来毎日のように訪ねたというのであるが、この事は居士自記の文章には見えない。神戸病院当時の病床日誌の伝えるところである。鷗外氏の句が「新俳句」に散見したり、居士以下の句が「めさまし草」に出たりする因縁は、この辺に存するのであろう。「小園の記」にも鷗外漁史から贈られた草花の種を直に播いて見たが、百日草の外は何も生えなかったということが書いてある。鷗外氏に関することも拾えばまだいろいろ出て来るが、毎日のように訪問したなどというのは、陣中だけの出来事に相違無い。

須磨から郷里に帰って、夏目漱石氏の寓居に落著いた居士は、忽ち松風会員に囲まれて句作するの人となった。松風会は居士の来松を待って起ったものではない。その前年の春、野間叟柳氏を中心に松山高等小学校内に生れたので、次いで東京から帰った下村為山《いざん》(牛伴)氏の指導を受けた。居士が従軍に先って、ちょっと松山に帰った時も、松風会員が集ってその行を壮にしたのであった。

下村為山氏は画の方面では不折氏と同じく小山正太郎《こやましょうたろう》氏の不同舎に学んだ関係から、常に不折氏と並称されたが、居士とは同郷の間柄である。「明治二十九年の俳句界」中に

牛伴は学ばずして俳句を善くす、亦巧緻なり。句法は成るべくたるみ無きやうに作る、故に「や」「かな」等の切字太だ少し。昨春。

藤紫に明けつゝじ紅に夕す　牛伴

等の句を作る。是より「す」の切字流行す。「す」は最も句のしまりを強くす。

とある如く、何時居士の提撕《ていせい》を受けるということもなしに、自ら一家の風を成していた。蓋し絵画に於て悟入するところを、俳句に及ぼしたものであろう。

居士は又為山氏の書伎にも敬意を払っていた。前に引いた紅緑氏の秋水の句を褒めたのと同じ書簡に「牛伴近来ます〳〵書に巧なるやう相見え先日も仮名の事など相話し候処、矢張種々工夫をこらし候もの丶よしにて貫之流はどこがうまいとか何の字の画はかう書けば善いといふことを発明したなど小生を利益したる事不少候、毎日〳〵新聞の見

かすに短冊形の線を劃しそれに手習ひするなど熱心なるものに候、我々はづかしき事不少候」と見えている。居士は為山氏と不折氏とを対照して、その画も性質も挙動も容貌も一々正反対を示している点に興味を持っていたらしく、実例によってこれを説いたものが「墨汁一滴」の不折氏を送る文中に在る。絵画方面に於て居士に影響を与えた人としては、不折氏の外に浅井忠氏と為山氏とを挙げなければならぬ。

松山に於ける松風会の顔触は大体十人内外で、それも皆が毎日押かけて来るわけでもない。鳴雪翁宛の書簡に「毎日つめかける熱心の連中は禄堂、愛松、三鼠、梅屋、叟柳の徒に有之候」とあるのが、その最も熱心な顔触であったろう。この辺の事は日参組の一人たる極堂氏(禄堂の号を居士が改めた)の「友人子規」に尽されているから、ここには省略する。漱石氏が二階から下りて句会に加ったり、村上霽月《せいげつ》氏が今出から居士を訪ねて来たりしたのもこの間の事であるが、これ等は松風会としては寧ろ遊軍と見るべきであった。

霽月氏の句に関しては「明治二十九年の俳句界」の中に「地方俳人の中稍々《やや》古き者を霽月とす。霽月終始僻地に在りて独り蕪村を学ぶ。蕪村流の用語と句法を極端に模したる者は実に霽月を以て嚆矢とす。明治廿七年の頃既に特殊の調子を為す」と云い、又「霽月初より全く師事する所無し。其造詣の深きは潜心専意古句を読みて自ら発明する所に係る」とも記されている。その句は屢々「日本」紙上に現れたが、自ら人の目を惹く者があったのであろう。二十七年十二月三十一日、伊藤松宇氏宛の居士の書簡に次のような事が見える。

御尋の「朔北の露営更たり天の川」の作者は霽月俗名村上半太郎と申て小生同郷の者、豪農にて年は小生より二三才若かるべく候、極々真面目な男にて一時高等中学に在りしも家事整理のため先年より郷里に退隠致し全く独学に御座候

居士はこの松山滞在中、一度今出に霽月氏の村居を訪ねて「萩荒れて鵙《もず》鳴く松の梢かな」「粟の穂に雞飼ふや一構へ」等の句を得た。

霽月来る

やゝ寒み襟を正して坐りけり

の句にも、当時の霽月氏の風丰《ふうぼう》を想見すべきものがある。「明治二十九年の俳句界」の中にある「最も初に蕪村を学びたるも霽月なり。最も善く蕪村を学びたるも霽月なり。

永機曽て霽月をして第四世夜半亭たらしめんとす。(第一世巴人《はじん》、第二世蕪村、第三世几董《きとう》にして夜半亭絶えたり)霽月曰く、吾は一個の俳人霽月なり。何ぞ夜半亭を用ふるを為んと。霽月自ら居るの高き斯《かく》の如し。此心ありて而して後蕪村以て学ぶ可きなり」という一事の如きも、単に一場の逸話でなしに、「極々真面目なる」霽月氏の片鱗でなければならぬ。

十

子規居士の病牀生活は大体明治二十九年からと見て差支無い。前年の大患は殆ど瀕死の境にまで追詰めたが、漸く小康を得て後の居士は、まだ回復の望を棄ててはいなかった。二十九年に入ってからも、最初は起居の自由を全く奪われて居らず、三十年以後の苦悩とは自《おのずか》ら程度を異にするけれども、漸く不治と覚悟せざるを得ない状勢が現れて来た。「貴兄驚き給ふか、僕は自ら驚きたり」という三月十七日の書簡(虚子氏宛)の内容は、自ら這間の消息を洩している。居士の病はこの辺から後期に入ることとなる。そういう病牀生活の裡に在って、居士は長期に亙る最初の随筆「松蘿玉液」を「日本」に掲げはじめたのであった。

「松蘿玉液」は四月にはじまって十二月に了る。但後の「墨汁一滴」や「病牀六尺」

の如く、殆ど毎日書き続けたわけではないから、掲載期間の長い割に休載の日数も多かったが、その比較的早いところに種竹山人《しゅちくさんじん》の事が出て来る。居士が種竹山人と相識るようになったのは何時頃からかわからぬが、二十九年中佐伯政直氏に宛てた書簡に「本田種竹と申詩人阿波のものにて近所ニ寓居致居此人ヨリ益を得候こと不少」とあるから、或は二十八年末帰京後のことかも知れない。「訪種竹君聴話詩而還」などという五言古詩が「漢詩稿」に録されている。

二十九年の秋以来、居士が「日本人」誌上に掲げた「文学」なる時評は、各方面の文学を俎上に上せるに当り、特に韻文に重きを置いたものであるが、漢詩に於ては先ず国分青厓、本田種竹、森槐南《もりかいなん》の三詩人を挙げてその評論を試みた。居士は青厓、槐南両氏の詩を以て全く相反するものとし、「種々の点に於て青厓槐南の中間に位する者を種竹とす」と云っている。而して青厓、槐南両氏の顧るところとならず、種竹氏のよく解するものは雅趣であるという。居士の俳句より得来った自然趣味は、種竹氏の雅趣と契合することが多かったろうと思われる。

「松蘿玉液」は種竹氏の梅花を愛する話と、時鳥《ほととぎす》を喜ぶ話とを伝えている。これ等もその詩の雅趣を助くる一要素であろう。しかも「嗚呼種竹は終に梅花狂のみ」と云い、庭前の蛙声が時鳥の声を妨ぐるを憎んで、蛙を捕えて捨つるのを「一種のものずき」と評しているあたり、その好むところに僻する点も認めているようである。後年種竹氏が支那に遊んだ時、居士は「詩人が詩をつくるために支那に行くは其の天職に忠なる者なり、我は天職に忠なる人を喜ぶ」と云って、「詩に名ある種竹山人支那に行くと歌もておくる竹の里人」以下十首を「日本」に掲げ、その行を壮にしたことがあった。居士をして「少年香庵を弔ふ」という新体詩を作らしめた香庵は、種竹氏の息だそうである。

阪本四《し》方太《ほうだ》、大谷繞石《じょうせき》両氏が仙台の高等学校を出て、大学に入るべく上京したのは二十九年秋であった。両氏は京都時代から碧虚両氏と同級であり、解散によって同じく京都から仙台へ移った。碧虚両氏の仙台に在る間は極めて短かったが、四方太氏はこの短い間に俳句をはじめるようになり、碧虚両氏を介して居士の許に送った句が「日本」に載ることになった。

四方太氏はかねて想像した居士と、実際逢った居士と非常に違っていたと云って、「暗いと思つた眉根は明るかつた。狭いと思つた額は広かつた。分け刈と思つたのが五分刈であつた。頰のあたりも左程痩せてゐない。眼は思ひ切つて離れてゐる。口は大きい方で締りがない。といふやうな訳で思ひの外《ほか》に平凡な顔で、いはゞ余ッ程間抜けた顔であつた」と巨細に述べている。はじめは寧ろ与《くみ》し易いような気がしていたが「日を経るに従つて少しづつ気味の悪い所が出て来る。世間咄の時はさうでもないが、発句の批点でも請ふ場合になると、黙つて原稿に眼を注がれる。其眼付が非常に怖い。僕の顔を睨まれるのでもないのに怪しく恐ろしい。批評に至つては猶更の事だ。片言隻語ひし〳〵と応へる。さう気が附いて見ると、只の雑話も一分の透きがない。時には随分皮肉な言も聞える。僕などは丸で子供扱ひにされて居る。僕の肺腑はとつくに見抜かれて居る。独り僕の肺腑のみならず、此門に出入するもの悉く見抜かれて居る様に感じて来た。是《ここ》に至つて僕は全く子規子に牛耳を執られてしまつた」と云うのである。居士の人を惹付けて行く模様を、まのあたり見るような気がする。

四方太氏は「ほとゝぎす」が東京に遷った当時、已に選者の一人であった位だから、俳句に於ても一方の雄たるを失わなかったが、その努力は俳句よりも文章の上に著しかった。けれども句稿に注がれたと同じ眼は、文章の原稿にも注がれるわけだから、なかなか及第しない。露月氏の鎌倉紀行を採用しなかった時の居士の書簡に「四方太青々《せいせい》など此頃文章熱心にて二度も三度も稿を代へ申候。ホトトギスに出ぬ(いはゞ没書)の文稿沢山有之候。貴兄も今少し練磨可被成候」という激励の言葉があるが、その日付は三十二年の十二月一日となっている。これ以前の「ホトトギス」に出た四方太氏の文章と云えば、「田園日記」なるものがその十月に掲げられているに過ぎぬ。余は悉く落第したのであろう。四方太氏の文章は「根岸草廬記事」によってはじめて認められたので、氏自身「仮免状を得たやうなものだ」と云っている。十一月二十九日の夜に書いた居士の書簡に「君の文を見て不愉快を起した例は幾度もある、僕が不愉快になつた結果はいつでも君を不愉快にしたのだから君の記臆に一々残つて居るであらう」とあるのが、二度も三度も稿を代えた消息を示しているように思う。然るに「根岸草廬記事」に至っては「実に面白かつた、只の一ところも不愉快な処はなかつた、今迄の文の山があつても覚束ないよろ〳〵として居るのとは違ふ、大山は無いけれど却《かえっ》て面白い、もーたしかだ」というのだから大したものである。

四方太氏の文章は「根岸草廬記事」を起点として新に発足することになった。居士の枕頭に催される山会(文章会)に、四方太氏の文章は欠くべからざるものであった。居士は四方太氏に向って、面白いと思う事の外は書くな、と云ったそうである。しかし歿前数日に「月待」という文章を評した時は、「極端に山ばかりになると却つてウソらしくなるから、多少の無駄もなくてはいかん」という注意を与えたらしい。仮免状を得た後の文章は、大体に於て四方太氏一流の調子が揃っているように見えるが、時に居士の痛棒を喫せざるを得なかった。「墓参」という文章の如きは「拙ノ又拙ナル者ヂヤ」という極印を捺された上に「四方太ハ主観的懐旧談トデモ云フベキ者ヲ書クトイツデモ失敗スル、此前ニ洪水ノ懐旧談ヲヤツテ其時モ失敗シタ、四方太先生チトシツカリシタマヘ、余リ凝リ過ギテ近来出来ガ悪イヂヤナイカ、若シ又体ガ衰弱シテ居ルナラバシツカリ御馳走ヲ食ヒタマヘ」という激励を受けた。四方太氏の写生文が大成したに就ては、容易に可しとしなかった最初の居士の態度と共に、その後に加えられた不断の批評が与《あずか》って力があったろうと思う。主観的懐旧談を書くといつでも失敗すると云われた四方太氏が、居士の歿後に於て、客観的懐旧談とも云うべき「夢の如し」を書いて成功したのは注目に価する。

大谷繞石氏は四方太氏と同じく文科大学に入ったが、一方は英文、一方は国文で、専攻は自ら異っていた。その点は子規居士と漱石氏との関係に似ていると云っていいかも知れない。当時大学生で俳句を作る者は、多く大野洒竹《しゃちく》氏を中心に集る傾向があったのに、四方太、繞石二氏が居士の傘下に馳せ参じたのは、予《かね》て碧虚両氏を通じて居士を知り、その句も「日本」に掲げられていた関係であろう。この二人の参加は、居士に取って頗《すこぶ》る愉快であったらしい、と繞石氏は云っている。時に居士三十歳、繞石氏二十二歳であった。

「明治二十九年の俳句界」の中に「四方太繞石深く斯道《しどう》に悟入《ごにゅう》する所あらんとす」とある外、繞石氏の句に就ては特に居士の評したものが見当らぬ。繞石氏は極めてむらの無い作家ではあったが、特異な色彩を帯びたものに乏しいからであろう。散文方面に於ても四方太氏が試みたような努力の迹は無い。居士の身辺に在って英文学に志した者は、前に漱石氏があり、次いで繞石氏がある。漱石氏は後年に教壇を去って創作を専とするに至ったが、繞石氏の一生にはそういう変化は見られなかった。ただ中学時代早く小泉八雲氏に知られた繞石氏は、その日本に関する著作に寄与するところが少くなかったろうと思う。八雲氏の著作は俳句が相当多く挙げてあり、それも古句ばかりでなしに明治以後の句が加っているのは、繞石氏が材料を提供した為である。繞石氏は又八雲氏に提供する古句の材料を集める為に、居士の「俳句分類」を利用したこともあったらしい。八雲氏の著書が他の外国人の手に成ったものと選を異にするのは、その日本に対する理解力によることは云うまでもないが、又繞石氏の如き助力者に負うところが多かったことも、忘るべからざるものであろう。八雲氏の著書が世界的であっただけに、その陰に隠れた繞石氏等の努力も極めて有意義だったということが出来る。

繞石氏は一度八雲氏の「海のほとり」を訳して「ホトトギス」に掲げたことがあったが、それは子規居士歿後数年を経過してからであった。繞石氏の著作も亦多く居士歿後に成った。居士と繞石氏との交渉は、大体に於て熱心なる俳句作家たるにとどまるであろう。

四方太氏は鳥取の産、繞石氏は松江の産である。東北の露月、紅緑両氏の後を承けて、山陰から新作家が登場したのは、偶然かも知れぬが興味ある事実と云わなければならぬ。

十一

「明治二十九年の俳句界」の終に当時の俳人三十八名を挙げ、各人に就て二字評を下したものが添えてある。中に「婉惬《えんきょう》」という評を下された戯道というのが、「日本」社中の末永鉄巌《てつがん》氏のことである。鉄巌氏は居士に長ずること一歳、「日本」紙上に堂々の筆陣を張る論客の一人であったが、俳句は居士によってはじめて洗礼を受けた。戯道の名は「新俳句」は固より「春夏秋冬」にも散見するかと思う。三十一年の夏、黒田長成侯に随って富士登山を試みた時は、本田種竹、中村不折両氏も同行者であったが、帰来筆を執って「富嶽遊草」一巻を著した。出発に先って居士を訪ねたら、褥《しとね》を出で机に凭り、冷然微笑、自ら痩脛を撫するもの再三、褎然《ゆうぜん》たる写本三冊を鉄巌氏に示した。学生時代に飄亭氏と協力して輯《あつ》めた「富士のよせ書」なるもので、富士に関する詩歌文章その他、見るに任せて輯録したのである。「富嶽遊草」の巻末に附した歌と句は、居士の撰に成ったとあるから、「富士のよせ書」から抜萃したに相違無い。

「富嶽遊草」には不折氏の画、種竹氏の詩と共に、鉄巌氏の歌一百首が掲げてある。居士がこの登山のことを聞いて詠んだ歌の中に「不尽の歌不尽の唐歌不尽の絵は山なすあれど君が歌に絵に」というのがあったが、この希望は「富嶽遊草」によって実現されたわけである。鉄巌氏の歌は恐らく「日本」社中に於て日南氏に次ぐ作者であったろう。勿論日南氏の歌のような、飄逸佚宕《ひょういつてっとう》なところは無いけれども、様に依って胡蘆《ころ》を描く一般の歌に比べれば、慥に縦横の趣を具えている。居士が「百中十首」を「日本」に掲ぐるに当り、末永氏も戯道の名を以て選者の一人となっているのは、いやしくも歌に関する限り、一日の長ありと信じていた為ではないかと思う。

居士の歿後、鉄巌氏は居士を評して「彼の名が常規と云つた通りで、常規の二字は彼の性行を一貫して居ると云うても些《すこ》しも不可は無い、彼が如きをこそ非常の常人、非凡の凡人とも云ふべけれである」と云った。居士を評するに「常規」の二字を挙げ来ったのは、一個の観方たるを失わぬ。非常の常人、非凡の凡人の語も頗る要を得ている。居士に俳句を問うた「日本」社中の人としては、鉄巌氏の如きは異彩ある一人と云うべきであろう。

阪井久良岐《くらき》氏は今では川柳方面に於てのみ記憶されているが、かつて「日本」に籍を置いたことがあり、居士とはそれ以前から交渉があった。「松蘿玉液」に「徒然坊さきつ頃小田原より端書おこせしが新聞を見ればいつの間にやら富士へ上りたりと見ゆ」とある徒然坊は即ち久良岐氏の事である。三十一年の夏、居士が「足たゝば箱根の七湯七夜ねて水海の月に舟浮けましを」以下八首の歌を詠じたのも、久良岐氏が箱根から寄せた数葉の写真によるのであった。居士が歌の革新に著手するに先って、歌の方面に於て交渉のあった者としては久良岐氏を挙げなければならぬ。佐佐木信綱氏から諸家の歌集を借り得て居士の許に齎したのも久良岐氏であり、橘曙覧《たちばなあけみ》に関する評論はかくして生れたのである。「百中十首」の選者の中にも、久良岐氏は無論加っている。居士の病牀に毎月歌会が催されるようになってからは、久良岐氏は却って顔を見せて居らぬが「心の華」「大帝国」等の誌上に掲げたその歌論が大に一時を賑したことは、当時を知る者の記憶に新なるところであろう。「大帝国」所載の「歌学放言」が与謝野鉄幹氏の怒を買い、「明星」誌上の攻撃的文字となって現れたのも、光談万丈《こうえんばんじょう》なる久良岐氏の筆端から生じた一の波紋であった。

明治二十九年から三十年へかけて、居士は最も新体詩の上に力を注ぎ、その作品を「日本人」誌上に発表した。新詩会の会合に出席して、落合直文《なおぶみ》、与謝野鉄幹、佐佐木信綱その他の諸氏と会したのも、二十九年中のことであり、「詩人会す上野の秋の三宜亭」の一句が這間の消息を伝えている。新詩会刊行の詩集「この花」に居士の作が加っているのは、この結果に外ならぬのであるが、新体詩に於ける居士はいずれかと云えば独立孤行の観があった。新体詩家との往来が少かったばかりでなく、門下の士のこれに参加する者も乏しかった。東遷後の「ホトトギス」に就て見ても、虚子、四方太以下二、三の人々が僅に所作を発表しているに過ぎぬ。種々の点から見て、居士の新体詩は努むるところの多かった割合に、酬いられるところが少かったと云えるかも知れない。

十二

松山から「ほとゝぎす」が発刊されることになって、「日本」以外に新なる地盤が出来た。部数は僅に二、三百部内外であり、発行所は四国に僻在していたが、その読者は必ずしも地方に偏せず、各方面に普及する傾向を示していた。居士もかつて「日本」紙上に掲げた「俳句問答」の後を承けて「試問」「或問」等の欄を「ほとゝぎす」に設け、指導誘掖《ゆうえき》に任ずるところがあったけれども、その影響は寧ろ一般的で、特に二、三の人に就て云うほどのことも見当らない。

三十年の十月、桂湖村氏が京都から帰京して、愚庵の柿(つりがね)及松蕈《まつたけ》を齎した。湖村氏は居士の身辺に現れた漢詩畠の人として、青厓、種竹両氏と共に記憶さるべきものであろう。この時の愚庵滞在はかなり長かったらしく、八月六日愚庵和尚に宛てた居士の書簡にも「湖村兄とともに毎日御推敲の事と存候」とある。京都を去るに臨んで愚庵庭前の柿を携えて帰ったので、それが有名な柿の歌になったのであるが、この事は別に記すつもりだから省略する。居士はかつて漢詩人の眼孔狭隘なることを論じ、「漢詩家にして漢詩以外の文学に多少の知識を有する者」として第一に湖村氏の名を挙げた。居士が「百中十首」を提げて起った時、漢語の多過ぎることを難じて、「五畝の宅」とか「御歌を吟ずれば」とかいう位はいいが、あまり沢山用いては困ると注意したのは湖村氏であった。三十三年の「週間記事」にも

四月二日（湖村、節《たかし》、四方太来る）

詩人去れば歌人座にあり歌人去れば俳人来り永き日暮れぬ

とあり、又居士の家の床の間に掛けられた蔵沢《ぞうたく》の竹の幅を「湖村は一ケ月に幾度でも来る度にほめて行く」ということもあるから、後々まで病牀訪問の一人であったのは明であるが、日南氏の歌に所謂「魚もかまず酒も仰がず仏づく桂の比丘を見れば乏しも」という湖村氏の風丰に触れたものは居士の作品には見当らぬかと思う。

蕪村忌がはじめて行われたのは三十年十二月二十四日であった。以後年々子規庵の行事となり、風呂吹を喫し、写真撮影を試みるということが続けられた。この日の為に天王寺蕪を寄せ来ったのが大阪の水落露石氏で、これも年々繰返されている。但年末の為

か蕪の延著することが多く、三十二年は「蕪村忌におくれて蕪とゞきけり」であり、三十三年は「拙宅蕪村忌廿三日に繰上候処廿二日に至りても荷不著、それ故廻送店迄はがきを以て催促に及び候処廿三日夕刻に持て参り候、其時は皆々散会の後にて今年も亦蕪村忌の間に合はず甚だ残念に存候、併し鳴雪碧梧桐虚子同楽の四人だけ居残りて話居り風呂吹の残りと共に晩餐の膳に上り候はせめてもの事に御座候」ということになった。三十四年の蕪村忌は道灌山で開かれ、居士は勿論加わることが出来なかったが、蕪は十分間に合ったらしい。年々の蕪村忌に当り、蕪村の生れた大阪の蕪を寄せるというところに、明治らしい空気を窺うことが出来る。

露石氏は二十七年以来、居士との間に文通の往来が続けられていたが、三十年二月に上京、小集を催したことがあった。運座用の硯蓋に居士の題句を乞うたのに対し、「御土地柄なれば淡々の調をまねて此の如し」とあって「かんな屑に蛙は勝と衆議判」以下五句を認めたのも三十年中のことである。三十一年二月、露石氏が俳事全廃の広告を「日本」に出した時、居士は「いづれ已み難き事情とあらば致様も無之候へども全く廃せずして少しくなぐさみになされては如何に候や、其内已み難き事情も消ゆる訳には参らずや」という懇篤な一書を送ったが、露石氏は一年有半にして俳壇に復活することになった。

蕪村に繋る居士と露石氏との因縁は、蕪村忌の天王寺蕪ばかりではない。居士が二十九年中に読んでいろいろ発明するところがあったという「新花摘《しんはなつみ》」も、多分露石氏から借覧したものであろう。蕪村研究に没頭しつつあった居士は、自ら味読するにとどまらず、松山発行の「ほとゝぎす」に寄せて附録として連載せしめた。殊に露石氏が蕪村遺稿を発見して、その写本を送致し来った時の如きは、居士のよろこびは非常なもので、頻《しきり》にその出版を慫慂《しょうよう》し、「出版に付《つい》ては一字も一句も増減せぬ方よろしく候、それが為に蕪村の値打が落ちるなど申事あるべき筈無之候、例へば御挿註に芭蕉の句と似たりと申者有之候ひしかどあれは全く違ひ申候、其外除くべき句抔は一句もあるべからず候、又他書にあるものと文字に相違あるは沢山有之候へどもそれらは正す必要無之只原本通りの方よろしく候、其内文字の誤写ならんと存候は御写しの中に附箋致置候、併しそれさへも原本間違ひをらば原本のまゝがよろしかるべく候」というこまかな希望を述べている。居士は蕪村の自筆ならば写真版にしたらよかろうと思っていたが、写本では仕方が無い、それも几董の写ならば面白いけれどと云い、露石氏が板下を書くと聞いて「貴兄板下の事結構に候」と云った。蕪村遺稿成った時、露石氏に送った端書には「製本出来板下誠に見事に候」とあって、「冬の部に河豚《ふぐ》の句多き句集哉」の一句が書添えてある。露石氏の明治俳壇に対するこの種の功績は、没すべからざるものと信ずる。

十三

「百中十首」を「日本」に発表するに当り、これを選む者十一人であったが、竹柏園(佐佐木信綱)氏を除く外は、いずれも所謂歌人ではない。徒然坊(久良岐)某(羯南)戯道(鉄巌)の三氏は「日本」社中に在って自ら歌を作り、かつ歌に対して一個の見解を有する人々である。福本日南氏なども日本に居ればその選に加わるところであったろうが、当時は外遊中であった為、居士の歌の革新には全然関係しなかった。而して爾余の七人――白雲(飄亭)、碧梧桐、虚子、鳴雪、墨水、露月、遠人(把栗《はりつ》)の諸氏は悉く俳人であった。

梅沢墨水、福田把栗両氏は二十七年頃からの作家と見るべきであろうか、今でも当時を知っている人の脳裏には相関連して浮ぶ名のようである。墨水氏はその号の示す如く、居士の身辺に少い江戸ッ子の一人であった。「百中十首」の選歌の中に「縁日の市に買ひ得し早咲きの鉢うゑ桜散りぬ歌無し」「頭痛する春のゆふべの酔ひ心そゞろありきして傾城を見る」の如きものが見えるのは、俳人であったというばかりでなく、江戸ッ子たることが自ら然らしむるのであろう。「寸紅集」に収められた「祭」という文章が「祭と聞いちあ肺炎だつて黙ちやあ居られぬ」という書き起しで、「ナーニ、東宮殿下の御慶事の折にでも、ほとゝぎすから蕪村の山車《だし》でも出すといふなら、花笠でも冠つて鉄棒引位には第一番になる。のみならず場合に依て御望とでもありやア、随分廿五座の方も素面《スメン》で引受けぬ事はない」と結んであるのにも、やはり同じ気分が窺われる。「ホトトギス」の新年会などという場合に、墨水氏の落語は欠くべからざるものであったらしい。その江戸ッ子が大阪に移住して大阪に歿し、「君逝きてこゝにも寒し都鳥」と鳴雪翁から弔われることになったのは、不思議と云えば不思議な因縁であるが、居士を呼ぶのに同郷人間の通称たる「のぼさん」の語を用いたりして、通らしく振舞ったということも、やはり同じような洒落気から出発したものと解すべきである。

把栗氏は前に破笠と号したことがある。漢詩の場合には静処と号していたが、その外にもう一つ遠人という別号があったのを、「百中十首」を選むに当って用いたものであろう。遡って「明治二十九年の俳句界」を読んで見ると、子規居士も亦「把栗と対峙する者を墨水とす」と云っている。けれども「其趣向多く漢詩より来る。清幽瀟洒誦すべきもの多し」という把栗氏の句と、「澹泊《たんぱく》中に趣味深き処あり。句法も亦平凡にして奇を衒《てら》はざる処に雅致を寓す」という墨水氏の句とではその間に差異あるを免れぬ。並称されるものが必ずしも相似た場合のみでないことは、碧梧桐氏と虚子氏、露月氏と紅緑氏などを見ても明であると思われる。

三十一年十一月、紅緑氏の句稿の終に記した同人の消息を見ると、「墨水石版屋デ把栗ハ教師カ分ラヌ」とあり、ここにも両氏が随伴的に現れて来るのは面白いが、その後久しからずして把栗氏は「日本」に入った。三十二年四月の露月氏宛書簡に「把栗は日本の校正になる筈」とあるによって、略々その時を知ることが出来る。この年八月の「ホトトギス」に「何がしの妻取りしよし聞きて」と題して掲げた一連の歌は、把栗氏の新婚を祝ったものであった。その中には「米なくば共にかつゑん魚あらば片身わけんと此妹此伕《このいもこのせ》」「かつを節紙に包みてみづひきに松と薔薇とをく丶りそへて遣る」「誰も娶り彼も娶り君も娶りけりひとり娶らぬ吾吾をあはれむ」などの如く、いささか尋常の賀歌の型を破ったものも含まれている。

三十三年の「週間記事」の中に

三月三十日(把栗来る)

詩をつくる友一人来て青柳《あおやぎ》に燕《つばめ》飛ぶ画をかきていにけり

という一首がある。「句をつくる友」でなしに「詩をつくる友」としたのは、或は調子の上から来ているのかも知れない。居士の身辺に現れた人々の中で、俳人にして漢詩人を兼ねた者と云えば、先ず把栗氏位のものであったろう。

十四

三十一年の十月、寒川鼠骨《さむかわそこつ》氏が愚庵《ぐあん》の柿を携えて居士の病牀に現れた。この柿に関しては前年のような歌も句も生れなかったが、鼠骨氏はその後間もなく京都を去って「日本」社中の人となった。上京当時新聞社の話が三つあって、いずれにすべきかを居士に相談した時、居士は先ず「月給は何処が多いのだな」と問い、「東京朝日」第一、「京華日報」第二、「日本」第三、「日本」は「朝日」の二分の一であるという答を得ると、言下に「日本におしや」と云ったというのである。この一語は透徹した居士の面目を窺うべきものであると同時に、この場合のみに限らぬ大きな教訓でなければならぬ。京都時代から屢々「日本」に寄稿していた鼠骨氏は、こういう過程によってその社中に入ったのであった。

「明治二十九年の俳句界」に「四方太繞石深く斯道《しどう》に悟入《ごにゅう》する所あらんとす」とあるのに次いで「鼠骨秋竹《しゅうちく》亦侮り易《あなど》からず」と書いてあるが、上京後の鼠骨氏は四方太氏と共に文章の上に努むることが多かった。三十三年四月「日本」の署名人たるの故を以て、鼠骨氏が十五日間の獄中生活を余儀なくされた時、居士は先ず「獄中の鼠骨を憶ふ」という一連の歌を「日本」に掲げた。「天地《あめつち》に愧《は》ぢせぬ罪を犯したる君麻縄につながれにけり」「人屋《ひとや》なる君を思へば真昼《まひるげ》餉の肴《さかな》の上に涙落ちけり」「三とせ臥す我にたぐへてくろがねの人屋にこもる君をあはれむ」「ぬば玉のやみの人屋に繋がれし君を思へば鐘鳴りわたる」等の歌を誦すると、脈々たる居士の温情を感ぜずには居られぬ。四月十三日夜、碧梧桐氏に宛てた端書に「飄亭と鼠骨と虚子と君と我と鄙鮓くはん十四日夕」とあり、「病牀週間記事」には

四月十四日(鼠骨の出獄を祝す)
くろがねの人屋を出でし君のために筍鮓をつけてうたげす

と記されている。鼠骨氏の出獄を賀する為、病牀に少数の同郷人を会して松山ぶりの鮓をもてなす、そこにも居士らしい情味が溢れているように思う。

居士は又その翌日の歌会に、鼠骨氏の入獄談を以て課題とし、自身も八首を詠じている。悲憤慷慨を離れた獄中生活が歌に入ったのは、恐らくこれを以て嚆矢とするであろう。けれども獄中の詳細を伝えることは、到底歌や俳句のよくするところでない。鼠骨氏はやがて写生文によって入獄以来の経過を詳述し、「ホトトギス」に掲げた。居士は

鼠骨氏に書を与えて「獄中ノコトハ君ノ文ニヨリテ伝ハリ君ノ名ハ獄中談ニヨリテ残ル位ノ大切な文章と小生ハ存候、それ故獄中の事ハ可成詳《つまびらか》に叙述ありたく(説明にてもよろし)而して獄中談を完備為致度存候」と云い、かつ標題を「新囚人」と改めた旨を断っているが、その後「放免」「就役」「監房」の諸篇は相次いで誌上に現れ、遂に「新囚人」一巻を完成するに至った。これ等の諸篇は在来の写生文に比すれば皆長く、内容の奇と相俟《あいま》って慥に一新境地を開いている。写生文の使命がこの災厄に際して十分に発揮されたわけである。「ホトトギス」の文章が漸く前よりも長くなり、かつ複雑な事相を描こうとする傾向を帯び来ったのは、「新囚人」以後に於ける現象であった。

「仰臥漫録」の中に「余ノ内へ来ル人ニテ病気ノ介抱ハ鼠骨一番上手ナリ、鼠骨ト話シ居レバ不快ノトキモ遂《つい》ニウカサレテ一ツ笑フヤウニナルコト常ナリ、彼ハ話上手ニテ談緒《だんしょ》多キ上ニ調子ノ上ニ一種ノ滑稽アレバツマラヌコトモ面白ク聞カサル、コト多シ、彼ノ観察ハ細微ニシテ且《か》ツ記憶力ニ富メリ、其上ニ彼ハ人ノ話ヲ受ケツグコトモ上手ナリ、頃日来《けいじつらい》逆上ノタメ新聞雑誌モ見ラレズ、ヤ、モスレバ精神錯乱セントスル際此鼠骨ヲ欠ケルハ残念ナリ、鼠骨ハ今鉱毒事件ノタメ出張中ナリ」とあるが、この介抱の苦心に就ては鼠骨氏の「看病番と子規庵の庭」という一文に委《くわ》しい。ただ黙って病牀の次の間に侍しているだけでは、居士の機嫌が悪く、麻酔薬を呼ばれるようになり勝である、話の種を見つける為に、看病番に当らぬ日は方々歩いて見る、そうして折角《せっかく》仕入れて来た話が尽きて、黙然と対坐する時間が長くなる時などは、誰か来ればいいがと思うが、そんな時に限って誰もやって来ない、仕方が無いから何でも構わず話材を見つけて、手当り次第に話をしたというのである。

鼠骨氏は「看護番は慥に苦心を要した。呼吸《いき》づまる思ひをしたことも少くなかつた。それでゐて私は其番の来るのを寧ろ待兼ねてゐた。それは少しでも、あゝした病苦を慰めまぎらせて上げたい気が一ぱいになつてゐた為であるのは勿論だが、さうして慰め、まぎらせることによつて、少しでも居士の生命を延長させたいと冀《こいねが》つてやまなかつたからだ」と云っている。居士の病牀に於ける話題は、歌とか俳句とか文章とかいう方面に蹐蹐《きょくせき》せず、天下国家の事でなければ俗談平話に過ぎなかったというのであるが、この俗談平話の中に最も聴くべきものがあったらしい。「墨汁一滴」「病牀六尺」「仰臥漫録」等に現れたものが、病牀に於ける俗談平話の片鱗なので、居士自身も「情ある人我病牀に来つて余に珍しき話など聞かさんとならば、謹んで余は為に多少の苦を救はるゝことを謝するであらう。余に珍しき話とは必ずしも俳句談にあらず、文学談にあらず、宗教、美術、理化、農芸、百般の話は知識なき余に取つて悉く興味を感ぜぬものはない」と云い、四方太氏の如きも「子規子の如く話の範囲の広い人は先づ尠《すくな》からう。殆どこれは厭だといふ話はなかつたやうだ。さうして或程度までは大抵の話が専門的に事の真相を穿《うが》ち得るのであつた」と云っている。こういう病牀の居士に取って、観察細微にして記憶力に富み、談緒の多い上に、調子に一種の滑稽があって、如何なる事でも面白く聞かれる鼠骨氏の存在が極めて重要なものであったことは云うまでもあるまい。鼠骨氏の居士に親炙《しんしゃ》した間は、他の同郷人のように長くはなかった。しかし前に挙げた「看病番と子規庵の庭」によると「居士が歿せられてから、寒暑を閲する既に三十三年、おもへば長い歳月である。その長い歳月が私に取つては反つて短く、寧ろ居士を看護してゐた一年有半が長い時間であつたやうに感ぜられる。それは私の一生に於て最も深い、最も強い刺戟を与へ、又最も意義ある生活をなさしめたのは其時だけだからだ。その後三十三年、世の中を彼処此処と漁り歩いて見たが、居士のやうに私を刺戟し、居士のやうに私を認め、居士のやうに私を導いて呉れる一人をも見出し得ず、所謂徒《いたず》らに草鞋銭《わらじせん》を費すのみであつた」というのである。人生に於ける時間の意義は畢竟《ひっきょう》そういうものなのであろう。

十五

「ほとゝぎす」が極堂氏の手から虚子氏の手に移り、松山に於ける地方雑誌が一躍して東京の本舞台へ乗出すと共に、居士の力の入れ方も前より多くなった。従来「日本」

の一隅に掲げつつあった各地の句会通信を、「ホトトギス」に一括して収めたのをはじめ、居士の俳句方面の仕事は大体この雑誌に集中された観があった。松山時代には純然たる俳句雑誌だったのを、或程度まで他の文学をも加味しようとし、居士自身も文学評論の筆を執り、新体詩や歌を掲げ、陣容を整えることに力めた。「ほと、ぎす」が東京へ移るに先って虚子氏に与えた書簡に、

発句の撰抜といふやうな事の外に何か自分が書くといふ場合に貴兄は何種の変化した者を書き得らる、と自信し給ふか、小生が厳酷に評すると貴兄は一種より外に得書き給はじと思ふ、一種とはいふ迄も無く「日本人」に出たやうな「俳句入門」にあるやうな俳句論である、若し寛にいふなら二種となるかも知れぬ「日本人」に出たやうなもの（議論的攻撃的弁護的）一つ、「俳句入門」に出たやうなもの（教訓的批評的解釈的）一つ、併し此両者も貴兄の筆になると趣が大変善く似て居る、さて貴兄はそれとして飄亭、碧梧桐、露月等は如何、各人多少の特色を有すとはいへ飄亭は議論的碧梧桐は批評的露月は随筆的位のもので先づ似よりの者ぢや、こんな者を勉強して並べるといふと丁度「日本人」のやうな同じへんな者が出来て人をして飽かしめるであらうと思ふ

と云ったのは、冷静に自家の陣営を検討した結果で、縦横に各種の手腕を発揮して誌面を賑わすだけの自信を有する者は、恐らく居士以外に無かったろうと思う。けれども評論や歌や新体詩は已に「日本」や「日本人」に於て著手したものだから、それを「ホトトギス」の上に移したに外ならぬ。居士がこの舞台に於て新に開拓しようとしたのは実に散文の世界であった。東遷後最初の雑誌(第二巻第一号)に掲げた「小園の記」以下、居士が漸次「ホトトギス」に掲げて行った文章は、皆この世界の産物である。当時はまだ写生文の名は生れていなかったけれども、その萌芽と見るべきものは「小園の記」以前には見当らない。虚子氏が「小園の記」と同じ号に載せた「浅草寺のくさ〴〵」なども、やはりこの新な世界に入るべきもので、「一種より外に得書き給はじ」と云われた虚子氏は、それ以外に一機軸を出し得たわけであった。第一号が成った後、居士が「浅草寺は尤も引立たり、配合の上より極めてよし、これが一番の出来かと思ふ」旨を虚子氏に告げているのも、この新な努力を認めた為であろう。但当時はこれに続いて直に文章の新運動が展開されるに至らなかった。

三十二年二月に至って香取秀真、岡麓《おかふもと》両氏がはじめて居士の許を訪ねて来た。居士が「歌よみに与ふる書」及「百中十首」を提げて起ってから一年目である。居士の歌論に対する反駁は一時なかなか盛《さかん》で、「歌につきては内外共に敵」と云ったほどであったが、「人々に答ふ」の応酬が一亙り済んだ後は、格別これという論敵も現れなくなった。居士は自ら大に歌を作ると同時に、俳人仲間を駆り催して歌会を開いたりしたけれども、この方からは熱心な作家も生れなかった。もしあのままの状態で推移したならば、或は新体詩方面の仕事と同じく、居士の努力の多かった割に、周囲に影響を及ぼすことの少い結果に了ったかもわからぬところへ、俄に両氏が現れたのである。「歌よみに与ふる書」や「百中十首」の反響としては、少し遅過ぎる観があるし、両氏も最初から居士の傘下に馳せ参ずるつもりでもなかったらしいが、この訪問が動機になって歌の方面が活気を呈するようになった。

香取、岡両氏の仲間では二十九年以来「うた」という雑誌を出していたこともあり、新月集という回覧集をやったりして、已《すで》に或空気が出来ていた。何事にも師長を以て居らぬ居士は、両氏の訪問を非常によろこんで、誰か歌の仲間をと思うていたのですが、丁度幸なところですから、この後も是非来て下さいと云い、新月集に歌も投ずれば、新に歌会も開くという運びになったのである。

香取秀真氏の仲間の鋳金家には歌よみが何人もあった。居士の歌に「歌つくる鋳物師こゝらいものする歌よみこゝらほつまこのめやすし」とある通り、山本鹿洲《このめ》氏も作り、川崎安民《やすし》氏も作る。木村芳雨氏も亦「歌つくる鋳物師」の一人で、これ等の人々も秀真氏と共に前後して歌会へ顔を出すことになった。三十二年になって最初の歌会、居士が歌の革新に著手してから二度目の歌会は三月十四日に催されたが、この時の会者は居士をはじめ秀真、麓、鹿洲《ろくしゅう》、芳雨、黒井恕堂《じょどう》の六人で、折柄来合せたらしい恕堂氏を除けば、他は悉く新な顔触であったばかりでなく、鋳金家が半数を占めているのは面白い。この日の歌の一部は「ホトトギス」に掲げられ、次いで「代鋳物師妻作歌幷短歌」という秀真氏の長歌も「ホトトギス」に現れた。

居士は新に身辺に現れた人々の歌に興味を感ずると共に、今まで全く知らなかった鋳金というような仕事にも興味を惹かれた。知合になったばかりの秀真氏にも鋳金に関して種々の質問を発し、かつ自分の意見も述べている。「青丹《あおに》よし奈良の仏もうまけれど写生にますはあらじとぞ思ふ」「天平《てんぴょう》のひだ鎌倉のひだにあらで写生のひだにもはらよるべし」「飴売《あめうり》のひだは誠のひだならず誠のひだが美の多きひだ」「人の衣《きぬ》に仏のひだをつけん事は竹に桜をつげらんが如し」「第一に線の配合其次も亦其次も写生々々なり」等の歌は、秀真氏作の飴売像に関連して居士一流の写生芸術観を述べたものである。翌三十三年に至り、居士が鏡に向って自分の首の像をつぐねたり、その首を置く台をやはり粘土で作ったりしたのは、秀真氏の影響と見なければならぬ。

三十二年十一月十六日、居士は車で小石川原町に秀真氏を訪ねた。

遊びあるく病の神のお留守もり
　　秀真を訪ふ

というのがこの時の句である。「敷物をあつみうれしみ家のごと股《もも》さしのべて物うち語る」の歌の通り寛《くつろ》いで、来合せた麓氏や安民氏と共に談笑に時を移し、鋳物に関するいろいろなものを見せられたりした。この年の居士の句に「からびたる蠟の鋳形の寒さかな」「春寒き縁に乾かぬ鋳形かな」「冬籠《ふゆごもり》鋳物にたまる埃かな」などとあるのは、この時の所見に基くものと思われる。秀真氏はその後本所に転じ、居士の歿前には日暮里の花見寺附近に移っていた。「ホトトギス」に出た「鋳物日記」は居士をして「面白く趣味ある材料の充実したる上に、書き方子供らしく真率にして技術家の無邪気なる所善くあらはれたり」と評せしめたもので、本所時代の産物である。「今日ユノチ新聞オクル新聞ノ月々ノ代ハ払フニ及バズ」「ナリハヒモ大事ナリケリツキアヒモ大事ナリケリ名ヲアグルニシカズ」等の歌を贈って居士が激励したのも、やはりこの本所時代であった。秀真氏が居士の晩年に於ける看護番の一人であったことは、贅するまでもあるまい。

子規居士の書いた歌人の見立を見ると、秀真氏は「天の香具山の真榊、勘平、足利直義」とあり、麓氏は「五畳半の茶室の紅白薔薇、塩谷《えんや》判官、一力亭主」ということになっている。両氏が歌に於て居士の門を敲《たた》くまでの径路には相似たところもあるが、又、異ったところも少くない。「秀真氏の歌は趣向の簡単(殊に荘厳)なるを貴び、調子も一気呵成に直線の如く言ひ下せしを喜ぶが如し。材料を神代記に捜るは氏の長所なり」と云い、「麓氏の歌一変して再変す。古今調を捨て、俳句調を取りしは其一変にして、今又万葉の古調を取りしは其再変なり。其変ずるや急にして劇、人をして端倪する能はざらしむ」と云う居士の概評を見ただけでも、その歌の同一歩調を取るものでないことは明であろう。

秀真氏を小石川に訪ねた前々日、居士は本郷金助町に麓氏を訪ねている。当時はまだ新築が成ったばかりで、居士の通された室の床の間には「探幽の筆なりといふ三日月ばかり大きく書ける幅」が掛けてあった。麓氏が取出して示した古人の筆蹟の中には行成、逸勢《はやなり》、西行の書、義政自筆伊勢物語、惺窩《せいか》以下諸儒の手簡などがあり、居士をして「水茎のふりにし筆の跡見ればいにしへ人は善く書きにけり」と歎賞せしめた。居士の周囲に在った人々は、学生もしくは学生上りで、僅に家を成す程度の人が多かったから、早くこうした雰囲気の中に住し得たのは、或は麓氏位のものであったかも知れない。しかし居士はこういう麓氏の新築を訪うと共に「かなめ垣ありてかたばかりの門をつくりたる」秀真氏の家を訪ねることを忘れなかった。そうして「牛を割き葱を煮あつきもてなしをよろこび」ながら、四畳半の間に夜の更けるまで談笑して帰ったのである。

三十三年の六月三日、麓氏の家に催された園遊歌会に出席したのが、居士の最後の外出であった。この歌会は集る者三十人とあるから、相当賑なものであったらしい。当日居士の詠んだ歌玉の歌に「歌玉は色々あれど秀真のは白く左千夫《さちお》は黒くしありけり」「格堂《かくどう》はルビーか巴子《はし》はトパッツかあるじ麓は出雲青玉《いずもあおだま》」などというのがある。両氏の歌柄は又この二首からも想見することが出来る。

麓氏は傘谷の別号の下に文章を作り俳句を作った。金助町の岡氏の家のあったあたりを、俗に傘谷と呼ぶところから起った号であろう。子規居士門下の歌人の文章というと、伊藤左千夫、長塚節両氏の名が先ず挙げられるが、歌に於て一先歩んじた秀真、麓両氏がこの方面でも先鞭を著けていた。「写生文集」の中に収められた麓氏の「蛇のから」は、居士生前に出た文章の中で評判のいい一篇だったようである。

十六

秀真、麓両氏の訪問を機会にはじめられた歌会は、三月、四月と続けて催され、五月、六月を休んで七月から連月催されることになった。歌会の結果が「日本」に発表されるようになったのは、七月以降である。俳人側からも飄亭、青々、碧梧桐、虚子、墨水その他の諸氏が顔を見せたが、多くは続かなかった。歌俳両面に活動したのは柘植潮音《つげちょうおん》、山田三子《さんし》両氏で、例の歌玉の歌の中にも「歌玉の潮音三子その色は真白赤斑と真赤白斑と」と見えている。但その活動の最もめざましかった者としては、赤木格堂氏を推さなければならぬ。

格堂氏が歌会に出るようになったのは九月からであった。早稲田の学生であった格堂氏は「日本」に出た居士の歌も歌論も一々切抜いて継合せ、熟読玩味するの傍、ひそかに百中十首を倣った歌を試みるほどであったから、短歌会の記事の発表されるのを見、踴躍して馳せ参じたのであるが、その歌は第一回から嶄然頭角を見した。居士の選に入った「思ふ事はあだになりけり然れども書に残して後待たばいかに」「君が庭は萩いまだ咲かず此夕一むら芒乱れんとする」等の歌を読めば、頭から一筋に詠み下す氏の歌の特長は已に発揮されているように思う。

格堂氏はこの会以来、歌会には一度も欠かさず出席した。当年の事を回顧した氏の文章に「根岸短歌会の事を思へば、今尚ほ脳髄の緊張を感じ、青春の血の湧き返るかと覚ゆ」とあるが、居士の歌論を読んで多少不審に思った箇所も、歌会に出て居士の語るところに耳を傾けていると、忽ち疑団が解けて明になる。「出かける時に絞り切て置いた海綿が、帰りがけには水を吸うて雫が垂れるやうな気がした」と云うのである。歌会に集る人は決して多くなかったけれども、そこには毫末の惰気も見られなかった。居士も「俳句会の方は勉めて義務的に開かるゝ病勢であつたに拘らず、歌会の方は進んで道楽的に乗り出され、気の毒な程来会者を優待され、互選既に終りても、尚ほ誰彼を引留めて歌話に夜の更くるを忘るゝといふ有様であつた。平日訪問しても、辞去せんとすれば直ちに線香を樹《た》て、一題十首の共詠を強ひらるゝ程であつた」というのは、当時の空気を最もよく伝えたものであろう。居士を中心とする歌はこの空気の裡に在って、長足の進歩を遂ぐるに至った。

けれども格堂氏の歌は必ずしも歌会にのみ終始したわけではない。「日本」紙上に於ける居士の選歌を輯めた「竹の里人選歌」に就て見れば、その華々しい足迹は随所にこれを認めることが出来る。「西公使を憶ふ」「鼻梁崩」「市兵衛古川の爺五位に叙せられて其髻《もとどり》を断ちたりとき、戯《たわむ》れに詠める」「某侯に北征を促すの歌」等の時事に関する歌、日光に遊び、鋸山に遊び、めばる釣る故郷の浦を憶う歌の如き、いずれも連作によって縦横の趣を詠じている。殊に時事を詠じたものが、堂々たる格調に一脈の戯謔を寓しているのは、福本日南氏の歌と共通するものというべく、遡って万葉巻十六に繋るべきものであろう。三十三年の四月、「桜花」の歌を「日本」に募った時、居士は格堂氏の歌三十首のうち十五首を抜き、かつその歌を評して「格堂氏の歌、初め放胆に失し今小心に返る、初め複雑に過ぎ今簡単を尚ぶ。善く摸し善く変ず。縦横馳駆疲るゝ事を知らず、兵の精なる者なり。然れども善く摸する者は初に進む事早くして後に進む事遅し。宜しく立脚地を定めて自己の特色を発揮するに務むべきなり」と云った。格堂氏が「竹の里人選歌」所収の連作に於て、その特色を発揮したのは「桜花」以後のことである。

格堂氏は歌に於て努むるところ多く、作歌以外にも平賀元義の歌を発見して居士の許に送り、この隠れた歌人を天下に顕揚する因をなしたような功績もあったが、それと同時に俳句方面にも亦大にその力量を示した。格堂氏の名は已に「明治三十一年の俳句界」中に在り、三十二年に至っては新に頭角を見した者の中に算えられている。三十三年以後は居士のこの種の批評を見ることが出来なくなったが、碧梧桐氏の手に成った「明治三十四年の俳句界」に引用してある居士の談片には「予の知る所にては、スラリとしたる句を作るものを格堂とし、ヒネクレたる句を作るものを寒楼とす」ということが見える。「仰臥漫録」を見ると、格堂氏の選句に就て「面白キ句ナリ、併シ格堂未ダ俳句ノ品格トイフコトヲ知ラズト見エタリ」と云っているところがある。しかしその作る所に対しては

芋ノ葉ニ昨日ノ雁ノ涙カナ　格堂
松露《しょうろ》掘ツテ山谷《さんこく》ノ廬《ろ》ヲ叩キケリ　同
遥カニ俗流ノ上ニ出ヅ、侮ルベカラズ

と評している。その翌年の「病牀苦語」に「格堂の句は旨い事は実に旨いものであるが、其句法が一本筋であるだけに幾らか変化に乏しい処がある」とあるのも、全体的にその価値を認め、「幾らか変化に乏しい」点を憾としているに過ぎぬ。「スラリとしたる」と云い、「一本筋」と云う。これは歌俳両面を通じた格堂氏の特色であった。

子規居士の晩年、俳句方面に於て最も嘱望したのは格堂氏であったろう。格堂氏自身も、居士の晩年に自分ほど直接に多くの教導を受けたものはあるまいと云っている。従って単に作句の伎倆がすぐれているというばかりでなく、居士の気合なり、骨法なりに就ても会得するところがあった。居士が「日本」の週報の選句を特に格堂氏に委嘱したのは、這間の消息を示すものでなければならぬ。格堂氏の書いた「先師の晩年」一篇はこの点に就て聴くべき内容に富んでいるが、殊に吾々の同情に堪えないのは、居士の長逝当時、已み難き事情の下に帰郷して東京に居合せなかった一事である。居士の訃報が吉備の児島に届いたのは、あたかも葬儀の行われる二十一日であった、「其夜いねがたくてよめる歌」という格堂氏の歌は筐底深く秘められ、子規居士二十七回忌まで何処にも発表されなかったものであるが、「都なる今日のはふりにかりがねの一人おくれて音のみし泣かゆ」「鳥羽珠の此夜寝らえず枕べにけだしく君の霊や来ませる」「こほろぎの声のかぎりを振りたてゝ泣く吾思絶えず此夜は」「故郷に我は見てなくあづま路の田端の山に照れる月夜を」「益荒夫《ますらお》の嘆きあまりて泣く声のそらに響かば帰り来吾君」等悉く哀々切々の情に満ちている。居士の晩年最も因縁が深かっただけに、地を隔て期に後れてその訃に接した格堂氏の恨は、他の何人よりも綿々として永く尽きぬものがあったに相違無い。

十七

居士を中心とする歌の世界は、新人物の出現によって著しく活気を帯びるに至った。ここで少しく遡って俳句の方面を見なければならぬ。

「明治三十一年の俳句界」の中に「昨年に在りて著き進歩を現したる者、東京に五城あり、越後に香墨《こうぼく》あり、大阪に青々あり」と書いてある。この三人が当年の所謂新人物であった。居士の批評は松瀬青々氏に於て最も委しく、次のように論じてある。

青々の句は昨夏始めて之を見る。而して始めて見るの日既に其堂に上りたるを認めたり。其句豪宕にして高華、善く典故を用ゐて勃窣《ぼっそう》に堕ちず、多く漢語を挿みて渋晦ならざるを得る者、以て其伎倆を見るに足る。但年月多からず、経験猶少し、嗜好偏局、未だ変化する能はず。専ら高遠に馳せて時に失墜を免れず、却て平淡の中に至味あるを知らざる者、其欠点なり。若し勉めて已まざらんか、造詣する所測るべからざる者あり。吾曩《さき》に狙酔を得て推奨措かず。一朝にして其消息を絶つ。或は幽明、処を異にせしかの疑あり。追慕の念愈々甚しく、白雲杳《よう》として尋ぬべからず。今青々の句を見るに、時流の外に超越して独り地歩を占むる処、五年前の俳句界に狙酔の句を見しと其感を同うす。殊に漢語を用ゐる処相似たり、典故を用ゐる処相似たり。雄健にして斬新なる処相似たり。狙酔は実に吾人が蕪村を唱道せざる前に在りて蕪村調を為したる者なり。而して彼は実に盲者なり。余は彼を憶ふ毎に無限の暗黒の裡に低頭黙坐したる彼の痩容を認めずんばあらず。狙酔去り青々来る、之を東楡に失ふて之を西隅に得たり。

狙酔という俳人のことはよくわからない。これより前居士は山寺梅龕なる人を得たが、病によって早く歿した。「はてしらずの記」旅行を了えて東京に帰った時、最も悲しかったのは梅龕の亡くなったことで、最も嬉しかったのは狙酔から手紙が来ていたことだったという。梅龕去り狙酔来るという過去の事実は、一転して狙酔去り青々来るということになったのである。

青々氏は居士に認められた翌年、虚子氏の慫慂によって上京、「ホトトギス」の仕事に携るに至った。それ以前にも一度東京へ出て来て、歌会に出席したこともあったが、「ホトトギス」に腰を据えてからも、或は歌会に出、或は写生文を作るなど、俳句以外にも力むるところが少くなかった。「寒玉集」の第二編には青々氏の文章もいくつか採録されている。

東京に在ること一年ばかりで、青々氏は大阪に帰り、やがて雑誌「宝船」を発刊した。けれども「始めて見るの日既に其堂に上りたるを認めたり」と評された青々氏の句は、単に新人物として目を惹くものがあったというばかりでもなく、地方の雄として存在するばかりでもない。一躍して幕内に入り、三役に迫る勢を示している。「病牀苦語」の諸家の俳句を評した中にも、碧梧桐、虚子、露月の諸氏に次いで青々氏の名を挙げ、「青々の句はしつかりして居つて或点で縦横自在であるが、時としてあまり自己の好む所に偏してへんてこな句を選み、どうかすると極めて初心なる句を誤認して、極めて老成なる句となすやうな事が無いでもない。これも真面目な強い方の句には誤りは少いが、軟い方の句には誤りが多いかと思はれる。露月とは趣を異にしてゐるけれど、矢張微細なる趣向に於ける趣味を十分に会得しないやうに思はれる」と評しているのを見ても、その推重の度を知るべきであろう。居士は当時簇出した大阪俳人に頗る慊焉たるものがあり、「いづれも皆才余りありて識足らずといふ欠点があつて如何にも軽薄才子の態度を現して居る」云々という酷評を下したが、青々氏に関しては「青々の如き真面目に俳句を研究する者が出たのも、大阪に取つては異数のやうに思はれる」と云って、姑《しばら》く除外例としている。ただ杜鵑《ほととぎす》二百句というものが出た時は「病牀六尺」において「青々の達吟に至つては実に驚く可きものであるが、さりとて杜鵑二百句といふに至つては流石《さすが》の先生、無邪気に遣つてのけた処は善いが、これで俳句になつて居る積りでは全く経験の足らぬ科《とが》であらう。二百羽の杜鵑をひつゝかまへたといふのは一羽もひつゝかまへないといふ事であるとは題見てもわかつて居る事であるのに」という痛棒を与えた。已に居士の気息奄々たる際で、青々氏に対する最後の鞭撻であった。

渡辺香墨氏は慶応二年生、居士より一歳の年長であり、同時に居士の身辺に在っては鳴雪翁に次ぐ高齢者でもあった。「香墨は漸を追ふて進む者、其基礎既に堅し」と「明治三十一年の俳句界」に見えている。二十七年中はじめて居士を訪ねたが、直にその傘下に加わるに至らず、二十九年に及んで月並俳句との旧因縁を抛却し、新な一歩を踏出したというのは、年齢の関係によるところもあり、又その漸を逐うて進む所以でもあろう。香墨氏は三十三年一月台湾に渡った。新領土たる台湾は居士がかつて「足たゝば新高山の山もとにいほりむすびてバナ、植ゑましを」と詠じたところである。渡台後一年三箇月目に公用で帰京し、居士の病牀を訪ねた時は苦悶の最中で、多くを語り得ぬ状態に在ったが、それでもバナナのことは話題に上ったらしい。居士の香墨氏に寄せた最後の句が「相別れてバナ、熟する事三度」であったのは、決して偶然ではないのである。

数藤《すどう》五城《ごじょう》氏は松江の産、大谷繞石氏とは同じ中学の出身ではあるが、何年か先輩であった。子規居士に紹介したのは無論繞石氏である。数学専攻の士でありながら、一面文学趣味に富み、後年は仏教に帰依していた。早く肺を患い、子規居士とは同病相憐む因縁もあった。「五城亦昨年始めて之を見る。練磨不撓、一日一日より進む。前途望多し」というのが居士の評語であるが、氏は当時第一高等学校に教鞭を執りつつあった。繞石氏の記すところによると、三十一年九月はじめて根岸の句会に赴いた時は、「奉書紬の三つ紋付の羽織を著、嘉平次平の袴正しく著なして、隅の方に端坐」していたそうである。五城氏は四方太氏の所謂「谷間に咲出づる蘭のやうな人」で、極めて地味な静な生涯を送った。「数藤斧三郎君」の一書は氏に関する諸家の追懐と、この世にとどめた数学、文学両方面の遺稿を集めたものである。子規居士在世中は俳句ばかりであったが、歿後連句や俳体詩に手を染め、晩年は「小野三郎」の名を以て歌を詠んだ。「天降言」を読み、「曙覧全集」を読み、「竹の里歌」を病牀に筆写しつつ、静に思を述べた氏の歌は、「ほく《ママ》の弟子われは叛けり歌の弟子命の限り叛かであれな」の一首が証する如く、泉下の居士を師とするの心を以て最後まで続けられたのであった。

青々、香墨、五城の三氏は各々その立場や境遇を異にしているに拘らず、時を同じうして俳壇に現れた為、自ら鼎立《ていりつ》の形を示すに至った。子規居士が青々、五城両氏の句合、香墨、五城両氏の句合を相次いで企て、「ホトトギス」誌上に掲げたのも、新人物としての三氏の力量を試みる意味があったものと思われる。

寺田寅彦氏が熊本の高等学校を卒業して上京したのも三十二年中のことである。熊本時代に俳句を作りはじめた氏は、漱石氏の紹介状を携えて子規居士の病牀を訪ねて来た。寅彦氏の名が大に顕れたのは、「団栗《どんぐり》」を振出に続々「ホトトギス」に文章を発表した藪柑子《やぶこうじ》時代以後であるが、居士生前にも「牛頓《ニュートン》」の名で短文を寄せ、裏画や図案の募集に応じたりした。俳句に於ける「寅日子」の名も「春夏秋冬」に散見する。後年寅彦氏は当時の事を回顧して、あの頃の「ホトトギス」には活々とした創成の喜びと云ったようなものが溢れていたような気がすると云い、「それは半分は読者の自分が未だ若かつた為かも知れない。併しさうばかりでもないかも知れない。食物に譬へれば栄養価は乏しくても豊富なるビタミンを含有してゐた。さうして他にはこれに代はるべき御馳走は殆どなかつた。それが、大正昭和と俳句隆盛時代の経過するうちに、栄養に富んだ食物も増し料理法も進歩したことは慥であるが、同時にビタミンの含有比率が減つて来て、缶詰料理やいかもの喰ひの趣味も発達し、その結果敗血症の流行を来したと云つた様な傾向がないとも限らない」と述べている。だから「事によると明治維新後の俳句の真の黄金時代は却つて明治卅年代にあつたのではないかといふ気もする」というのである。この言葉はいろいろな意味から玩味して見る必要がある。寅彦氏は漱石氏の門下として記憶さるべき人であるが、同時に晩年の子規居士とも交渉があり、当時の空気を右のように感じていたのであった。「寸紅集」に名を列ねているような人は、漱石氏門下には他に無い筈である。

十八

三十三年の一月、浅井忠氏が渡仏の途に上った。浅井氏と居士との交渉に就て、古いところの事はあまり伝わっていない。「小日本」時代に不折氏を推挙したのが浅井氏であることは已に述べた。居士と浅井氏とを結びつけたものが羯南翁であることは云うまでもない。

三十年九月の居士の日記に、浅井氏が「海南新聞」の画を携えて来訪したことが見える。「海南新聞」は極堂氏の主宰するところであったから、その依頼によって浅井氏を煩したものであろうと思う。

「ほとゝぎす」が東京へ遷るようになって、浅井氏と居士との交渉は前より多くなった。東京で出す第一号に口画を入れることになったところ、牛伴(為山)氏の画が面白くないので、居士は浅井氏の意見を問い、結局画き直して貰って落著《らくちゃく》した。「浅井氏は自分が直してよければ直すけれどそれでは牛伴抔立腹可致など申候、直すといふことよく聞き候へば全く書き直すとの由、何二、三時間あれば出来るですなど話ありしかどまさか同氏に清書をも頼まれまじく閉口致候」ということが虚子氏宛書簡の中にある。後輩が雑誌に画いた程度の画を、自分が画直してもいいというあたり、ものに拘らぬ浅井氏の面目が見えるようである。これを最初の因縁として浅井氏は後々まで「ホトトギス」にその彩管を揮うことになった。

浅井氏の渡仏送別会は一月十六日、子規庵に催された。会する者、鳴雪、羯南、為山、不折、飄亭、四方太、青々の諸氏であったらしい。居士はこれに先って「ホトトギス」の「消息」に「浅井先生は来年一月当地を出発して仏国へ行かるゝ事に相成、日本絵画界のために賀すべき事と存候。保等登芸須《ホトトギス》が先生に負ふ所も実に尠からず候」と書いたが、実際の出発は二月中旬だったようである。浅井氏の居士に残した置土産は二つあった。一つは百花園晩秋の景を画いた水彩画で、もう一つは居士の病牀を慰めた金網の大鳥籠である。鳥籠の方は浅井氏出発後、不折氏の周旋によって庭前に据えることが出来た。

六月二十五日、巴里の浅井氏に宛てた居士の書簡には次のような一節がある。

小生元来金をほしとは存ぜず候へども友達が百円取つてゐるに自分は五十円しか取らぬ、アイツが五十円貰ふに自分は二十五円しか貰はぬといふやうな事に心をなやまし居候処文士の職分を心得て後全く其煩悶なくなり申候、むしろ人が多く取つてゐるだけ自分が少く取つてゐるだけ自分がえらいやうに存候、何故と申せば「文士は貧乏なれ」といふ神様の掟に自分が叶ひ居候故に御座候、斯く金の上に悟りを開いて後小生は精神上一段の安慰を得申候、それ故此上いくら貧乏になつてもちつとも驚き不申候へども此上に金をやろといふ変り者出で候はゞそれこそ当惑可致候、併し支那が列国に打ち勝つとも不折の画が一万円に売れる時代が来てもソンナ変り者は出で申まじく先づ天下太平に御座候小生々来旅行好にて何といふ目的はなけれど是非世界一周致したしと存候ひしに日本の十分の一も蹈むか蹈まぬに腰ぬけと相成残念に存候、併し熟々思へば若し巴里の繁華贅沢などを見て帰り候はゞ到底「文士貧乏なれ」の掟を守り難かるべくそれを思ふて神様は小生の腰を抜き是非とも貧乏ならしむるやうに強制致され候事と存候、難有迷惑の事に存候ハ、、、

居士はこれを消極的気燄と称しているが、居士一流の人生観は十分これによって窺われる。しかしこういう種類の気燄は、相手構わずに振廻すべき性質のものでない。遥にヨーロッパの浅井氏に対して、この気燄を洩しているところに大に味うべきものがある。「仰臥漫録」にグレーの景色を画いた浅井氏の絵端書が貼ってあり、浅井氏、呉秀三《くれしゅうぞう》、和田英作、満谷国四郎《みつたにくにしろう》諸氏の見舞の寄せ書が書いてある。浅井氏は虚子氏の書いた「ホトトギス」の「消息」によって居士の病苦を知り、同情に堪えず、この絵端書を贈ったものらしい。居士は最初から浅井氏との再会を期せず、前に引いた書簡に於てもその事に言及しているが、三十五年春に至って二、三箇月中に帰るという報があった。「病牀苦語」に「或は面会が出来るであらうと楽しんで居る。黙語氏が一昨年出立を前に、秋草の水画の額を一面餞別に持て来てこま〴〵と別れを叙した時には、自分は再度黙語氏に

逢ふ事が出来るとは夢にも思はなかつたのである」とあるのは、偽らざる心情であろう。このよろこびは居士のような病状に在る者でなければ、本当に解することは出来まい。浅井氏は居士の長逝以前に無事帰朝した。浅井氏出発以前、秋海棠の写生にはじまった居士の画は、三十五年になってから長足の進歩を遂げ、モルヒネを服用しては菓物帖や草花帖を完成しつつあった。これ等の画が帰朝後の浅井氏の目に触れたことは、「黙語先生談片」という「ホトトギス」の記事に見えていたと記憶する。

十九

子規居士の文学的活動は大体明治三十三年度までと見て差支無い。この年十月を限りとして、これまで毎月子規庵に催されていた句会、歌会の類を廃せざるを得なくなった。三十四年以後といえども、居士は病苦の間に於て全く筆硯を棄てず、「墨汁一滴」「仰臥漫録」「病牀六尺」の如き不朽の文字を遺し、歌や俳句も「日本」紙上に影を消したわけではないが、その世界は限局され、その分量も亦減殺された。居士の身辺に現れる新な人物も、三十四年以後には殆ど記すべきものが無いように思われる。

三十三年度は前年に引続いて歌が盛であった、というよりは寧ろ前年以上に盛になったと云った方がいいかも知れない。新年匆々《そうそう》第一に現れたのが伊藤左千夫氏である。左千夫氏が居士の許に馳せ参ずるまでの順序は、多少これまでの諸氏と異っている。居士が「歌よみに与ふる書」を発表した頃、左千夫氏は春園の名を以て駿台小隠（五百木飄亭氏）と論戦し、「歌よみに与ふる書」にも駁論を寄せ来った。而してその所論は散漫錯綜、飄亭氏をして「若し人と物を論ぜんとならば少しく其論理の上に顧み少しく要領ある言を立てよ」と一蹴せしめ、居士をして「あまりの事に答へんすべも知らず。……明治の世に生れて斯かる言をいはる丶やうではチト頼もしからぬなり。今少し奮発して勉強せられては如何」と歎息せしむるほどの難物であった。居士の説破に逢って直に軍門に降ったわけでもなかった。

左千夫氏が遂に意を決して居士の門を敲くに至ったのは、「日本」に出た歌会記事に刺激された結果であるらしい。三十二年十二月歌会に詠んだ格堂氏の「池沿に道はあれども道を遠み氷の上を渡らんと思ふ」の一首を見て感悟し、改宗するに至ったのだそうである。はじめて居士に逢ったのは一月三日の歌会であるが、「日本」最初の募集歌であった「新年雑詠」の中に左千夫の名が見えているから、改宗は年内だったのであろう。従来居士より年少の人達ばかりであった歌会の仲間へ、数歳年長の、或程度まで旧趣味を背負った左千夫氏が新に加わることになったのである。

左千夫氏には居士に因縁の無い抹茶趣味があった。居士が戯に茶博士と称し、楽焼主義、ノンコ趣味を以て呼んだのはその為である。左千夫氏が居士の許に参してから間もなく、或日訪ねて来て茶の話がはじまり、共に茶の歌十首を詠んだ。その十首の多くは居士によって殆ど完膚無きまでに改作され、原歌の欠点と併せて「短歌愚考」に載せられた。「左千夫歌集」には居士の改作が収められているが、それと原歌と対照して見ると、左千夫氏の歌が未だ全く旧態を脱し得ぬ工合もわかるし、居士が自己の世界に引入れて行く模様も窺われる。居士は後に抹茶趣味をどれだけ認めるようになったかわからぬが、その枕頭に茶釜が持込まれたり、会席料理の饗が行われたりしたのは、左千夫、麓両氏あたりの影響で、俳人方面には見られぬ現象であった。

「日本」に第三回募集歌として「桜花」を課した時、左千夫氏の出詠百首、数に於ては応募者中第一であったらしいが、選に入ったものは十八首に過ぎぬから、比例から云えば好成績というほどでもない。「左千夫氏の歌は趣向の平淡なる者(寧ろ趣向無き者)を好み之を運用するに万葉の文字を以てす。故に其佳なる者は万葉に出入し、然らざる者は無味乾燥に陥る」と居士は評している。しかし居士が大にその歌を認めたのは「鎌倉懐古の巻」に於ける「元の使者既に斬られて鎌倉の山の草木も鳴り震ひけん」が最初であったろう。「吾は之を天位に置けり。悲壮の感に打たれたるなり」というのがこの歌に対する居士の評語である。

居士と左千夫氏との交渉は、左千夫氏の書いた「竹の里人」なる文章に委しい。年齢から云っても歌人仲間の長老であり、世故を経ているのみならず、本所茅場町に牛乳屋を営んで、生活上の安定を得ていたから、病牀の居士を慰める為に種々のものを齎したり、「日本」の募集歌を作る為に旅行したりするような余裕もあった。三十三年秋に於ける居士の興津移転問題は、左千夫氏の首唱に基いたものである。居士晩年の看護番には無論自ら進んで当っていた。茅堂と号して多少俳句も作り、文章の筆も執ったが、居士生前には殆ど見るに足るものが無かった。

左千夫氏に次いで挙ぐべきものは長塚節氏であろう。節氏の名は第二回募集歌「森」の中に見えている。節氏はこの年二十二歳、「歌よみに与ふる書」「人々に答ふ」以来の歌論を耽読し、「百中十首」の顰に倣って窃《ひそか》に歌を作ったりしながら、容易にその門を敲く機会が来なかった。三十三年三月二十七日、愈々思いきって訪問するつもりで、子規庵の門前まで出かけて行っても、来客のあるのに恐をなして引返したというのは、左千夫氏と反対に世馴れぬ為であった。しかし一度門を潜ってからは、続いて又訪ねた。「長塚節歌集」の最初にある「竹の里人をおとなひて席上に詠みける歌」十首は、二度目の訪問の時、線香一本の燃えきる間に詠めと云われて直に成ったものだそうである。

節氏は下総《しもうさ》の田舎に住んでいたから、特に上京した時以外は居士に親炙する機会が無かったが、その贈物は屢々居士の病牀に現れた。居士の「喜節見訪」の歌に「下総のたかし来れりこれの子は蜂屋《はちや》大柿《おおがき》吾にくれし子」「下総のたかしはよき子これの子は虫喰《むしくい》栗《ぐり》をあれにくれし子」「春ごとにたらの木の芽《こめ》をおくる結城《ゆうき》のたかし吾は忘れず」とある如く、その贈物の多くは節氏の郷里結城郡岡田村の産物であった。節氏宛の居士の短い書簡は、大概贈物に対する礼状である。

雉一羽おくり下されありがたく候、ビステキのやうに焼《やい》てたべ候

田雀とやら難有候、をとゝ日もたべ候、きのふもたべ候、今日もたべ候
下総の結城の小田の田雀は友うしなひてさぶしらに啼

一木の芽二折
右慥に受領忝存候

苗代茱萸難有候、あれは普通の苗代くみにあらず、或は西洋くみといふものか

栗ありがたく候
　真心の虫喰ひ栗をもらひたり
鴫三羽ありがたく候
　淋しさの三羽減りけり鴫の秋
蜂屋柿四十速に届き申候、一つも潰れたる者無之候右御礼旁

これ等はその一斑に過ぎぬが、芭蕉の書簡に比すべきもので、簡単な文字の裏に云うべからざる情味が籠っている。節氏の贈物は「煮免憶諸友」や「おくられものくさ〴〵」の中にある「やまべ、やまと芋」のように、屢々居士の詩興を動かして歌になった。やまと芋の礼状に「只今君にもろた大和芋（一般につぐ芋と云ふ、つぐ芋山水などいふ事を君は知らぬか）を食ひながらつくづく考へた、此芋が君の村で今始めて植ゑたといふ程なら君の村は実に開けて居らぬ野蛮村に違ひない」という書出しで、節氏を激励した書簡は、居士生前に於ける最後の長文であったろう。「一家の私事だけでも忙しいといふやうな能無しでは役に立たぬ、其傍で一村の経営位には任じなくては行かぬ」という

のは、節氏に対する文学以外の遺嘱と見るべきものであった。

子規居士の枕頭で人麻呂の話が出た時、人麻呂は肥えた人であったろうというのが左千夫氏で、痩せた人であったろうというのが節氏であり、共に歌の風を以てその証とした。居士は「病牀六尺」にこの事を書いて「蓋し左千夫は肥えたる人にして節は痩せたる人なり。他人のことも善き事は自分の身に引き比べて同じ様に思ひなすこと人の常なりと覚ゆ。斯く言ひ争へる内左千夫はなほ自説を主張して必ず其肥えたる由《よし》を言へるに対して、節は人麻呂は痩せたる人に相違なけれども其骨格に至りては強く逞しき人ならむと思ふなりと云ふ。余は之を聞きて思はず失笑せり。蓋し節は肉落ち身痩せたりと雖《いえど》も、毎日サンダウの唖鈴を振りて勉めて運動を為すがために、其骨格は発達して腕力は普通の人に勝りて強しとなむ。さればにや人麻呂をも亦斯の如き人ならむと己れに引き合せて想像したるなるべし。人間はどこ迄も自己を標準として他に及ぼすものか」と云っている。この差異は人麻呂観のみならず、左千夫氏と節氏との作物のいろいろな場合に現れているように思う。

「仰臥漫録」の終のところに「四月の末には京に上らむと思ひ設けしことのかなはずなりたれば心もたへてよめる歌」という節氏の歌の切抜が貼ってある。「病牀歌話」という居士の談片を筆記したものの中に、この一連の歌を以て「未曽有の出来」とし、結の句が十分に働いている点を激賞したことが見えている。特にこの歌だけを切抜いて貼って置いたところに、居士の気に入り方の尋常でなかったことが察せられる。「四月の末」というのは三十五年春のことであるが、節氏の歌が他の企及を許さぬ特色を発揮するようになったのは、或は「青傘を八つさし開く棕櫚《しゅろ》の木の花さく春になりにたらずや」の歌を以てはじまるこの連作のあたりからではあるまいかと思う。節氏の歌は「桜花」の募集の中に無かったので、その歌に対する概評と見るべきものは見当らない。仮にあの時の歌があったとしても、後のような特色は未だ顕れていなかったであろう。「病牀歌話」に「此頃著しく歌を上手に詠み出したのは長塚節である」とあることがこれを証する。

節氏は後年「炭焼の娘」を書き、「佐渡が島」を書き、「芋掘り」を書き、遂に大作「土」を公にして、散文方面にも独自の世界を開拓した。しかし氏が写生文に筆を染め出したのは、子規居士歿後「馬酔木」が発行されるようになってからである。居士在世中は歌以外の何者をも顧みぬ状態であった。

二十

「桜花」の応募作者で個人的に居士が評した人々の中には、「未だ丁年ならずして多く作り善く詠むに至りては真に喫煙男子をして愧死せしむる者」と云われた西島巴子、「漢詩の想を以て和歌の調を為す。古樸にして蒼健、高華にして爽朗、格の老、調の高、万葉に似て、しかも言ふ所皆多少の新意を出だす。専門歌人顔色無し」と云われた葯房《やくぼう》子《し》などがある。巴子氏は已に第一回募集の「新年雑詠」の時、首位を占めてその力量を示した。麓氏宅に於ける歌玉の歌では、格堂氏のルビーに対し、「巴子はトパッツか」ということになっている。その後の歌会にも巴子氏の名は見えているが、居士との交渉に就ては特に記すに足るほどのことも無い。

葯房子というのは後に羯南翁の女壻になった鈴木豹軒(虎雄)氏のことである。「日本」の募集歌に投稿したのはこの時一度きりで、歌会の仲間にも加っていない。しかし元光院の月見の時に居士を見ているというから、その点は他の歌会の人々より早いわけである。居士の病苦が甚しく、「日本」の歌を見ることが出来なくなってからは、葯房子の選が紙上に現れることになった。「葯房漫艸」という随筆は「墨汁一滴」と同時に「日本」に連載され、「墨汁一滴」の中でちょっとその内容に触れた箇所がある。葯房子の歌は居士の影響を受けたというよりも、独自の発足によったと見る方がいいかも知れない。居士は葯房子の歌に漢詩より獲来った新造語の多いことを認め、歌会の人々を鞭撻していたようである。

安江秋水(不空)氏も「桜花」の歌から出現した一人であった。居士の評には「清新秀麗にして材料豊富」とある。歌会の仲間で画をよくする者は、桃沢茂春《もしゅん》氏と秋水氏との二人であった。直径三尺許《ばか》りの大団扇に、歌の仲間が盆踊をする様を画いたものを携えて、秋水氏が森田義郎《ぎろう》氏と共に来たということが「仰臥漫録」に書いてある。

三十三年八月、秋水氏が新薬師寺に赴いて仏足石碑の拓本を取り、その一枚を子規居士の許に郵送した時、居士は自分の手の形を紙に捺し、「みほとけの足のあとかた石に彫《え》り歌も彫りたり後《のち》の世のため」「我手がた紙におしつけ見てあれど雲も起らずたゞ人にして」の二首を傍に記して之《これ》に酬いた。谷風や雷電のような大きい掌の持主ではない病居士の手形は、仏足石碑の因によって世の中に遺ることになったのである。近年の安江不空氏が詠んだ「たなそこの真中のくぼみひとひらのしら雲うかびてうごくともなし」の一首は、あの手形と相俟って永く伝えらるべきものであろう。

俳句に於ける居士の周囲は、先ず郷里を同じうする身辺の人達にはじまり、漸次他郷の人に及ぶ過程を取ったが、歌の方は不思議に同郷者間に行われず、はじめは仲間に加わっていた同郷の俳人達も、回を重ねるに従って歌会から遠ざかっている。この間唯一の例外が森田義郎氏であった。

義郎氏が居士の許に来るまでの順序は、いささか他の諸氏と異っている。伊予小松の産で、松山の中学に通った関係から、居士のことは早く知っていたが、勿論《もちろん》直接交渉があったわけではない。居士の歌や歌論、歌会の記事などによって刺激を受けたらしい形迹も見当らぬ。「日本」の募集歌に歌を投ずるほどの因縁も無かった。左千夫氏が三十三年七月の「心の華」に歌を論じて「吾々の歌の標準を以て諸氏の歌を見るときは百中二、三を得る実に難し」と云っている、その標準なるものを知りたいというのが居士を訪問する最初の動機だったというのである。突然の訪問者に対する居士の答は、明快かつ懇切であった。義郎氏はこれを機として居士の門に出入することとなり、八月以後歌会にその名を列ねている。

義郎氏に関することは居士の書いたものにあまり出て来ない。居士に親炙した順序から云えば、寧ろ遅い方に属するが、最後の病牀の看護番には左千夫、秀真の両先輩と共に歌人の側から義郎氏が出た。「病牀六尺」に田面《たのも》の人形を義郎氏が糝粉《しんこ》で拵えて見せたというのは、看護当番の日に於けるすさびだったのであろう。

義郎氏は同郷の石榑千亦《いしくれちまた》氏の関係で、居士を訪ねる以前から「心の華」に歌が出ていた。当時の「心の華」の一部分は根岸派の人々の占むるところとなり、竹柏園一門とは没交渉に歌や歌論を発表しつつあった。初期に於ける根岸派の論客としては、左千夫氏の外に義郎氏を挙げなければならぬ。総師たる居士の病篤く、活動不可能に陥った根岸派の陣営に在って、多少の気を吐いたものは、実に両氏の議論であった。義郎氏の「万葉私刪」は居士歿後一箇年にして世に出ている。居士の門下に在って最も早くこの方面に筆を進めた者は義郎氏であり、その功は永く没却すべからざるものと思う。

子規庵の歌会には遂に出席しなかったが、蕨真《けっしん》氏の名も上記諸氏と共に記憶さるべきである。「桜花」の歌の中に「みいくさの勝ちししるしと植ゑおきし桜の花に鶯鳴くも」の一首を選まれたのが最初で、三十四年以後はぽつぽつその歌が「日本」紙上に現れるに至った。洪水の為に左千夫氏が看護番の日に出られぬというので、来合せた蕨真氏が代りに居士の病牀に見えたことがあった。「病牀六尺」の九十四に「上総《かずさ》にて山林を持つ人の話」とあるのが、蕨真氏から聴得たところを記したのである。

子規居士は「仰臥漫録」に「貧乏村の小学校の先生とならんか、日本中のはげ山に樹を植ゑんかと存候」と書き、「造林ノ事ナドモ面白カルベキモ其方ノ学問セザリシ故、今更山林ノ技師トシテ雇ハル、ノ資格ナシ、自ラ山ヲ持ツテ造林セバ更ニ妙ナレド買山《ばいざん》ノ銭無キヲ奈何《いかん》」と書いた通り、造林ということにも興味を懐いていた。「日本中のはげ山に樹を植ゑんか」という居士の理想の幾分かを、実行の上に移し得たのは蕨真氏一人であった。居士の氏に贈った歌に「市に住めば水の患《うれい》あり山を買へば火の患あり火の患君は」というのがある。蕨真氏の山からは「かみふさの山の杉きりみやこべの茅場の町に茶室つくるも」という左千夫氏の茶室の材が出たばかりではない。居士の歿後に生れた「馬酔木《あしび》」「阿羅々木《あららぎ》」等の雑誌は大抵この杉の恵沢に浴したものの如くである。

三十五年七月二十三日、居士の枕頭に歌の仲間が会した時、居士は「戯嘲諸兄歌」五首を作って示した。「楽焼のすゑものやかば弓矢取る左千夫の朝臣《あそ》が面かたを取れ」「強飯をもりたのすくね小宿禰が酔ひ泣するを聞けばいたしも」「猿飴の岡のむらじはえどつこのかつを大臣《おとど》のみやつこにして」「睦岡のわらびおとゞは水たまる池田のあそのみ末なるべし」「香具山に鏡鋳し時の金くそはほづまの神となりそこねけん」――楽屋落の点が無いでもないが、前の歌玉の歌に比べると、更に各人の個性に触れたところがある。「左千夫の朝臣」と云い、「もりたのすくね」と云い、「岡のむらじ」と云い、「わらびおとゞ」と云い、「ほづまの神」と云う言葉の上にも工夫の迹が見える。義郎氏と蕨真氏とは歌玉以後に居士の傘下に加ったので、歌の方面に於ける新人物の出現は先ず両氏までとすべきであろう。

二十一

子規居士が興津移転を思立った時、転居の利として予想し得べき者を列挙した中に、「客来のため体温を高め呼吸を急にする場合少き事」「客来少きため仕事多く出来べき事」の二箇条があった。居士は興津移転を以て来客を避くるの一手段とし、東京にいながら客を謝絶するに忍びぬという意見で、鳴雪翁との議論の焦点も主としてここに在ったようである。爾後病苦が更に募って、「盛んにうめき、盛んに叫び、盛んに泣くと少しく痛が減ずる」というような時代になってからも、居士の病牀には訪客が絶えなかった。但この時代居士の周囲に在ったのは、主としてこれまで挙げ来った人で、その他に誰を加えるかということになると、いささか判断に迷わざるを得ぬ。以下に記そうと思うのは、居士晩年の書いたものに散見する二、三の人々である。必ずしもこの時分になって新に出現したという意味ではない。

「病牀六尺」の二十四に「近作数首」として記された冒頭に

悼清国蘇山人
陽炎《かげろう》や日本の土にかりもがり

という句がある。「仰臥漫録」にはこの外に「蝶飛や蘇山人の魂《たま》遊ぶらん」という句が並記されている。蘇山人は居士の門に出入した唯一の外国人であったが、支那人にしてかほどの句を作り得た者は、前後を通じて恐らく絶無であろう。本名羅朝斌《らちょうひん》、三十五年三月二十四日歿とある。その句は東遷当時の「ホトトギス」に已にあったと記憶する。居士の「明治三十三年十月十五日記事」に「きのふ蘇山人に貰ひたる支那土産の小筆二本と香嚢」があり、繃帯《ほうたい》取換の後起直ろうとして「畳の上に在りし香嚢の房の先のビードロを肘に敷きて、一つ割る」という記載が見える。居士の菓物帖も蘇山人の贈るところで、為山氏の画が二面ほど画いてあり、その余の白いところを全部菓物の写生で埋めたのであった。菓物帖の筆を執りはじめたのは無論蘇山人歿後である。

「文人の不幸なるもの寧斎《ねいさい》第一、余第二と思ひしは二、三年前の事なり、今はいづれが第一なるか知らず」ということを「病牀六尺」に書いたのは、「近作数首」より数日前であった。野口寧斎氏を居士の周囲に算えるのは当らぬであろう。ただ両者の交渉に就ては、この記事より遡って少しく記さなければならぬものがある。

三十二年の居士の歌に「寧斎へかへし」として、「起きて泣かば心やる方もありぬべし伏して泣く身をあはれと思へ」「珠にあらず魚の眼にあらずいづれをか玉とさだめん魚の眼といはん」「花の如き真珠《マタマ》の如き詩のためにをしけき君が命なるかな」の三首が伝えられている。当時吉野左衛門氏が「世界之日本」の雑録に、子規居士と寧斎氏との境遇を比較して記したことがあり、寧斎氏はその文章を読むと、直に一書を裁して居士に寄せ来ったが、その末に一首の歌が記してあった。それは「君の門人が君と僕とを比較して論じたが、例へば真珠の玉と魚の眼球とを混同したやうなもので、僕は到底君に比較さるゝ程の価値のある詩人ではない」という謙遜の意味の歌だったそうである。寧斎氏の歌はその後「野口弌」の名で屢々「心の華」に出ていたかと思う。居士はこの書に接して懇《ねんごろ》に返事をしたため、添うるに右の三首を以てした。「起きて泣かば」とは寧斎氏がなお起居の自由を得ているのに反し、居士はそれをすら奪われたことを云ったのであろう。寧斎氏の歌に対しては「珠にあらず魚の眼にあらず」の一首を以て答うると共に、「花の如き真珠の如き詩のために」不治の病を獲たことを悲しんだのである。二人とも病んで娶らず、母妹の介抱の下に日を送るあたり、慥に境遇の相似たるものがあった。

居士と寧斎氏との交渉はこの一度に止《とど》まらなかったらしいが、生前に相見る機会は無かった。居士の書簡も森田義郎氏をして寧斎の許に届けしめたという一通の外は、今伝わっていない。

拝啓老兄近時御臥褥《がじょく》之由文人第一の不幸御心中御察し申上候、僕曽《かつ》て老兄を評するの言其後老兄の作を見て後悔不少候、老兄の技倆に付ては到底僕等門外漢の測り得る所にては無之候、此事数年来気になり候へども正誤の機を得ず、若し此まゝにて

みまかり候はゞ後世の執著ともなり可申と一言懺悔《ざんげ》致置候、猶御静養可被成候

「曽て老兄を評するの言」とあるのは、「日本」「日本人」等に試みた評論の類を指すのであろう。この書簡には何よりも文人第一の不幸たる寧斎氏の病に対する同情が強く動いている。両者の間を往復した義郎氏の歌にも「君を見て涙のごひつ呉竹の根岸にかへり又しても泣く」というのがあった。遂に相見ずに終った病文人の交渉として、居士と寧斎氏とを繋いだ同情の迹は特記さるべきものと思われる。

「病牀六尺」は三十五年九月十七日、百二十七を以て永く筆を絶った。しかもその最後は「芳菲山人《ほうひさんじん》より来書」として、

拝啓昨今御病床六尺の記二、三寸に過《すぎ》ず頗《すこぶ》る不穏に存候間御見舞申上候、達磨儀《だるまぎ》も盆頃より引籠り縄鉢巻にて筧の滝に荒行中御無音《ごぶいん》致候

俳病の夢みるならんほとゝぎす拷問などに誰がかけたか

の一書が記事に代えてある。「病牀六尺」は百二十三以後頓《とみ》に短くなった。その百二十三に「支那や朝鮮では今でも拷問をするさうだが、自分はきのふ以来昼夜の別なく、五

体すきなしといふ拷問を受けた。誠に話にならぬ苦しさである」とあるところから、「拷問などに誰がかけたか」と云ったのである。

芳菲山人西松次郎氏は「日本」寄稿家の一人で、狂歌をよくし達磨の蒐集家として知られていた。居士にも斯人に宛てた狂歌の手紙があり、達磨の俳文を求められて達磨の句を詩箋に認めて送ったこともある。「達磨儀も」というのは、蒐集の達磨を直に代名詞の如く用いた一流の滑稽であろう。梟の鳴声を諸国から募って「日本」に掲げたのも、芳菲山人の思いつきで、「病牀六尺」の中に二箇所ほどその問題に触れたところがあった。「芳菲山人の滑稽家たるは人の知る所にして、狂歌に狂文に諧謔尽くる所を知らず。しかも其人極めてまじめにしていつも腹立て、居るかと思はる、程なり」と「墨汁一滴」に評された山人の面目は、右の書簡だけからも十分窺うことが出来る。この一書が垂死の居士の枕頭に達し、それを「病牀六尺」の一回分に充てたのは、果して偶然であったかどうかわからぬが、この見舞状を最後として「病牀六尺」が終焉を告げようとは、芳菲山人は固より、居士も恐らく考え及ばなかったであろう。不思議な因縁と云わなければならぬ。

内藤鳴雪

一

鳴雪《めいせつ》翁はかつて「獺祭書屋俳句帖抄《だっさいしょおくはいくじょうしょう》」に関する感想の中で「子規子は僕の師である。先達である。兎も角も僕が今日俳人、否、俳人らしく一部の人に云はるゝやうになつたのは全く子規子の賜である。子規子なかつせば僕は勃綷たる理窟的の一漢で終はるのであつた。故に内藤素行《もとゆき》を生んだのは僕の父母で、内藤鳴雪を造つたのは子規子である」と云われたことがある。翁と居士との関係は、他の同郷の人々との交渉に比して、最も特別なものと云い得るであろう。

鳴雪翁は居士より二十一歳の年長であった。従って居士が或年齢《ある》に達するまでは、いくら同郷同藩の間であるにしろ、交渉を生ずる余地が無い。居士の叔父であり、古白《こはく》氏の父である藤野漸《すすむ》氏は鳴雪翁の友人だったので、藤野家宴会の時など、一族の子供の集った中に幼少の居士も交っていたに相違無いが、無論目にとまる筈《はず》が無かったという。

翁がはじめて居士の存在を認めたのは、明治十八年頃、同郷の書生が漢詩の添削を乞いに来る、その一人としてであった、「流石《さすが》に居士の作は縦横奔放才気が溢れて居て、八島懐古の長篇などは別して働いて居たので僕も始て注意すること丶なつた」と「追懐雑記」に見えている。但《ただし》その八島懐古の長篇とはどんなものか、「子規全集」の「漢詩稿」を検しても見当らない。或《あるい》は居士自身意に満たずとして、後に抹消したのかも知れぬ。

常盤《ときわ》会寄宿舎が本郷真砂《まさご》町に建てられ、松山の書生を収容することになったのは、明治二十年十二月である。居士は翌年九月に入舎したが、当時の監督は鳴雪翁でなしに服部嘉陳《よしのぶ》氏であった。服部氏は古白氏の伯父だから、居士と縁つづきのわけである。鳴雪翁が時に服部氏を訪問すると、居士が「服部の娘に文章軌範の講釈をして居た」ことがあり、それが「如何《いか》にも明弁で条理がよく立つて居るのに驚歎した」とやはり「追懐雑記」にある。この時代の翁は已《すで》に居士を認めていたわけであるが、未《いま》だ相互の間に格別の交渉を生ずるに至らなかった。

鳴雪翁が服部氏の後を承けて常盤会寄宿舎の監督になったのは、明治二十二年であることはわかっているが、何月頃からか明《あきらか》でない。居士の服部氏に贈った歌に

我師とも父ともたのみぬる服部うしの都を去りて遠き故郷へ帰

らるゝと聞きていとど別れのつらき折から如何にしけん昨夜より血を喀くことおびたゞしければ一しほたのみ少き心地して
ほとゝぎすともに聞かんと契りけり血に啼くわかれせんと知らねば

というのがある。居士の最初の喀血は五月九日夜であり、その時に服部氏が松山へ帰るというのだから、監督の更迭がそれ以前に属することは疑を容れぬ。「追懐雑記」にも「居士の喀血は即ち此年《この》で、夜中吐き通したといふことで、翌朝それを聞いたから僕も見舞つたが、常の如く平然と構へて居た」と見えている。

居士が鳴雪翁監督の下に常盤会寄宿舎に在ったのは、明治二十二年の五月以前から、翌々二十四年の末に至る足掛三年である。二十二年の秋ちょっと寄宿舎を出て、不忍池畔に下宿したこともあるが、大体常盤会寄宿舎に終始したものと見て差支《さしつかえ》無い。この間に於ける話題の頗る《すこぶ》多い中から、若干をここに記して見る。

二十三年の「筆まかせ」に「当寄宿舎諸子をして得意なる演題をかゝげて演説をなさしむと仮定し、其《その》演題を想像して左にかゝぐ」とあって、演題と人名とを列記したところがある。これは演題に仮託して一種の人物月旦を試みたのであるが、鳴雪翁のところには「雅中ノ俗、俗中ノ雅」とあり、居士自身のところには「ベース、ボール玄論」とある。翁は「雅中ノ俗、俗中ノ雅」を以《もっ》て「実によく当はまつてゐる」と云い、居士のベースボールに就《つい》ては「平生の抱負を隠してヒヨウゲて居る処中々横著者であつた。尤《もっと》も其頃ベースボールなども随分好きで勉強して居たのは事実だ」と評している。

子規居士及《および》非風《ひふう》、飄亭《ひょうてい》両氏を中心とする文学熱が盛《さかん》になった為、寄宿生の一部に反対を招いたことがあった。佃一予《つくだかずまさ》氏あたりが急先鋒で、苦情はいずれ監督たる鳴雪翁のところへ持込まれたに相違無い。そうでなくても居士は起褥時限に背いて布団を敷き放しにすることが多いとか、座辺に反故《ほご》が堆《うずたか》くなっているので、一室三人詰のところが三分の二まで居士に占領されてしまうとかいう苦情があって、翁は監督の職分上、何とか云わなければならぬ立場に在った。当時の翁はまだ文学趣味の上に開眼するに至っていなかったけれども、「一面には居士のやうな駿足は多少自由を与へねば伸びぬといふことも僕は知つて居るので、内々は同情を寄せねばならず」双方から板挟みの形にならざるを得なかった。この翁の態度は文学反対派の眼には歯痒く映じたものであろう。佃氏が舎監をやめる時の茶話会などには、佃氏と勝田主計《しょうだかずえ》氏との間に寛厳論があり、居士も起《た》って一場の意見を述べたが、鳴雪翁はこの議論に加わらず、寄宿舎の流弊と注意改良すべき条目を挙げ、寛厳中庸いずれでも構わぬ、これ等の条目さえ行われればいいのである、と云って壇を降った、と「筆まかせ」に記されている。この態度などは鳴雪翁の面目躍如たるもので、少くとも居士に取っては、翁は寧《むし》ろ寛なる監督だったことと思われる。

鳴雪翁が俳句の上で居士の洗礼を受けたのは、明治二十五年からということになっている。しかしそれより前に準備時代と見るべきもののあることを閑却するわけに行かない。二十二年の冬、竹村黄塔《こうとう》氏の入舎するに及び、翁と居士と三人の間に言志会なるものが結ばれた。「寒山落木」に

内藤先生と言志会を結びし時

渋柿もまじりてともに盆の中

とあるのがそれで、居士自ら渋柿に擬したのである。言志会の稿本は鳴雪翁の手許に保存されたらしく、翁がその内容を委《くわ》しく紹介されたことがあった。漢詩もあれば和歌、狂歌もあり、俳句、川柳もあると云った風に、極めて雑然たるもので、翁は勿論《もちろん》、居士といえども暗中摸索時代の産物たるを免れぬ。ただこうやってむやみに文字を駆使したことが、後日の大成に与《あずか》って力あったものであろう。

多分この頃の事ではあるまいかと思われるが、「追懐雑記」にも「鳴雪自叙伝」にも

出ていない話にこういうのがある。鳴雪翁が日光に参詣して、十七字を綴って見ようと思い立ち、いくつも作ったのを居士に見せたら、多くは落第であった。ただ華厳《けごん》の滝を詠んだ「大滝やその往古の盧遮那仏《るしゃな》」という句だけがものになっていると云われた。「季も入つてゐないけれど、七十五丈の滝を形容したところはいくらか物になつた訳であらう。併《しか》し私に於《おい》ては華厳の滝と言ふところから、例の華厳経の盧遮那仏に思ひ寄せて、多少理窟をも含んでゐる。子規は全く盧遮那仏の大いなる形容とのみ取つて誉めた様に思はれる。実は無意識の手柄であつたのだ」というのである。

この日光行は「二十一年であつたか」とあって、稍々《やや》不明瞭を免れない。二十一年とすると常盤会寄宿舎の監督になる前だから、居士との間に俳句を示して意見を問うほどの交渉があったとも思われぬ。二十五年に居士と共に日光に遊んだ事実はあるが、それは翁の開眼以後であり「湖を滝におとすやむら紅葉」「雲間より滝の落ちくる紅葉かな」等、華厳の滝の実景を詠んだ句が伝わっている位で、無季の「大滝や」が僅《わず》かに及第する時代とは違う。畢竟《ひっきょう》二十二年以後、二十五年以前に於て日光行の事があり、その時の印象を句にして示した中に、「大滝や」の一句があって及第したと見るより外はあるまいと思う。

言志会の顔触が何故三人を以て終始し、爾余の人々に及ばなかったのか、それはわからない。一方同じ常盤会寄宿舎内に「もみぢ会」なるものがあり、題を課して雑多な作物を集め、会稿を「つゞれの錦」と称していた。この方は多くの顔触を網羅し、居士や黄塔氏も加《くわわ》っていたが、鳴雪翁は仲間に入らなかったようである。黄塔氏は居士と同じく、明治十八年頃、翁に漢詩の添削を乞うた一人だから、言志会はその旧縁によって結ばれたものと見たらいいのかも知れない。

以上便宜の為に鳴雪翁と書いて来たが、この時分はまだ鳴雪でなしに、南塘もしくは破蕉の号が用いられていた。言志会の会稿には居士も盗花の別号を記しているところがある。鳴雪の号が「世の中の事はなりゆきに任す」という意味に「鳴雪」の二字を塡めたものであることは、改めて記すまでもないと思うが、さて何時《いつ》頃からこの号になったかと云うと、はっきりしたところはわからない。「鳴雪自叙伝」などにもその事は書いてないように思う。子規居士の日記には、二十五年末までは破蕉と記し、二十六年からは明に鳴雪になっている。しかし二十五年末の「日光の紅葉」や「高尾紀行」にも鳴雪の号が用いられているから、或はこの頃已に鳴雪となっていたものであろうか。明瞭な境界がわからぬのを遺憾とする。

二

二十三年の九月二十八日は夜言志会を催す筈であったが、日曜でもあり、好天気でもあり、今から遠足としてはどうだという鳴雪翁の動議によって、三人で新井薬師へ出かけることになった。途中聯句を試みることになり、「逢此秋晴好」にはじまって「内藤正岡篁」に終る六十八句の聯句は、新井から堀ノ内に至るまでの間に出来上った。途中の景色などは概《おおむ》ねこの聯句に尽されるわけであるが、ここには省略する。ただ堀ノ内以後の事が「筆まかせ」に記されているから、それを引用して置く。

堀ノ内の「しがらき」にて午飯を喫す。混雑一方ならず、誂へ容易に来《きた》らず。こゝを出《い》でてより道々串ざしの饅頭を喫しながら哲理を談ず。祖師堂に至りて其壮大なる建築、精巧なる彫刻に驚く。帰途文学を談じながら十二社に行く。十二社俗に十二さうと称す、其故を知らず。老樹蓊鬱《おううつ》、古池閑邃、暫く榻《とう》に踞《きょ》して烟を喫す。紅粧欄によりて麩を投ず。鯉魚潑剌長さ双尺。これより四谷街に出づ。書肆に入り声曲類纂を購ふて帰る。途次南塘先生頻りに古本屋の善悪を評せらる。詮鑿《せんさく》至らざるなし。余等一驚を喫す。舎に達する頃已に燈を点ず。足指豆を生ず。

往復とも徒歩なのだから、足に豆が出来るのも無理はない。往途は一歩一句の格で聯句を試みていたので、腹が出来てから哲理を談じ、文学を談ずる順序になったのであろう。鳴雪翁が東京の古本屋に精通しているのは、さもあるべき事と思われるが、たまたま居士が四谷通で「声曲類纂」を購ったことが動機になって、平生の蘊蓄を傾けられたものと想像する。今のように電車も無ければバスも無い、コンクリートやアスファルトにも縁の無い道路を、閑談に耽りながら三人で歩いて行く図は、正に明治風俗画中のものでなければならぬ。現代の雑音騒音とは全く隔絶した世界である。

鳴雪翁が官を退いて常盤会寄宿舎の監督になってから、比較的閑散になったのを利用して、毎日のように市中及郊外に散歩を試み、その歩いた道だけ地図の上に朱を引く、用も無い道を歩いたり、わざわざ廻り道をしたりして、図面がだんだん赤くなるのを楽としていたということは、「鳴雪自叙伝」に書いてある。子規居士の書いた「常盤豪傑譚」の中にも「南塘先生散歩の癖あり。其京城に住する十余年、城の内外、地理に通ぜざる所なし。先生致仕後乃ち散歩を以て日課となす。而して東京内の市区改正及土木工事を検閲し、心ひそかに其緩漫なるを怒る。因て自ら東京市区改正監督と称す。頃日又《けいじつまた》東京市図を購ひ、足嘗《かつ》て蹈む所の地は即ち朱を以て之《これ》を塗る。今や足跡殆ど八百八街に遍からんとす。然《しか》れども未だ猶《なお》尽さゞるなり」とあるから、朱入の地図は居士も御馴染のものであったに相違無い。或日翁が居士と黄塔氏とを伴って深川の郊外を歩きながら「小春日や野道をぶらり〳〵行く」と口吟したら、居士が即座に「小春日や赤すぢすらりすらり引く」と和し、三人相顧みて笑ったという話がある。蓋《けだ》し二十四年以前の事であろう。

二十五年の秋、居士が翁を訪ねると、風邪を引いて褥上に在ったが、直に雅俗の談を闘わした。当時居士はまだ大学に籍を置いてはいたが、七月の試験に落第して、退学を決行せむとする少し前であったから、自然話はその方にも及んだであろう。翁は改めて「卿今何歳なりや」と問い、二十六歳との答を得るや、「漸く二十六歳、何ぞ老成且《かつ》老衰の甚しきや」と一笑して翁自身の上に話頭を転じた。「余が二十六歳の時は正に松山に権少参事に抜擢せられたるの年なり。当時余の意気は只今《ただ》の卿の如く衰耗せしものに非ず。爾後東京に来るの後も、改革の度毎に余は常に罷免の沙汰無きのみならず、却《かえっ》て面目を施したる位なれば、常に余をして益々《ますます》前途に望を置かしめたり。然れども余が厭世の志を発したる明治十九年頃の事なり。妻子の為に束縛せられて荏苒《じんぜん》官に在りしかども、今は閑日月を俳句小説等によりて消費するに至れり」——一読して颯爽たる翁壮時の面目が目に見えるようである。翁はどうして十九年に至り厭世の志を発したのか、「鳴雪自叙伝」を検しても別にその理由らしいものは見当らない。

居士がこの事を記した「口を絶たざること七時間」なる文章によると、居士は少時勝山小学校に在る時から已に鳴雪翁を知っていた。人の噂によって翁の博学であり、かつ早口であることを承知していた。或人から翁が一夜の間に「日本外史」二十二巻を通読するという話を聞いては、これを敬すること神の如く、人間業ではないという感を起した。「然れども数年来先生に親炙するに及んで、前年の神明的尊崇の思想は失せて、只博学にして隔意なき、論理に敏にして処事に迂なる（先生自身の語）一先生なりとの思想のみ残れり」と居士は云っている。数年来翁に親炙する間にも、この話は思出さなかったか、或は思出しても尋ねる機会が無かったものであろう。今翁が壮時の事を説出さるるのを聞いて、端なく「日本外史」通読の事を想起し、翁に質して見たところ、その答はこうであった。「咄《とつ》、何物か此謬伝《びゅうでん》をなす。余一夜は愚か、日本外史を通読せしこと殆どあるかなきか位なり。蓋し余の同輩にして学業を成せし者少きが為に、乃公《だいこう》をして一時の虚名をなさしめしのみ」――これなども極めて翁らしい答である。この時に限らず、翁は屢々《しばしば》こういう筆法を用いられたようであった。

鳴雪翁の俳句は明治二十五年一月からはじまる。子規居士の俳句が多くなったのもやはり二十五年からである。但し運座という方法をおぼえるまで、居士の仲間はただ寄合って句を作るとか、せり吟と称して定められた時間のうちに出来るだけ多く句を作るとかいう風に、比較的簡単な方法に終始していた。二十五年の後半に至り、笠百句、唐辛子百句というような題を課して、一般に多作の傾向を示すことになったが、この時分までの翁はまだその本領を発揮し得ぬ観があった。翁も自分のいいと思う句は人が採らず、何とも思わぬ句が認められるという事実に鑑み、俳句に対する標準が立って居らぬことを痛感し、古人の句集でも読んで皆の意表に出る進歩がして見たいと思立つに至った。それには已に居士の仲間で「猿蓑《さるみの》」が尊重されていることを知っていたから、ひそかに「猿蓑」を研究した。翁自身の言葉を借用すれば「研究と云つたところで四、五日熟読した位のことだ」というのであるが、この熟読の傍《かたわ》ら作ったのが「山寺は松より暮る丶時雨《しぐれ》かな」「しぐる丶や母屋の小窓は薄月夜」「初霜をいたゞき連れて黒木売」「から〳〵と日は吹き暮れつ冬木立」「吹きはづす板戸の上を霰かな」等の諸句であった。この句を居士に示す時、今度は一番責任を以て作った、非難があるならば答弁するつもりだ、と戯《たわむれ》に云ったところ、居士もつくづくと見て、成程、これは大分様子が変った、どれも面白いが、一体どうしたわけか、ということになり、はじめて「猿蓑」を読んだ始末を白状したのだそうである。

鳴雪翁の俳句は「猿蓑」によって新境地を開拓した。これは慥《たしか》に一の開眼である。居士も碧梧《へきご》桐《とう》氏宛の書簡に「内藤先生の俳句は一飛びに元禄の域に達せられたり、余輩瞠《どう》若《じゃく》」と感歎の意を洩している位だから、当時の同人は皆この進歩に一驚を喫したものと思われる。翁が「猿蓑」の中の純客観句を点検して、凡兆の句に一番それが多いという事実を発見したのも、恐らくこの際のことであろう。右に挙げた翁の句はいずれも元禄流の客観的要素に富んでいる。

「猿蓑」による翁の開眼は、この年の十月頃であったらしい。子規居士が大学の課程を一擲して、家族を迎えるべく西下する直前――十月二十九日から日光に遊んだ時、行を共にした翁の句は、もう醇乎《じゅんこ》たる元禄調になりきっているからである。「露吹くや小藪の中の芋畑」「雲間より滝のおちくる紅葉かな」「湖を滝におとすやむら紅葉」――これ等の句は明治の新風と目するよりも、古今を通じて変らぬ俳句の大道に足を踏入れたものと見る方が当っているかも知れない。この雅馴にしてかつ高古な格調は、明治初期の俳句界に新な光を投げかけたものであった。

同じような傾向は、十二月の初に高尾山に遊んだ時の句にも窺われる。「荻窪や野は枯れはてて牛の声」「冬枯やいづこ茂草の松蓮寺」「玉川の一筋ひかる枯野かな」「古塚や冬田の中の一つ松」「杉の間の随神寒し古やしろ」――この両度の紀行は居士の筆によって「日本」に掲げられたが、翁の句は常に格調を以て勝るの概があった。「露吹くや」の句に就て「雅淡にして幽趣あり、元禄以後の作とは見えず」と評した居士の言葉は、以上の句のすべてに通用するような気がする。

鳴雪翁が最も俳句に熱心であったのは、「猿蓑」による開眼前後から数年の間であろう。この間に居士は伊藤松宇《しょうう》氏等「椎の友」の人々と相識り、運座という方法を仲間に伝えた。二十六年初頭に於《お》ける出来事は、先ずこの運座全盛で、居士も翁も熱心に方々の句会へ出席した。居士は二十五年の末に「日本」に入社し、二十六年三月には「椎の友」の諸氏と協力して雑誌「俳諧」を発刊するなど、明治俳諧史の上から見れば記すべきことが多いが、特に鳴雪翁に関して挙げなければならぬほどの事も見当らぬ。居士も新聞社裏の人となって以来、従前より忙しくなったようなものの、鳴雪翁とは依然頻繁に往来して居り、句会も相当あったらしい。「鳴雪翁来、共観亀戸藤、途上論曠野《あらの》集」とか、「鳴雪翁来、共尋鋳地蔵于今戸」とかいう記事も日記中に見える。居士が俄《にわか》に熱を発して苦しんだのは、今戸に鋳地蔵を尋ねた晩からであり、数日後に至りそれは瘧《おこり》と判明した。「はてしらずの記」旅行の出発が多少延びたのは、この時の瘧が一度癒えて、後又再発したりした関係もあるようである。

三

「はてしらずの記」旅行の際、居士は春秋庵幹雄の紹介状を携えて、地方俳諧師を何人か訪ね、今更の如く失望した。七月二十一日郡山から碧梧桐氏に宛てた書簡に、その訪問の模様を列記した末、「せめてはこれらの人々に内藤翁の熱心の百分の一をわけてやり度候」と書いている。鳴雪翁はこの時四十七歳、地方俳諧師の年齢も略々似たようなものだったところから、特にこの感を切にしたのではあるまいかと思う。不惑を越えてはじめて俳句に手を染め、一、二年を出でずして「一飛びに元禄の域に達せられた」翁を知っている居士の眼には、百年井底の痴蛙《ちあ》の境涯を脱し得ぬ人々が、如何《いか》にも憫《あわれ》むべきものとして映じたのであろう。

子規居士を中心とした人々の中で、最も早く「蕪村句集」を手に入れたのは鳴雪翁であった。はじめは容易に見つからず、最初の入手者には賞を与えるという意気込であったが、結局片山桃雨氏が蕪村の句を書集めた写本を捜し出して来て、硯一面を贏《か》ち得た。しかしこれは蕪村の句の一部を書抜いたに過ぎぬので、皆の渇望を医するに足らなかった。次いで村上霽月《せいげつ》氏が大阪で「蕪村句集」の上巻だけ手に入れたのを、先ず鳴雪翁が借りて写す、居士も写す、というわけで、蕪村の句は漸く皆の目に入るようになった。然る後鳴雪翁が芝の村幸で上下揃った「蕪村句集」を入手されたのである。一部の「蕪村句集」を見むが為に、これだけの手数と順序とを経なければならなかったということは、明治俳壇の挿話として永く伝えらるべきものと思われる。

二十七年二月「小日本」が創刊されるようになってから、居士の身辺は次第に多事ならむとし、俳句に於ける居士の周囲も亦《また》賑になって来た。当時「小日本」紙上の募集句に

伐り出す木曽の檜の日永かな　　右山

というのがあり、「鳴雪俳句鈔」その他に出ている句と一字も違わぬと思ったら、翁がこういう変名の下に投ぜられたのであった。「右山」というのは翁の通称が助之進で、「助さん」と呼ばれていたところから、右の字を宛てたもの、下村為山《いざん》氏が為之進で「為山」の字を宛てたのも同じ意味だ、とかつて翁の示教を得たことがある。これなども明治初期の俳壇らしい逸話の一であろう。

「小日本」廃刊後の居士の身辺は頗る寂寞であった。飄亭《ひょうてい》氏は出征する。碧虚両氏は高等中学生として京都から仙台に移った際で、勿論東京にはいない。「小日本」以来居士と机を並べ、新に俳句を作りはじめた露月《ろげつ》氏は、脚気《かっけ》に罹って房州に転地し、遂に帰国の已むなきに至った。飄亭氏に宛てた七月中の書簡に「時々鳴雪老をとひ中村画伯と放談するなど此頃の快事に御座候」とあるのが当時の実際であったらしい。

同じ書簡にはなお「朝鮮事件と俳書の関係」として「鳴雪翁は朝鮮事件の為に行末覚束なしとて俳書などの買入を見合せたるよし」という一事が附記してある。「朝鮮事件」とは即ち日清戦争の先駆をなした七月中の事件を指すので、これが為に俳書の購入を見合せるというのは、当時の国内の空気を窺うべきものであると同時に、鳴雪翁その人を髣髴するに足るものである。

俳書購入は見合せられても、翁や居士の上に全然閑日月が無いわけではなかった。八月十三日の七つ下りの頃、翁は居士を訪れて王子の祭を見に行かぬかということだったので、不折《ふせつ》氏と三人で出かけた。根岸から上野まで出て、忍川で夕餉をしたため、汽車に乗込んで王子に向っているのは、今日から見ると慥に隔世の感がある。王子権現に来て見ると、木の間に露店がならび、宮のほとりに子供が遊んだりはしてはいるが、茶店の婆さんに聞いたら、今日は田楽は無いという。「社殿に花笠などその面影ばかり残したり」という有様であった。王子の田楽は震災前に一見したことがあるが、当日の一日前に予行演習ともいうべきものをやる。当日は田楽がはじまるかはじまらぬうちに、見物が争って舞殿に飛上って、紙の花笠を奪って行く。これを取り得た者は米の出来がいとかいう農村時代の名残で、近頃でも縁起を担ぐ人達の間には珍重されると聞いている。従って田楽を見る為ならば、どうしても予行演習の日に出かけなければならぬ。

「今日は田楽なし」というのは、当日で已に花笠に取られた後だったか、或は前日でも時間が経過していたのか、いずれかわからない。「田楽見ぬも亦風流なり」として一行は滝野川へ向った。

日清戦争当時の滝野川は今日から容易に想像を許さぬが、「十三日の月は対岸老樹の間に隠現す。山光水色模糊として燈火烟の如し」という形容は、いささかその境に過ぎた感がある。ここの茶店に休んでいる時、翁と居士とは何か俳句の議論をはじめた。「議論数時間に渉り弁舌山神を驚かす。不折子独り欄に倚りて写生す、聞かざる者の如し」とある。「議論とて秋の団扇を手のちから」「聾のひとり月にぞ向ひける」という居士の二句は、よくその時の消息を伝えている。翁と居士と会すれば、談必ず俳句に及び、俳句に及べば一議論あるを免れなかったのであろう。

鳴雪翁はこの時、あまり多くの収穫が無かったらしく、忍川で詠んだ「初秋の食に魚なし京の町」の外に、滝野川に於ける「蜩《ひぐらし》や杉の葉重ね路凹し」の一句が伝わっているに過ぎぬ。居士は出発に先《さきだ》ち、不折氏に向って戯に、画と俳句の腕くらべをしようかと云ったところ、不折氏は数日後に至って数十葉の画を示した。「俳句画に輸《ま》けたり」と云っても承知せぬので、已むを得ず責塞ぎにあとから作ったという句が十五、六「王子紀行」中に記されている。但不折氏の画はその一葉が紀行と共に「日本」に掲げられただけであった。

この王子行より少し前、一夜居士は翁を訪ねて俳談を闘わせ、「春の水山なき国を流れけり」という蕪村の句に対する見解の相異を「地図的観念と絵画的観念」と題して「日本」に掲げたことがある。鳴雪翁はこの句を以て蕪村集中の秀逸、俳諧発句中の上乗とし、居士はそれより一、二等下に置く。「山なき国」という言葉は文学的客観の景象でなしに、地理学的主観の抽象に近い為、連想上幾多の時間を要し、直接読者の感情に訴えて、その光景を眼前に躍出せしむるに至らぬ、というのが居士の説である。こういう過度の抽象的観念が文学趣味に乏しいということに就ては、翁も居士も異論は無い筈であるのに、どうしてこの一句に限って衝突するか、その理由を究めようとして議論一時間に亙った末、漸く次の結論に達した。翁は地図的観念を以てこの句を視、居士は絵画的観念を以てこの句を視る為である。而して居士はこの観念を縦横に解析し「鳴雪翁が地図的観念を起されし者は、幼時よりの教育習慣は翁をして実地に疎く想像に富ましめしなるべし。翁が七、八歳の時能く草双子を読み、十三、四歳に至るまでには大方の稗史小説を読み尽されしが如きも、想像にのみ傾かしめたる一原因ならんか。（其小説は明治の写実的小説にあらずして徳川氏の架空的想像的の者なる事に注意せよ）」と論じている。翁と居士との観念の相異も面白いが、一句の解釈に就ても飽くまで論議を尽し、然る後はじめて安ずるという態度は、慥に欽仰《きんぎょう》に値する。

二十八年になって居士が従軍を決意した時、周囲の人は皆驚いて止めさせようとした。鳴雪翁も勿論その一人であったろう。翁が当時飄亭氏に与えた書簡を見ると、「さて子規の従軍は皆々気遣ひ病体にてはと申たれど本人一向聞入れ不申、此の上は迚《とて》皆々勇しく其行を送る事となしたり、行かん我筆の花散るところまで、是れ出艦の際親許への写真に題せしところなり、決心可知矣《かな》」と書いてある。居士が頑として初志を貫く模様、極力思い止ることを勧めた上、洒然としてその意志に任せた翁の態度なども、この数行の文字から看取することが出来る。

居士が東京を出発したのは三月三日であった。「陣中日記」には「此日鳴雪翁をはじめ友人たれかれ草庵を音づれてねもごろに送別の辞を述ぶ」とあって、

君行かば山海関の梅開く　　鳴雪

の一句が記されている。居士の属した近衛師団は全国の精鋭を集めて山海関方面に向うという評判であった。居士の草した「藤野古白」なる文章の中にも「広島に居ること一ケ月、明日早旦を以て発せんといふ其前夜古白危篤の報あり。意外の凶報に驚きたりといへども、孤剣飄然去つて山海関の激戦を見んとする余の意気込は未だ余をして泣かし

むるに至らざりき」という一節がある。送る人の頭にも、送られる人の頭にも、山海関の三字が強く刻まれていたので、自然この送別の句となったのであろう。当時居士を送った東京在住の人々の中には、俳句方面の知友も少くなかった筈であるが、「陣中日記」に録された送別の句は鳴雪翁の山海関だけである。

海を越えて金州に渡った居士は、一発の砲声も耳にせぬうちに、講和の報を得て帰還し、近衛師団も山海関を衝かずして台湾に向った。居士も帰還の途、船中に病を獲て後年の大患の端を開いた。山海関の梅はこの時遂に開かなかったものと云わなければなるまい。

四

子規居士の従軍中、「日本」の俳句の選は鳴雪翁と碧虚両氏とに委ねられた形だったので、居士は出発前の広島からも、帰還後の須磨からも、屢々《しばしば》「日本」に出た俳句の批評を書き送っている。鳴雪翁宛の書簡には翁の句を居士の評したもの、居士の句を翁が批評したものに対し、重ねて居士が意見を述べたものなどがある。それらを一々引用するのは、到底煩に堪えぬけれども、広島からの書簡の中に「桃の花鏡は知らぬ姿かな」という居士の句に就て、「アの母音多しとの御叱り恐入候、斯《かか》る音調に迄《まで》御注意被下候事敬服の外無之候、小生は右音調上の欠点を無いものとしても一点はおろか半点も返上仕候」とあるのは、翁の句評の一面を窺うべきものであろう。「さゝなみや志賀の都は荒れにしを昔ながらの山ざくらかな」の歌が、旧都の荒れたことを詠んでいるに拘《かかわ》らず、アの母音が多い為に却って華《はなや》かに聞えるという意味の説を述べられたことがあったし、「あた、かな雨が降るなり枯葎《かれむぐら》」という子規居士の句に就ても、アの母音を算えられたことがありはしなかったかと思う。この桃の句が二十八年の「寒山落木」に「桃の花鏡を知らぬ娘かな」となっているのは、アの母音が多い為に後に改めたものかどうか、その辺はよくわからない。

居士の須磨療養当時、東京に催された句会の会稿が二種ある。「はれの日」「古庵り」がそれで、二度ともこれを居士の許に郵送し、居士は各句に細評を加えて返送した。翁はその評に就て更に意見を申送ったものと見えて、八月十日及同二十九日の居士の書簡には、再応の批評が記されている。但その内容はいずれも「はれの日」中のもののようである。

「古庵り」の中の句に

初秋の折ふし須磨のたよりかな　　鳴雪

というのがあり、居士はこれに一点を加えた上、「面白味ト云フ程ノ面白味モナキ初秋ナルベシ」と評した。「古庵り」の句会が催されたのは何日かわからぬが、この「須磨のたより」は即ち居士のたよりでなければならぬ。八月十日の鳴雪翁宛の書簡に「此頃ひまにまかせて源氏須磨の巻などどくり返し申候、殊にあはれ深く覚えて興に入り申候、ことし程初秋のゆかしき事は無之候、名所にすめる故にやと存候」とあるのみならず、翁自身も亦この句に就て「是れは実際須磨の病院に保養して居る子規から書信があったのに対して、返書へ書き添へた句である」と説かれたことがあるからである。

居士が須磨滞在中、古人の好句を点検して、その結果を鳴雪翁に報告し、かつその好句の標準なるものを、翁の句を例に取って示したことがあった。それによれば、「春雨や葎の宿の白拍子」「小謡や桜月夜の二条衆」「短夜や蓬の上の二十日月」「思ふ事紫陽花《あじさい》の花にうつろひぬ」「引きほどく蕣《むくげ》の実のから〳〵に」等の句は及第、「両側に都大路の桜かな」「時鳥なくや湯本の町低し」「暁の片足出たる蚊帳かな」「夕嵐桐秋近くなりにけり」「荒寺や塔を残して麦畑」これ等は悪いことはないが、この標準からは落第だというのである。今両者を並べて見ると、及第の句の方が何となく蕪村趣味が多いような気がする。「引きほどく」の句に就ては、その前八月十日の書簡にも及第以上に有之候、前年「末枯《うらが》れの朝顔ほどく垣根哉」といふやうな御句ありしことを記憶いたし居候、彼此趣は相似たれども彼は猶乳臭のところあり、此はまた老練の極なり、若《も》し前年此句ありとも恐らくは取り給はぬなるべし、考へてこゝに至る毎に自ら喜びにたへぬものあり、蓋し諸先生の進歩と共に小生も亦多少の進歩をなしたる故に御座候

という批評があった。居士がここに「及第」と称する標準は「小子近来一点の標準よりは稍高き者」であり、「両側に」及「荒寺や」の句は即ち当時の居士の一点句に該当するわけなのである。

居士が二十九年度の「日本人」に於て、俳句界の評論を試みた時、個人として最初に挙げたのは鳴雪翁であった。その中に翁の句の諸傾向を算えて「既に恋を好み滑稽を好み純客観を好むといふ、則ち之に偏するを免れず。俳人をして純客観の凡兆調を学ばしめし者は鳴雪の功少からずといへども、其弊は時に平凡無味に陥るに在り」と云い、「要するに上品なる句、優美なる句、清麗なる句、雅淡なる句は其長所にして、活動したる句、複雑なる句、印象明瞭なる句は其短所なるが如し」と云ったのは、その特色を悉《つく》しているように思う。居士は翁が「年知命を越えて勇気少しも衰へず。或は自ら七部

集を点して俳友と共に其可否を論じ、或は運座に少年と共に馳駆して顧眄《こべん》用ふべきを示すが如き、血気の青年を愧死《きし》せしむるに足る」と述べているが、それは吾々が翁の謦咳《けいがい》に接する二十年前の話だから、いささか驚かざるを得ない。翁は終始一貫して「新派俳人中の老将」だったわけである。

三十年に入って居士が「明治二十九年の俳句界」の総評を試みた中には、鳴雪翁の句は論ぜられていない。ただ翁を以て碧虚両氏と反対の位置に立つ者とし、当時の変調に対する翁の見解を引用したのと、「鳴雪の句趣味を尚ぶ。造語は寧ろ拙なる方ならん。其句清麗なる者、明浄なる者多し。新を厭ひ古を好み活動を嫌ひ静止を愛す。長所短所皆個中に存す。こゝに其例句を挙ぐる能はざるを遺憾とす」という数行の批評があるに過ぎぬ。その例句を挙ぐる能わずというのは、二十九年度を代表する新な傾向が見当らぬというだけでなしに、一度「日本人」に於て評した後、特に挙ぐべきものが無いという意味もあるのであろう。

「ほと、ぎす」がはじめて松山に生れた時、鳴雪翁は熱心なる支援者として「老梅漫筆」などを掲げていたが、数箇月を出でずして俄に俳事を抛擲し、「ほと、ぎす」の募集句の如きも、その結果として碧梧桐氏に代選せしむるに至った。居士が三十一年一月の「日本」に掲げた「間人間話」には次のように記されている。

鳴雪翁俗務多きに堪へず、終《つい》に俳壇を退く。俳句界此老将を失ふ、惜むべし。翁、人に教ふる懇切にして一句一字を説く猶数百言を費す。他の我意を会得するを俟《ま》つて後に已む。後進を益すること尠《すくな》からず。しかも斯の若き人の長く俳壇に駆馳するを許さず。人世意の如くならざる概ね此類なり。翁の俳句会に臨むや亦俳句を評すること極めて詳密、苟《いやしく》も人の之に服せざる者ある時は弁難駁撃余力を遺さず。声響屋を揺かし口角沫を飛ばす。疾風起り毛髪竪つの勢あり。少壮の者且つ其勢に恐れて逡巡す。爾後俳句会は猶絶えざるも、翁の声を聞かず。冬枯の感無きにあらず。

侃《かん》々《かん》も諤《がく》々《がく》も聞かず冬籠

弁難駁撃余力を遺さず、声響屋を揺かすということは、吾々が知っている晩年まで変りが無かった。弁難駁撃の場合ばかりではない、一部屋位隔てて談笑の声を聞いていると、他の人々のは雑然として紛れてしまうが、翁の高い声だけは常に衆を圧するの概があって、はっきり聴取ることが出来た。知命を越えたばかりの翁の颯爽たる意気は、想像に堪えたるものがある。「侃々も諤々も聞かず」の一語は、翁の声を聞かぬことによって、頓に寂寥を感ぜしめた当時の空気を伝え得て妙である。

しかし鳴雪翁は俳事抛擲以来、全然俳句に一指も染めなかったかどうか。少くとも居士が「間人間話」を草する前に、翁の句が一句あることは慥である。三十年十二月二十四日、最初の蕪村忌が子規庵に催された際には、翁も出席して

大蕪小蕪さては赤蕪我老矣　鳴雪

の一句を手向けた。これは普通の句会でなしに、そういう特別な催であるから出席されたのかも知れず、又この句の裏にも俳壇を退いた意が含まれて居らぬことも無いが、とにかくここに久しぶりで翁の句を見ることになった。居士の「間人間話」が絶えて翁の声を聞かぬ際に成らず、久々に翁の声を聞いた後に成っているのは面白い。見方によれば「侃々も諤々も聞かず」の句は、翁の再出廬を希望しているものとも解釈出来ぬことも無い。

翁の再起は思ったよりも早かった。三十年末の蕪村忌に姿を現した翁は、三十一年に入って企てられた蕪村句集輪講《りんこう》の第二回目から、これに加って意見を述べるようになった。この事に関しては居士の「明治三十一年の俳句界」の中にこう記されている。

東京にては先輩鳴雪再び俳壇に出で後進を誘導す。太だ人意を強うす。其蕪村句集輪講に於ける解説の如き、其力を藉る者もつとも多し。

蕪村句集輪講に加わるの一事は、未だ翁の全面的復活を意味するものではないかも知れぬ。しかし一歩を後に返すことは、やがて一切旧に復する過程とも見られる。居士が「ホトトギス」に掲げた「試問」の答に関し、翁が異見を寄せ来った私信は、直に附記として誌上に登載されたが、居士もその多くは翁の説に従うべきを認めている。二十九年以後の鳴雪翁は、作句に於ては当時の新な傾向を懌《よろこ》ばぬ立場に在ったから、居士に刺激を齎《もたら》すような機会も少かったに相違無い。然《しか》も一朝古句を解し、古人を評するに当っては、翁の知識と造詣とは、当時の青年作家の有せざるものを補って余《あま》りあった。必ずしも故事典拠に富む蕪村の句を講ずる場合のみに限らぬのである。

子規居士が鳴雪翁を詠じた「論俳句」の詩に「初雪松梢天主閣。余寒古道一枝梅。依然格調学元禄。却自天明著想来」(初雪の松梢　天主閣、余寒の古道　一枝の梅。依然として格調は元禄に学べども、却って天明より著想来る)というのがある。翁の句法の平易なのは或は元禄に似ているであろうが、趣向の清婉、敏贍《びんせん》なところは寧ろ天明に似ている、というのが居士の説である。一度俳壇を退いた翁が、蕪村を縁として復活するに至ったのは、偶然でないと云えるかも知れない。

五

三十一年八月四日、鳴雪翁に宛てた居士の書簡には次のような事が見える。

御高吟いと珍らかに拝誦仕候
　カンテラ(天)
　夏　草(地)
と先づ愚評を下し後は雲峰、古堀、水打たで、隧道など略同格と存候、其外は皆少々づゝ申分有之候、古堀の句は森々の句にも拙句にも同趣向の者有之、同年に三人の暗合候事珍らしく候、尤堀と置きたる者は外に無之候、堀面白かるべく候

これは翁が俳壇引退を声明されて以来、はじめて示された作句であろう。居士が天に取った「カンテラ」は「カンテラや明易き夜の道普請」という句ではあるまいかと思う。鳴雪翁の句集には年代の記入されたものが無いので、推定に困難ではあるが、夏の句にカンテラの出るのは他に見当らぬようだから、一先ずこの句を挙げて置くことにする。

「夏草」の句はいくつも伝わっていて、果してどれだかわからない。爾余の句も手許にある鳴雪翁の句集二、三をざっと検索して見たけれど、それらしいものを発見し得なかった。子規居士及青木森々氏に同案の句があるという「古堀」の句は、「古堀や水明りして玉藻咲く」であろうか。それだとすると子規居士の「俳句稿」には、この句に当るべきものが見つからない。或は同案の故を以て抹消したのかも知れぬ。念の為に「承露盤」の三十一年の条を調べて見たが、鳴雪翁の句は一も見えず、森々氏にも暗合とおぼしきものは採録されていなかった。

鳴雪翁が久しぶりにその句を示されたことは、事実上俳壇に復活したものとして、大に居士をよろこばせたらしい。居士は偶々《たまたま》数日前、車で向島に遊んだので、その時の事を追想して得た句を返簡に記し、「玉句を示されし御蔭にて数首の駄句を得てうれしく存候」と云い、更に

御句を示されしことを

水無月《みなづき》の山吹の花にたとふべし

小家の山吹今花を著《つ》け居候

と附記してある。水無月の山吹は庭前の即景であり、めずらかなる心持に相違無いが、返り咲なるが故に翁の俳壇復活の意をも含めたのであろう。あたかも「ほと、ぎす」が松山から東京に移らむとする際であったから、居士は特に翁の再起を心強く感じたものと思われる。

鳴雪翁の俳壇復活は「ほと、ぎす」の東遷によって、全く決定的の事実となった。東京で出た最初の号たる第二巻第一号には、翁の祝詞が巻頭に掲げられているし、後に「寸紅集」に纏められた短文の中にも翁の名が見えるが、それよりも注目すべきものは、俳句に関して子規居士との間に往復した書簡である。

「ホトトギス」第二巻第二号に居士は「句合の月」という文章を掲げた。碧梧桐氏判の句合に「月」の句を作ろうとして、種々の場面を想い浮べた結果、遂に

見送るや酔のさめたる舟の月

という一句を得て漸く落著《らくちゃく》した。その句想の移って行く経過を細叙したのが、即ち「句合の月」一篇なのであるが、後に書いた「燈」という文章の中に「忽ち見る森ぞひ小路、月は葉末にちらつきて祭帰りの鮓のみやげ重たく、忽ち見る揚子江頭、月小に燈遠く一

葦の船は宋江を乗せて離別の詩終に成らず」とあり、要領はこれに尽きているかと思う。居士は水楼から離別の宴を連想して、「海楼に別れを惜む月夜かな」と詠み、一転して「桟橋に別れを惜む月夜かな」となり、桟橋の情景をいろいろ考えた末、「見送るや」の句になったのである。「誠に振はぬ句であるけれど、その代り大疵も無いやうに思ふて、これに極めた」とあって誌上に載せたところ、鳴雪翁は私信でこの句法に不満の意を表明された。この書簡は今伝わって居らぬから、翁の論旨は十分にわからぬが、居士の返簡から想像するに、「酔のさめたる舟の月」というのは省略が多過ぎて完全な句法ではない、この句のみならず、当時の居士の句に「家主が植ゑてくれたる松の秋」「木犀や人は寝《い》ねたる庭の月」「山寺や松ばかりなる庭の月」とあるが如きも、やはり修辞上無理を免れぬ、という点を主として難ぜられたものではあるまいか。

居士はこれに対して、「見送るや」の句は「家主の」以下三句よりも寧ろ普通の句法を用いたもので

「酔のさめたる舟」の月
とつゞくにあらずして
「酔のさめたる」「舟の月」

とつゞくつもりに御座候

と云い、「御いやがり迄に無理に駄句をつくりて御覧に入れ候」とあって、次の数句を記している。

紅葉見や女載せたる駕の雨
野の中や只一本の杉の月
権現や桜もまじる杉の雨
廃苑や芙蓉を覆ふ蘆の風
移徒《わたまし》やきのふ植ゑたる松の雪

居士は更に古句にもこの句法が無いわけではないとして、実例八句を挙げたが、

「松ばかりなる庭の月」といふやうな句が変に聞えるのは上が長くて下が短きためなる事御説の如くと存候

と翁の非難の一理あることを認めている。居士自身も「初は此句法を左迄善き句法とは思はず、只珍らしくて一寸《ちょっと》おつだ位に存居候ひし処、段々御攻撃を頂戴するにつれて少しづゝ趣味が増して来たかの感も有之候、不具なる子を(人に憎まれるだけ)親の可愛がると同じ理にもや候はん呵々」というのである。この意見の対立には自ら両者の立場の相異が窺われる。翁がどこまでも一流の修辞論を把持して動かぬに反し、居士は今少しく流通性のある、自由な見解を抱いている。翁と居士との俳談が直に議論に移って行く模様は、大体この往復の書簡の如きものだったのであろう。こういう一句の修辞問題を、そのままに看過し得なくなったことは、翁が俳壇に復活した何よりの証拠でなければならぬ。

鳴雪翁の俳壇復活に関して、居士が「其力を藉る者もつとも多し」と云った蕪村句集の輪講にも、次のような挿話が伝えられている。三十二年九月の輪講席上、「帰る雁田ごとの月の曇る夜に」の句に就て、翁と居士との間に意見の相違を生じ、激論殆ど一時間に亙った。会散じて後、居士は一書を裁して陳謝の意を表し、翁も亦直に返書を送って、大に居士を慰むるところがあった。輪講の附記にその顚末が記されているから、それを引用して置こう。

子規曰く、此夜議論沸騰、甲論乙駁、心躍り眉昂り活気抑ふべからず。余時に体温甚だ高く呼吸稍逼る、益《ますます》大声を発す。余の鳴雪翁に答ふる言語、或は不敬に渉り長者に対する礼を欠く、とて散会後家人より注意せられし程なり。議論の激しかりし事以て見るべし。然れども余自ら殆ど夢中にて敬か不敬か一切之を知らず、即ち書を飛ばして罪を鳴雪翁に謝す。自ら戒めて曰く

蕃椒《とうがらし》広長舌《こうちょうぜつ》をちゞめけり

翁の返簡に曰く、這般快事他人は解する能はず。何ぞ敬と不敬とにあらんや、と。先生の胸中光風霽月、秋天一塵を留めず。

鳴雪曰く、斯道に当りて激論抗議は吾輩の常事、而して子規君の礼儀に厚き、書を寄せらるるに至る、亦美徳、並び行はれて相戻らず。唯僕の病苦を察せず、興に任せて呶々《どうどう》したるは、自ら顧みて慙愧已むなし。

居士の陳謝の状には「蕃椒」の句の外に「蘭の花吾に鄙吝《ひりん》の心あり」「十年の狂態今にかゝし哉」の二句が記されてあった。翁の返簡に接して後、居士は再び左の書簡を翁宛にしたためた。

拝啓御手紙拝見仕候後御返事可差上と存候処、不相変《あいかわらず》発熱と多忙とに紛れ怠り申候、光風霽月の仰に任せ「今後謹可申」といふを「今後御免可蒙」と致可申候

光風霽月というような趣は、現代に最も不足しているものであろう。この応酬は翁と居士との間に於て、はじめて生れ得るもののような気がする。

ほとゝぎす発行所に闇汁会の企があったのは、輪講席上の激論より一箇月後である。おくればせに見えた鳴雪翁は、闇汁と聞いて持寄の品を買いに行かれたが、出がけに「下駄の歯が出て来ても善いのですか」と諧謔一番した。翁の購入品には闇汁の材料以外に蛤があった。これは一箇ずつ椀に入れて皆に配られたが、湯を注ぐと蛤が自然と開いて、昆布、辻占、麩、鰕《えび》などが躍り出る仕掛だったそうである。居士の書いた「闇汁図解」を見ると、翁が誰よりも最も多く発言している。こういう場合に於ける翁の声が、他を圧して席上を賑したろうということは想像に難くない。

闇汁会より二日おくれて催された道灌山の柚味噌会には、鳴雪翁は不参であった。その日は柴又の帝釈天へ参詣されたらしく、居士は柚味噌会の事を報じた書簡の中で「先生の御つれは少年にあらざれば老婆なりと申事抔《など》話合申候」と云い、

婆つれし仏詣りや稲曇《いなぐもり》
柴又の寺を出づれば秋の雨
柴又へ通ふ渡しや蘆の花

など想像の句を詠んでいる。同じ書簡に「俳境活潑俳想湧出日々数十句をものせられ候御気力壮と可申盛と可申私ども近時会の外に句無き者只瞠若《どうじゃく》と致居候」とあり、その句に評を加える旨が記されているのを見れば、翁はこの頃まで時に句稿を居士の許に送って、評を求められることがあったのである。

六

子規居士が「ホトトギス」に「消息」の筆を執るようになったのは、三十二年十二月以降のことである。その第一回の分に鳴雪翁に関して次のような記事が見える。

鳴雪翁は昨今非常の勇気にて毎日必ず二十句位の句作有之候。それも暇多き人の仕事ならば左迄驚くにも及ばず候へども、夜迄俗事の渦の中に立たるゝ翁にして此勇気あるは我々後輩をして瞠若たらしめ候次第に候。翁に俗事多き事は幽靚閑雅なる翁の俳句のみを見らるゝ人には合点の行き難き事なるべく候へども、実際翁の多忙なる事は普通の商人の多忙なるよりも更に多忙なるかに見受申候。商人の多忙は其商売にのみ多忙なる訳なれども、翁の多忙は種々の方面に多忙なる者に候。且つ商人の多忙なるは未来又は現在の報酬を目的とする多忙なれども、翁の多忙は未来にも現在にも報酬の無き多忙に御座候。此の如きは畢竟翁の義務を重んじて徳義に厚きの致す所にして、普通の人ならば怠慢に附して打ち棄て置くべき事をも翁は一々に処理して毫髪も遺憾無からしむる処、迚も他人の及ぶ所にあらず候。手紙の返事を細しく書かるゝだけにても我々不精者は只々驚くの外無之候。

近日鳴雪翁と碧虚両君との間に文学上の議論あり、後には激昂の余り多少の失言も有りしとか承候。文学上の議論の盛なるは諸氏文学に熱心なる証拠にして君子の争ひ甚だ頼もしく候。鳴雪翁の雅量は固より多少の失言をも大目に見られ候事と存候。時々翁と他の人々との間に議論の起り候は第一に翁と他の人々との趣味の異なるため、第二は翁の諧謔なる時として後輩を揶揄せらるゝため、第三は翁の議論好なる一度や二度の頭突《ずつき》位にはビクともせず、却て小膵など掛けらるゝため、互に負けじと遂には大相撲に相成申候。

これは翁の面目を悉して殆ど遺憾無いもののように思う。翁の多忙、翁の諧謔、翁の議論好、これ等は一生を通じて少しも渝《かわ》らなかった。この年翁五十三歳。居士三十三歳である。居士の身辺に集った多くの人々とは、それ以上の距離があるわけだから、翁が他と趣味を異にする所以《ゆえん》は、主としてこの年齢及教養の相違に基くものと見らるべきであろう。

同じ消息の中に居士の御馳走論があり、一転して

書いて此に至れば鳴雪翁の格言「風雅は植物性にして米の中の一元素なり」といふを思ひ出さざるを得ず候。

と書いてある。この格言は鳴雪翁の書いたものにあるか、一場の警句を居士がここに伝えたものか、その点はわからぬが、居士は更に附加えて「……鳴雪翁の如く風雅の定義迄こしらへられし人でも牛を喰はずに居られるやうな閑散な地に退かるゝ事は迚も出来不申、現に牛のロースは湯気の立つ饅頭と共に翁の最好物に数へられ居候」と云い、「元来芭蕉趣味の鳴雪翁が正反対なる蕪村の句をも取らるゝは、米の主張家たる鳴雪翁

が同時に牛の最愛家たると同意義に堕ちて彼此照応致居候」と註記してある。鳴雪翁の夷狄禽獣論は有名なもので、吾々も屢々《しばしば》拝聴したが、翁は普通の老人のように洋食を忌避されなかった。寧ろ明治初年のハイカラの一人として、率先して牛肉を食われたものであろう。経学修行のため京都の水本塾に在った頃、単身某所へ牛鍋を食いに行って儕《さい》輩《はい》を驚かしたということが「鳴雪自叙伝」にあったと記憶する。

三十三年の夏には俳句講習の問題があった。国語伝習所に於ける夏期講習に俳句の一課を加え、鳴雪翁と碧梧桐氏とが講師として出席することになった。この評判が北清事変に於ける天津聯合軍の消息と共に、病牀の居士の耳朶《じだ》を打った時、居士は筆を執って長文の「消息」を草した。この「消息」は前後に無い長いもので、中途で喀血したりした為、幾回かに亙って稿を継ぎ、最後は口授筆記せしめて漸く完成したのであった。居士が万事抛擲の裡に在って、これだけ骨を折って「消息」を草したのは、畢竟門下の士に俳諧史の知識乏しき事、講習というものにはどうしても学者的知識を必要とする事、作者は作者、学者は学者と分れている間は差支無いが、多少なりとも作者の範囲を出て学者的な仕事に携るのは、自己の短所に向うもので、それを敢てする以上は敢てするだけの用意が無ければならぬ事等を切言するに在ったので、俳句講習を機会に年来の不平が迸り出たものである。従って随分遠慮の無い文字がつらねてあるが、こういう場合といえども、鳴雪翁に関しては「但し鳴雪先生だけは此中に入らず候。鳴雪先生は我々先輩たる上に初より文学者を以て自ら任ぜらる丶者に非ず候故、自分は先生に向つて固より彼是申べき筈の者ならず」と云って初から除外している。これなども居士礼譲の心を見るべきものであろう。三十三年の「俳句稿」に

俳句講習　贈鳴雪翁
舌頭《ぜっとう》に千転《せんてん》するや汗の玉

とあるのはこの際のもので、舌頭千転は芭蕉の語を用いたのである。

居士が三十三年の秋、興津移転を思立った時、鳴雪翁は反対の急先鋒であった。というよりも周囲の者が敢《あえ》て開陳せぬ反対意見を、翁が代表して述べたものらしい。その結果は又衝突となり、激論となった。翁は自分の議論が居士の反動力を激成せしめ、却って興津移転が断行されるようになってはならぬというので、帰来一書を裁してその意を申送ったところ、居士の返簡にはこうあった。

拝啓昨夜ハ又例の暴言を発し後悔一方ならず、今朝御詫状差上可申ト存候処ニ却テ

御手紙ニ接し恐縮之至候、来客謝絶の件ハ私の心持丁度曽子易簀《えきさく》と同しやうに存候、曽子ハ簀《すのこ》ニ対して心を安んぜず、私ハ客ニ対して心を安んぜずと申事ニ御座候
私ハ転居の方に定めて此上ハ叔父の認可不認可によつて決定可仕候
若シ興津へ参り候はゞ御高話を聴ことも難出来、其代り例の暴言を吐て御わび状を出すやうの事もなかるべく候
わざと簡単ニ御返事　旁《かたがた》御わび迄一書差上候、御厚意の程ハ十分銘肝罷在候　謹言

この日附は十月五日になっているから、病牀の激論は四日だったのである。書中に叔父とあるのは加藤恒忠氏で、興津移転には勿論反対であったから、翁はこの書を得て移転中止と同様なることを知り、大に安心した旨が「追懐雑記」に見えている。この辺の消息は頗る味があるように思う。
「墨汁一滴《ぼくじゅういってき》」「仰臥漫録《ぎょうがまんろく》」「病 牀 六尺《びょうしょうろくしゃく》」等、居士晩年の随筆中にも鳴雪翁の事は散見するが、最も翁その人を目のあたり見るような気のするのは次の一条である。

ある人諸官省の門番の横著《おうちゃく》なるを説く。鳴雪翁曰く彼をして勝手に驕《おご》らしめよ、彼は此場合に於けるより外に人に向つて驕るべき場合を持たざるなり、此心を以て我

は帽を脱いで丁寧に辞誼すれば則ち可なり、と。蓋し有道者の言。(墨汁一滴)

翁は常にこういう人生観を懐いて、この世に処して居られたように思われる。翁が居士の病牀を訪れると、如何なる苦悶中でも忽ち態度を改め、痛苦を忍んで相当の挨拶をする。蕪村句集輪講の済み際になると、苦悶の裡から「酒があろがな、なぜ先生にお上げんのぞ」と母堂に注意するという風であった。この斟酌の状を見て、あまり度々見舞わぬ方が病気の為によかろうと思って、なるべく遠ざかることにしたという。有道者の交渉の迹ほど、現在の吾々に取って慕わしいものは無い。

居士が「病牀六尺」の中で「ホトトギス」募集句の批評を試みた時、鳴雪翁の選者吟「時鳥《ほととぎす》鳴くやお留守の西の京」「麦寒き畑も右京の太夫かな」「筍や京から掘るは京の藪」等の句を評して、「面白さうな句であるが、いづれも意味がわからぬ」と云った。議論好な翁は直に「ホトトギス」の「随問随答」でこれに答弁された。三十五年九月十日の蕪村句集輪講は、居士の加った最後の輪講であり、苦悶のため中途から殆ど無言であったが、輪講が済むと徐《おもむろ》にその問題に移り、現在奈良の一部を「西の京」という故、「の」の字を加えては西京即ち京都の意味に取れまいということ、京都の西部を「右京大夫」というのは、太祇に類似の詞があって手柄でないということ、等に就て再駁したそうである。その様子が如何にも苦しそうだったので、翁もとかくの駁論に及ばなかったが、それから十日を出でずして居士は終に白玉楼中《はくぎょくろうちゅう》の人となってしまった。西の京、右京大夫が翁と居士との間に行われた最終の議論であり、この時が最後の対面だったのである。

鳴雪翁と子規居士との関係は、素堂と芭蕉との関係に似ていると云った人があった。そういう消息も認められぬではないが、翁の場合は素堂より更に密なるものがある。翁自ら「人も知る如く俳句に於ては僕は子規子の徒弟である。子規子は僕の師である、先達である」と云い、「内藤素行を生んだのは僕の父母で、内藤鳴雪を造つたのは子規子である」と云うほどの因縁は、素堂と芭蕉との間にこれを認むることが出来ない。その意味から見れば居士の身辺に集った人の中で、最も不思議な関係に在るものは鳴雪翁だとも云い得るであろう。

七

鳴雪翁と子規居士との交渉に就ては、以上年代を逐うて記して来たが、なお少しく遺漏を補わなければならぬものがある。

二十八年の従軍途上、広島から鳴雪翁に宛てた居士の書簡に「玉句に付て妄評を呈し候処、又評の評を御示被下面白く拝見仕候、依而小生も亦評の評の評を加へ別紙附箋に致置候、御一読の上重ねて御高見伺度候」ということが書いてある。ここに「玉句」とあるのは、三月三十日の碧虚両氏宛書簡に「鳴雪先生百題の内数句を示さる、多くはこれ凡調俗声、これは何としたもの」というそれであろうか。書中に所謂《いわゆる》「評の評」及「評の評の評」は、後年鳴雪翁が篋底から捜し出して発表されたことがあった。それによると、翁が居士宛の書簡で近詠を示したのを、居士が書抜いて一句毎に評言を加えて来た。翁がその紙面に答弁を朱書して送ったところ、居士は附箋して再応の意見を述べた。その末に「明治二十八年四月三日広島客舎に於て、子規記多罪」と記されているのは、恐らく附箋の評の日付であろう。「玉句に付て妄評」云々の書簡は三月とのみあって、日付が書いてない。

鳴雪翁はこの「評の評」及「評の評の評」に就て「爾来十五年を距つるの今日、再読して考ふれば居士の説がいづれも当つて居る。而して之を告げたいにも居士は御座らぬ。噫」と歎息された。これは居士の生前に於て「早きは一箇月、遅きは一箇年も立つた時分に十の八、九は子規子の説に服して来る」と翁自身認められたように、多くの場合そうだったのであろう。今ここにその一、二を摘記するならば、「春の月三輪の大杉路暗し」の句を居士は「無可無不可。小生は先づ先生集中に在て家常茶飯と信じ申候」と評した。翁はそれに対して「別に論ずる点もなし。三輪には少し恋味を帯た積にて小生は兄より聊《いささ》か感深き丈なり」と云い、居士は重ねて「此の句には恋味なしと信ず。無理に恋味とした処で恋味にならねば如何や」と評している。恋味と滑稽とは往々にして他と一致せぬ、翁一流の見解であった。

居士がこの句稿の中で○(一点)を附したのは「荒寺や塔を残して麦畑」「朝の雨花は一重ぞあはれなる」「両側に都大路の桜かな」の三句であるが、「荒寺」の句は最初から「慥かに一点の価値御座候」と云い、翁も亦「兼て期し居候」と答えているから、何の問題も無かったのであろう。「朝の雨」の句は「一考之後一点を附し申候」とあり、稍々躊躇の色が窺われる。翁は「よくぞ御一考下されたる。小生も作て置て取捨に迷ひ中なりき。改作には『朝雨や一重桜の双林寺』朝雨も十分ならず、やはり原作を取る事に可致候」と答えたが、居士の再評には「朝の雨の句、今日より考ふれば一点はたしかなり、『両側』の句よりも遥かに勝れり」とあって、前よりも評価が高くなっている。前評と後評との間にどの位の時間があったかわからぬけれども、この程度の意見の変化はあったものと見える。

三十年中、鳴雪翁が「日本人」に「一話一言」という随筆を発表された時、居士は病牀に一読して、その批評を私信で申送った。「前日拝見したるものなれど今更のやうに面白く覚候」とあるから、或は草稿のうちに居士の目に触れたことがあったのかも知れぬ。翁の句を評したものはいろいろ伝わっているが、文章を評したのは前後を通じてこの時だけであったろう。それも

一御文中「しに」の字多くために文章たるみたるやうに覚ゆ

とか、

一「たり」「せり」などあるも文勢を殺ぐやうに思ふ所あり、漢文風に現在にしては如何

とかいふ風に、かなりこまかい注意に亙っているから面白い。

この「一話一言」の署名は「驢背居」であった。翁の別号たる「老梅居」を更にもじったものであろうが、居士は「驢背居の字尤妙」と評している。元日から狼狽して居るというので「老梅居」と名づけたに就ても、居士は「居の字最も奇なり」と評したことがあった。

「子規遺墨集」の中に

菖蒲提て鳴雪の翁来たまひし

という短冊が出ているが、多分即興の作を書きすてたものであろう。「俳句稿」その他を検しても、ちょっと年代がわからない。

年礼や鳴翁住める真砂町

というのは三十二年の作である。居士の病が漸く重く、身動きも困難なようになってから草した「初夢」という文章には、夢で年礼に先輩知友の許を廻ることがあって、その第一に「おい車屋、真砂町迄行くのだ」というのが出て来るが、居士が健康であったら、必ずこの通り実行されたであろう。年礼と鳴雪翁に就ては虚子氏宛の居士の書簡にも「翁が法外義務的の人なるは申す迄もなく今年も元日に拙宅へ来られ候処、折節小生陸にありて面会せず甚だ気の毒に存候、貴庵を訪はれしは道順なりしかも知れず、わざ〳〵元日に根岸迄来られんとは思はざりしなり、翁の義務を守らるゝ此の如くに候、とても我々の及ぶ所にあらず候」などと記されている。「年礼や我よりも先に鳴雪翁虚子」という句も、這間の消息を伝えているように思う。

三十五年五月二十六日、居士は鳴雪翁の書画帖に芍薬の写生画を試みた。「鳴雪句集」の巻首に掲げてあるのがそれである。

芍薬の衰へて在り枕もと
芍薬を画く牡丹に似も似ずも

この二句を題した後に、居士は更に左の数語を書添えた。

絵の拙きを笑ふな、句の巧ならざるを咎むるな、気息奄々病牀に縛せられし身の僅に手ばかり動かしてなからん後の紀念とす

芍薬は枕頭に挿してあったものであろう。居士が菓物帖を画きはじめたのは六月二十七日、草花帖は八月一日以後だから、順序から云うと大分先んじている勘定である。芍薬は花が四つ、丹念に絵具で塗潰してあるらしい様子は、写真を通じても略々窺うことが出来る。

「病牀六尺」の八十四に「此頃病牀の慰みにと人々より贈られたるもの丶中に」と

あって、第一に鳴雪翁から贈られた柴又の帝釈天の掛図が出て来る。「この図は日蓮が病中に枕元に現はれたといふ帝釈天の姿を其儘《そのまま》写したもので、特に病気平癒には縁故があるといふて贈られたのである」という。翁も居士も日蓮に対する宗教上の因縁は無い。居士が「養痾《ようあ》雑記《ざっき》」の中で日蓮を説いたのも、「最後の宗教家」として大なる野心の所有者である点が主であったように思う。鳴雪翁の柴又詣は前にも出て来たが、信仰の関係でないことは云うまでもあるまい。

「病牀六尺」の終に近く、居士が頻《しきり》に各方面に苦言を呈した時、鳴雪翁に関する一条があった。翁の選評にかかる「俳句選」というものの抜萃が或雑誌に出ていたのを評したので、「鳴雪翁は短評を以て人を揶揄したり、寸言隻語を加へて他の詩文を翻弄したりすることは寧ろ大得意であつたのであるが、今この俳句選の評を見ると如何にも乳臭が多くて、翁の評とは思はれぬ程である。もつとも抜萃のしやうがわるいため、会々不手際なやつが揃ふて居るのかも知れぬが、兎に角これらを標準として翁の伎倆を評する人があるならば大なる冤罪を翁に加へるものである」とある。しかしこれ等の苦言の中にも、先輩長者に対する居士の用意が認められぬことは無いようである。

最後にもう一つ、鳴雪翁自身何かに書いて居られるかも知れぬが、いつか直接伺ったことがあるから、思出したままを書いて置く。翁自身、子規居士の生前には俳句の趣味が十分にわかっていなかった、という実例として話されたもののように記憶する。或時居士が碧梧桐氏の「夜に入りて蕃椒煮る台所」という句を持出して、こういう句は先生にはおわかりになりますまい、と云った、果してその当時はこの句の趣味を解することが出来なかった、というのであった。

鳴雪翁の御話はそれだけであったか、前後になお繫るものがあったか、遺憾ながらはっきり思出すことが出来ない。ただ今でもおぼえているのは、翁がこの句の上五字をちょっと失念して居られて、「小夜更けて」ではない、もっと引緊った言葉であったが、と云われたことである。「夜に入りて」の句は居士も「明治三十年の俳句界」の中で、「此句に些の理窟無き処、殆ど工夫的の痕迹を留めざる処(工夫を凝らしたる句なるべけれど、そは痕迹を留めざるやうに工夫せし者にて、十分成功するを得たり)意匠は日常の瑣事ながら毫も陳腐ならざる処、句法亦平易にして切字あるが如く無きが如く、しかも能く切るゝ処、劇烈に感情を鼓動する者ならずして、淡泊水の如き趣味を寓する処、此数箇条は此句が極端に新体を現したる所以なり。若し従来の俳風に拘泥する人をして見せしめば没趣味の句と為し了らん。此等の人此句の趣味を説明せよといはゞ、余は答へていはん、虚心平気此句を翫味せよ、全く自己の量見を抛擲し身を此句中に置きて此句の中より新趣味を探り出だす可しと。蓋し趣味は感ずべく、説くべからず。然れども稍々烈しく感情を刺激すべき者はヒント的に之を説明し得べく、又聴く者も此不完全なる説明の中より妙処に悟入すること無しとせず。只此句の如き淡泊なる者に至りては不完全なる説明をすら為すこと能はず。強ひて言はんと欲するも一点の厭味無しと評する位より外に何等の説明をも与へんに由無きなり」というかなり長い批評を試みている。こういう句が当時の新しい官覚の所有者によって作られ、鳴雪翁がこれに無関心であったことは怪しむに足らぬ。居士は翁の感ぜざるべきを洞察して、先生にはおわかりになりますまい、と云ったのであろう。

「鳴雪翁は常識あつて常感なし、碧梧桐は常感あつて常識なし」というのは居士の評語であった。この言葉は鳴雪翁一人に当嵌めるよりも、碧梧桐氏と対照的に考える時、特に適切に感ぜられる。自ら句を作り、他の句を品する場合に於ても、鳴雪翁は常に常識的であり、碧梧桐氏は常に常感的であった。「夜に入りて」の一句は会々これを証明しているものの如くである。

愚庵

一

子規居士が愚庵《ぐあん》和尚と相識になったのは何時頃《いつ》からであろうか、正確な年次はわからない。ただ和尚の友人たる陸羯南《くがかつなん》翁を経て相識るに至ったのであろうということは、大体想像することが出来る。

明治二十五年十一月、居士は大学退学を決行して、母堂及《および》令妹を迎える為に神戸まで下った。途中京都に幾日か滞在して、産寧坂の愚庵を訪ねたことがあった。当時の日記を見ると、十一月十二日の条に「訪愚庵禅師于霊山下」とあり、更に十五日に「虚子来。共訪鉄眼和尚。閑談于夜深」と記されている。居士の愚庵訪問は前後を通じてこの二回だけだったようであるが、これが初対面だったのか、前に会ったことがあるのか、その点が不明なのである。

愚庵和尚が産寧坂の庵を結んだのは、二十四年秋とあるから、子規居士が訪ねたのは結廬後一年ばかりたった頃で、和尚の名も未だ一部の人の間にしか知られていなかった。居士はこの旅行から帰って間もなく日本新聞社に入り、世間匆忙《そうぼう》の人となったので、愚庵訪問の事は何にも書かずに了ったが、明治二十九年の「松蘿玉液《しょうらぎょくえき》」に当時の回想が稍々《やや》委《くわ》しく記されている。子規居士に与えた愚庵の印象は次のようなものであった。

○愚庵　は東山清水のほとりに在り。ある夜虚子を携へて門を叩きしに庵主折節内に居たまひてねもころにもてなさる。庵は方丈に過ぎず片隅に仏壇を設け片側に二畳をしきりて炉を切りたり。廬《いおり》は絶壁に倚《よ》りたれば窓の下直ちに谷に臨み谷を隔て丶霊山手に取るが如し。窓は東に向つて開き机は山に対して安んず。主客三人僅かに膝を容る丶に過ぎざれど境、静かに人、俗を離れたればたゞ此世《この》の外の心地して気高き香ひの室内に満ちたるを覚ゆ。三人炉を囲んで話興に入る時茶を煎《に》て一服を分たる。携へ来りし柚味噌《ゆみそ》を出だせば庵主手を拍《う》つて善哉《よいかな》と呼ぶ。

老僧や掌《たなそこ》に柚味噌の味噌を点す

庵主炉上の釜を指して曰くこは浄林の作にして一箇の名物なるをある人の喜捨により て庵の宝と為りしものなりと。言はる丶ま丶につく〴〵みれば菊桐の紋一つ二つ鋳出《いだ》したるがいたく年古《ふ》りたりとおぼしくゆかしき様なり。つたなき発句《ほっく》などものすれば短冊にしたゝめてよと強ひらるゝいなみも得ず、庵主能書なれば代りに其《その》筆跡を得て帰りぬ。其《そ》れより後汽車にて京都を乗り過ぐる事あれど俗縁にまつはられて得驚かさず。此春庵主東遊のついで我が庵をさへおとづれたまひて高き鼻長き眉、羅漢をうつしたらんが如き秀でたる容顔は昔にも変らじと見しものから東山の廬は常に吾が夢をはなれず。月の朝《あした》、しぐるゝ夕《ゆうべ》、ものにつけて思ひ出づるは彼の釜になん。

凩《こがらし》の浄林の釜恙《つつが》なきや

ここに記された二句はいずれも「松蘿玉液」執筆当時、即ち二十九年の作である。二十五年訪問の際に成ったのは左の数句であった。

愚庵

紅葉《もみじ》ちる和尚の留守のゐろりかな

鉄眼師によす

凩や自在に釜のきしる音

訪愚庵

浄林の釜に昔をしぐれけり

「浄林の釜」の句は十一月十五日夜訪問の時の即興だったのである。

二十八年の夏、従軍後の大患を養う為に、居士は長らく須磨に居ったが、遂に京都に入らず、松山からの帰途も奈良に遊んだまでで、愚庵再訪の機を得られなかった。却《かえ》って和尚の方から居士を訪ねたことが一両度あったらしい。ここに「此春庵主東遊のついで」とある二十九年の外に、二十六年夏、居士が奥羽行脚に出ようとして瘧《おこり》に悩まされていた頃にも根岸を訪ねている。「はてしらずの記」のはじめに「ある日鉄眼禅師のわが病牀をおとづれて今より北海行脚にと志すなりと語らるゝに、羨ましさは限りなけれども羽抜鳥の雲井を慕ふ心地して」とあって、「涼しさやわれは禅師を夢に見ん」の句を記しているのがそれである。但《ただし》この時の北海行脚のことは「愚庵全集」の年譜を検しても見当らぬ。和尚の歌に「十勝国にまかりたる時」「札幌にて」などという前書のあるのが、この年のものであるかどうか、はっきりわからない。

二十九年四月以来、断続して「日本」に現れた「松蘿玉液」の稿は、十月二十二日を以て一先ず中絶し、二箇月後の十二月二十三日に至り、京都の事から書き継がれた。先ず三尾の紅葉を叙し、次いで嵐山を叙し、一転して愚庵訪問の顚末を述べ、その翌日の紙上に愚庵十二勝の事を記すという順序になっているが、実際は愚庵和尚からの来翰によって、曽遊《そうゆう》の京都を想起したものではないかと思う。和尚来翰の事は「松蘿玉液」にも「此頃庵主書を寄せていふ、老少不定なり、子が病亦《また》重きを加ふと。願はくは十二勝を和してわがための記念とせよ。或は知らず我却て子に先だつて逝くを、云々。吾が病稍々間あり。此の書を見て覚えず微笑を漏らしぬ」と書いてある。その書翰というのは「愚庵全集」所収の左の一通に当るのであろう。

近来御無沙汰仕候、鼠骨《そこつ》生昨日来候、君の消息を伝ふるに病追々進むと、十分自愛し給へ、我愚作あり

まだ死ぬな雪の中にも梅の花
独して急ぐ旅かは雪のそら
こたつして君和韻せよ十二勝

浄林の釜に我を独でしぐらすな

句になるものありや否、若万一死期近きにありと思はゞ片身と思ひ十二勝を和してくれ給へ、千万自玉

十二月九日　　愚庵

子規宗匠榻下

見舞して我先だつも知れず雪の路

愚庵和尚の俳句も珍しいが、云わんと欲するところを大体俳句で済しているに至っては更に珍しい。十二勝には漢詩と歌とあり、それぞれ和する人があった。居士ならば両方とも可能であったろう。然るに二途いずれにも出でず、俳句を以てこれに酬いたのは「吾れ詩を善くせず、推敲日を移さば或は終に高嘱に負かん」というだけでなしに、和尚の俳句に一種の興味を感ずるところがあったのかも知れぬ。

「松蘿玉液」に出ている居士の十二勝の句は左の如きものである。

帰雲巌
雲消えて花ふる春の夕かな

霊石洞
春風や眼も鼻も無き石仏

梅花谿
活けんとす梅こぼれけり維摩経《ゆいまきょう》

紅杏林
霊聖女《れいしょうじょ》来らず杏《あんず》腐り落つ

清風関
涼風や愚庵の門は破れたり

碧梧井
桐掩《おお》ふ庭の清水に塵もなし

棗子逕
行脚《あんぎゃ》より帰れば棗《なつめ》熟したり

採菊籬
霊山の麓に白し菊の花

錦楓崕

紅葉散りて夕日すくなし苔の道

嘯月壇

嘯けば月あらはるゝ山の上

爛柯石

野狐《やこ》死して尾花枯れたり石一つ

古松塢

冬枯や曰く庭前の松樹子《しょうじゅし》

「新俳句」の巻末に添えた十二勝の句を見ると、「棗子逕」の句が「祇園の鴉愚庵の棗くひに来る」となっているが、これは後に改めたのであろう。「松蘿玉液」の時は居士の外に碧梧桐、虚子、把栗《はりつ》の三氏の句を併記してあったが、「新俳句」では更にいろいろな人の句が加っている。この愚庵は桃山のでなしに、清水産寧坂の方である。居士が二十五年に訪ねたのと同じ庵ではあるが、和尚が十二勝を撰んだのは二十八年だから、寓目の景色というわけには行かない。もともと愚庵十二勝なるものは、和尚胸中の反映と見るべきで、原作の詩や歌からして已《すで》に実際の景色とは非常な距離がある。居士の十二勝の句も亦、そういう意味に解さなければならぬ。ただ詩や歌より何分か写生的なところがあるのは、寧《むし》ろ俳句の性質が然らしむるので、居士が愚庵の実際を知っている為だけではあるまい。

居士は十二勝の俳句を「松蘿玉液」に掲ぐるに当り、特に「俳句は詩に比して暴露に傾くの嫌あり。然れども暴露《スッパヌキ》却て是れ禅家の真面目なりと信ず。伏して厳斧を請ふ」の語を添えた。ここに云う暴露の著しい例は嘯月壇であろう。和尚が「天高秋在地。雲月共徘徊。仰首一長嘯。蹁躚《へんせん》仙鶴同」(天高くして秋は地に在り、雲月共に徘徊す。仰首して一長嘯し、蹁躚すること仙鶴に同じ)と詠じ、「いざ我もいでてうたはむ此夜らは月人男来て舞ふらむぞ」と詠んだ嘯月壇なるものは、実は愚庵の物干台に過ぎぬ。俳人は触目のままを「物干に月一痕の夜半かな　碧梧桐」「犢鼻褌《ふんどし》を干す物干の月見かな　虚子」などと云ってのけた。和尚がこれ等の句を見て機嫌が悪く、「俳人は案外に物のわからないものだね」と語ったというのは、居士の所謂《いわゆる》暴露が気に入らなかったものである。

和尚の句に「浄林の釜に我を独でしぐらすな」とあるのは、二十五年訪問の際の「浄林の釜に昔をしぐれけり」の句と照応する。浄林は香取秀真《かとりほつま》氏の「釜師系譜」を見ると、「京都ノ大西家」の条に「初代浄林　仁兵衛、南山城広瀬村ノ人、後三条釜座ニ住ス、蘆屋風ニテ鮮明ナル地文ヲ鋳出シ往々狩野探幽ノ下図ヲ用フ、寛文三年十月二十七日〔一二三二〕死、七十四」と記されている。「松蘿玉液」に「月の朝、しぐるゝ夕、ものにつけて思ひ出づるは彼の釜になん」とある通り、この釜のことは居士の脳裏を去らなかったらしい。「凩の浄林の釜恙なきや」と同じ意味の歌が、もう一度後に出て来る。

十二勝の俳句を掲げてから数日の後、居士は「松蘿玉液」に柚味噌の事を書いた。一夜眠成らず、ふと柚味噌の事を念頭に浮べて俳句を二十ばかり作ったとある。「松蘿玉液」に記されたのは六句に過ぎぬが、この年の「寒山落木」には柚味噌の句が十七句あって、

柚味噌買ふて愚庵がもとに茶を乞はん

という句もその中に在る。居士は「柚味噌としいへば京都の事先づ思はるゝぞかし」と云う。柚味噌から京都の事を思えば、二十五年の愚庵訪問を連想するのは当然の順序でなければならぬ。「老僧や掌に柚味噌の味噌を点ず」の句は、「寒山落木」には「手底に」となっている。全体が漢語調である為、特に「シュテイ」というような語を用いたのかも知れない。しかも老僧と呼ばれた愚庵和尚は、二十五年に三十九歳、この句の出来た二十九年でもまだ四十三歳なのである。

二

子規居士が愚庵和尚に寄せた書簡で、今伝わっている一番古いのは、明治三十年八月六日附の一通である。内容は当時陸軍少尉であった佐藤肋骨《ろっこつ》氏を和尚に紹介したもので、文章は頗《すこぶ》る簡単であるが、末に

霊山やひるねのいびき雲おこる

の一句を記し、「一句御笑覧被下度候」と書添えてある。昼寐《ひるね》の鼾雲《いびきぐも》起るの語は、豪快なる和尚の面目を髣髴せしむるものと云うべきであろう。

当時愚庵には桂湖村《こそん》氏が客となって逗留していた。右の書簡にも「湖村兄とともに毎日御推敲の事と存候」と書いてある。湖村氏が帰東したのは十月になってからであった。居士の「病牀手記」を見ると、十月十日の条に「桂湖村京都ヨリ帰ル、愚庵ノ柿(つりかね)十五顆及ビ松蕈《まつたけ》ヲ携ヘテ来ル」とあり、下に次の如く句が記されている。

愚庵の柿つりかねといへるをもらひて

つりがねの蔕《へた》のところが渋かりき

和尚病んで柿猶《なお》渋き恨《うらみ》かな
禅寺の渋柿くへば渋かりき
講堂や渋柿くふた顔は誰
渋柿や高尾の紅葉猶早し
柿熟す愚庵に猿も弟子もなし
稍渋き仏の柿をくらひけり
家土産の松蕈匂ふ夜汽車哉
故郷や祭も過ぎて柿の味
御仏に供へあまりの柿十五
柿に思ふ奈良の旅籠《はたご》の下女の顔

「和尚病んで」の句は「禅寺の柿猶渋し」と傍記してあるが、「俳句稿」には「柿猶渋き恨かな」の方を存しているから、この方が後案なのかも知れない。湖村氏の帰東に当り、和尚が園中の柿を託したので、居士は即日以上の句を成しているに拘《かかわ》らず、直に柬《かん》を裁して酬いなかった。(以上十一句のうち、「故郷や祭も過ぎて柿の味」の句は所贈の柿と関係が無い。「柿に思ふ」の句も直接の因縁は無いが、柿によって関西の天地を

想い、曽遊の奈良に及ぶところに一脈の繋りがある。「松蕈」の句は湖村氏の土産から、車中のことを想像したのであろう）

居士が愚庵和尚宛に柿の礼状を出したのは十月二十八日である。

拝啓御起居如何に御座候哉、先日は湖村氏帰京の節佳菓御恵投にあづかり奉万謝候、多年の思ひ今日に果し申候
右御礼旁《かたがた》　敬白

とあって、「御仏に」「柿熟す」「つりかねの」三句が記されている。「多年の思ひ今日に果し申候」とある以上、居士は前からこの柿の事を聞いて居って、好便が無い為に味う機会が無かったものと解せられる。然るに居士がこの書簡をしたためた夜、桂湖村氏が来訪して愚庵和尚の端書を示した。この端書は今伝わっていないが、湖村氏が「なにがし」の名を以て「日本」に掲げた「不読余誌」によると、次のような六首の歌が記されていたらしいのである。「我庵《いお》の紅葉見に来る人はあれど心へだてぬ友垣のなき」「独のみこやせる我をさす竹の君がいなずば慰めもせむ」「長縄の太縄はへてとめましを我脊かへして今ぞ悔しき」「中山の与謝野のおぢはいたつきて我より先にやがて死ぬべし」

「はふりらは歌をしよめとおきつ波へなみしく波しくしくにいふ」「正岡はまさきくてあるか柿の実のあまきといはずしぶきともいはず」――この歌の中で最後の一首だけが居士に関係がある。湖村氏がわざわざその端書を持って来て見せたのも、この一首があった為であろう。居士はこの端書を見ると、直に前便に追駈《おっか》けて次の一書をしたためた。

昨夜手紙認めをはり候処今朝湖村氏来訪、御端書拝誦御歌いづれもおもしろく拝誦仕候、失礼ながら此頃の御和歌春頃のにくらべて一きは目たちて覚え申候、おのれもうらやましくて何をかなと思ひ候へども言葉知らねばすべもなし、さればとて此まゝ黙止て過んも中々に心なきわざなめり、俳諧歌とでも狂歌とでもいふべきもの二つ三つ出放題にうなり出し候、御笑ひ草ともなりなんにはうれしかるべく　あなかしこ

十月二十九日　　　　　　　　　　つねのり

愚庵禅師　御もと

みほとけにそなへし柿のあまりつらん我にぞたびし十あまり五つ
柿の実のあまきもありぬかきのみの渋きもありぬしぶきぞうまき
籠にもりて柿おくり来ぬふるさとの高尾の山は紅葉そめけん

世の人はさかしらをすと酒のみぬあれは柿くひて猿にかも似る
おろかちふ庵のあるじがあれにたびし柿のうまさのわすらえなくに
あまりうまさに文書くことぞわすれつる心あるごとな思ひ吾師
　発句よみの狂歌いかゞ見給ふらむ

ここに居士が「春頃のにくらべて一きは目たちて覚え申候」と云っているのは、どういう歌を指すのか明《あきらか》でないが、とにかく居士は湖村氏に寄せた和尚の歌を見て大《おおい》に興味を感じ、直に右の歌を詠んだ。全部で六首あるのは、和尚の歌が六首だった為かと思う。この一連は居士が歌の革新に著手《ちゃくしゅ》する以前の作であり、「言葉知らねばすべもなし」とか、「俳諧歌とでも狂歌とでもいふべきもの」とか、「発句よみの狂歌」とかいう謙辞が述べてあるに拘らず、却って晩年の歌に近い渾熟の風を示しているのは、慥《たしか》に注目すべき事実である。

十月二十九日の日記には「湖村来ル」とある外、愚庵和尚の事は何も書いてないが、六首の歌はこの日の条に記されている。「みほとけに」の歌の三句を「のこれるを」と改め、「籠にもりて」の歌の四、五句を「高尾の紅葉色づきにけん」と改めたのは、恐らく後に推敲を加えたものであろう。旧刊「竹の里歌」の巻頭に在る三首と対比しても、

過ぎない。「十あまり」が「十まり」に、「高尾の紅葉」が「高尾の楓」になっているだけの差違に

愚庵の柿を受取ってから約二十日間、音沙汰なしに過ぎたのは何故であったろうか、居士は当時小説「曼珠沙華」の稿を起し、その浄書に力《つと》めていた模様だから、取紛れて手紙を書くのが延々になっていたのかも知れぬ。愚庵和尚は居士から消息の無いのを怪しみ、湖村氏に寄せた歌の最後に「正岡はまさきくてあるか」の一首を加えたので、「柿の実のあまきもありぬ」の歌は明にこの一首に答えるの意を現している。もし居士が柿を得ると同時に礼状を出していたら、居士の安否を尋ねた一首は生れぬ筈であり、「あまきといはずしぶきともいはず」の歌が無ければ、「しぶきぞうまき」と答える段取になって来ない。居士が三十年にこの柿の歌を得たのは、最初に礼状を怠っていた為だという結論に到達する。

十日の日記に記した俳句と、後の柿の歌を並べて見ると、俳句の趣を歌に移そうとしている迹が看取される。最も両者の似通っているのは「御仏に供へあまりの柿十五」と「みほとけにそなへし柿の」とであるが、単に十七字の句を三十一字に延したという程度に止らず、自ら別箇の趣を発揮しているところに、居士の用意を認めなければならぬ。「あまりうまさに」の語の圏点を打ったのは、あまり旨いということと、供えあまりの

意とをかけた為だろうと思う。「発句よみの狂歌」という語に当るものを求めれば、先ずこの一首より外に無い。

三

明治三十一年春には愚庵和尚宛の子規居士書簡が二通ある。第一は三月十八日発のもので、「此頃歌をはじめ候処余り急激なりとて陸翁はじめ皆々に叱られ候へどもやりかけたものなら死ぬる迄《まで》やる決心に御座候、昨夜も湖村氏来訪、歌の話に夜の二時頃更かし申候、同子も漢語が多過ぎると申て忠告いたし呉候、前月末頃は歌のため毎夜二時三時に及び或は徹夜など致し候、此頃のよわりも多少はそれにも原因致し候ひけんと存候」ということが見える。漢語が多過ぎるというのは「百中十首」の歌のことで、漢詩の畠の桂湖村氏から、漢語過多の注意が出ているのは面白い。この点に関しては更に「尤《もっと》も愚見は漢語を用ひざれば歌にならずなど申にては無之、万葉調などは大に好む所に御座候」と弁じているが、居士が漢語を多く取入れたのは、先ず用語の上から歌の領域を拡めようとしたので、俳句に於《お》ける蕪村趣味の移入ということが、大きな理由になっているように思う。その最も著しいのが「百中十首」当時であった。しかし決して漢語を固執するわけではない。愚庵和尚の詠む万葉調などは大に好むところだと断ったのである。この事は前年の柿の歌だけ見ても、十分想察し得るわけであるが、「百中十首」は一切を撥無して新に出直した観がある為、特にこの一事を附加する必要があったのであろう。

この書簡に対して愚庵和尚は直に一書を与えたらしい。それは遺憾ながら今伝わって居らぬが、三月二十六日附で答えた居士の長文書簡を見れば、和尚が居士の歌にも歌論にも不満だった模様を知ることが出来る。全文を引用するのは長過ぎるから、居士の所論の要点を摘記すると、第一に梅が香の問題が出て来る。「五《いつ》たび歌よみに与ふる書」の中で、躬恒《みつね》の「春の夜の闇はあやなし梅の花色こそ見えね香《か》やは隠るゝ」を評して、「梅闇に匂ふ」というだけで済むことを三十一文字に引きのばしたものと云い、「闇の梅に限らず普通の香も古今集だけにて十余りもあり、それより今日迄の代々の歌よみがよみし梅の香はおびたゞしく数へられもせぬ程なるに、これも善い加減に打ちとめて香水香料に御用ゐ被成候は格別、其外歌には一切之を入れぬ事とし鼻つまりの歌人と嘲らるゝ程に御遠ざけ被成ては如何や」と嘲笑一番した。和尚はこれに就て異見を申送ったのであろう。梅が香が歌に詠まれぬというわけではない、「趣味深きやうに他の配合物を択んでよまば梅が香の歌千も万も面白き者出来可申候へども、従来の如く梅が香を闇とか月とかいふ位の事ばかりを配合して同じやうな事詠み候を誹りたるまでに候」と答えている。

第二は雅語と俗語の論である。「六《む》たび歌よみに与ふる書」の中に「生は和歌に就《つ》きても旧思想を破壊して新思想を注文するの考にて随つて用語は雅語俗語洋語漢語必要次第用ふる積りに候」とあり、「七《なな》たび歌よみに与ふる書」に於《おい》ても、用語の区域を広くすべきことを詳論している。この辺に関する和尚の説に対して、居士は「雅語の可なる場合には雅語を用ゐ俗語の可なる場合には俗語を用ゐんと申す者に有之候」と答えた。形の上の雅俗よりも、心の雅俗が一層大切である。今の歌よみなどは雅語を用いて随分俗な歌を作る、とも云っている。和尚の書簡の中に「ベラボーメくそをくらへと君はいへど」という俗語の例があったのに、居士は「こん畜生にわれならなくに」と四、五の句をつけ、これでも「心あてに折らばや折らむ初霜のおきまどはせる白菊の花」という歌のような、厭味の多い趣向には勝っている、というのである。

第三に再び漢語問題がある。「漢語ならでは言へぬ事は勿論《もちろん》、国語にも漢語にもあることにてもことさら国語を捨てゝ漢語を取る方が面白き場合は屢有之かと存候」という立場から、「ふかみくさ」と云わずに「牡丹」と詠む方がいい場合があると云い、「八大竜王」を「七の賢き人」の歌の例に倣って「八つの竜のおほきみ」と云い得るにしてもやはり「八大竜王」と云った方がいいと論じている。居士が「いとめでたき歌にて候」

と評した「阿耨多羅三藐三菩提《あのくたらさんみゃくさんぼだい》の仏たち」の歌でも、仮に「これが漢語や国語に訳し得らる丶者とするも猶仏語を用ふる方がまさり居候と存候」という意見である。これ等は「歌よみに与ふる書」に於ける用語の論と併看すべきものであろう。

第四には三代集を誹《そし》ることに就て、和尚に答えている。「兎に角何百年間たて物とせられたる古今集や貫之《つらゆき》や躬恒をひつつかまへて味噌の糞のと申候事、私の身の上より申さば固《もと》よりあるまじきわざと存候へども、今の歌人のあまり意気地なさに腹が立ち候まゝ斯《かか》る事にも及び申候」と云ってはいるが、一面から云えばこの点が居士の歌論の根本に触れる問題なので、若し三代集に斟酌がある位なら、「貫之は下手な歌よみにて古今集はくだらぬ集に有之候」と喝破して立上る必要は無いのである。だから居士は和尚に対し改めて「併《しか》し貫之以下の歌につきては如何御考へ被成候や、歌として見候はゞ趣味ある歌(一二を除きては)少々と存候、既に万葉の歌を善しとする上は古今集以下の歌は善しとは思はれぬ訳と存候(実朝卿のは特別に候)」と反問を試みている。ここが議論の岐れ目でなければならぬ。

愚庵和尚は居士の知る範囲に於て、最もすぐれた歌を詠む一人であった。「歌よみに与ふる書」の中に「左程に古調は擬し難きにやと疑ひ居候処、近来生等の相知れる人の中に歌よみにはあらで却て古調を巧に摸する人少からぬことを知り申候」とあるのは、和尚並に福本日南氏を指したものであろう。従って居士の歌論が全面的な賛成を得ないまでも、万葉を挙げて古今を貶すという一点に関しては、寧ろ和尚の共鳴を得るものと考えていたのではあるまいかと思う。和尚が万葉調の歌をよくするのは、万葉を善しとする点から来ているとすれば、三代集以下の歌を何と見るかという疑問は当然起らざるを得ない。右の反問の要旨はそこである。赤木格堂《かくどう》氏の「追懐余録」を見ると、居士はその時代の歌人として愚庵和尚と福本日南氏とに敬意を払っていたがその日南氏が人もあろうに、小出粲を推奨するとは不見識だ、と云って笑っていたそうである。こういう文学的標準になると、居士ほど確乎不動のものが無いのは已むを得ぬかも知れない。

第五に「もの丶ふの八十氏川の網代木にいざよふ波のゆくへ知らずも」の歌に関することが見える。これは「四たび歌よみに与ふる書」の説が稍々意を悉《つく》さなかったので、後に「人々に答ふ」の七及八に於てつぶさに再論した。愚庵和尚に対しても他日新聞に於て弁明すべきを云い、「あの歌は善き歌として異論無之候」というのだから、格別の問題は無いのである。

以上の外に愚庵和尚は居士の歌乃至歌論に就《つい》て、先輩としての懸念を懐いていた。「素人が歌や詩を評せしを例にあげて御誡め被下候はチトなさけなく存候、固より私等歌の学問を深くしたる訳にもあらねば間違ひは沢山可有之候へども間違つた事は分り次第漸次に相改め可申、兎に角どこまでもやるつもりに有之候、局外者が一寸試みたるデモ評とは精神に於いて異り可申候」という居士の返事によって、その注意が那辺に在ったか察することが出来る。今度の事も一朝一夕の出来心ではない、数年来の計画が機を得て一時に発したのである。今まで歌の事というと先輩と意見を異にする為、十分に考を述べられなかったから、今度は予め羯南翁の諒解を得て置いた、掲載後も翁からは常に注意を受けている旨も附加えてある。しかし和尚は真面目に心配したらしく、羯南翁宛に次の書簡を送っている。三月二十四日附だから、居士の返書を見ないうちのものである。

此頃正岡寄書、歌論頗ル得意ノ様子故我不服の廉両三件申遣候、彼の論新紙上掲ル以上は老兄にも御同意と奉察候得共、余り言過ぎては所謂口業ヲ作ル者ニシテ其徳ヲ損する事多からんを恐るゝ也、貫之躬恒の歌ト彼百中十首ト比へ候へば論ずる迄もなき事歟ト存候、併し今ノ世中ニハ如何か不存候得共、過ぎたるは及ばざるが如く却て従来博し得たる彼れが盛名を累する事になりはせぬかと心配致候、現在の人を論ずるさへ易き事なれば古人を論ずるハ死人に口なし、反駁の恐もなく頗る安心ノモノナルベケレドモ君子は聊か慎ミタキものと存候、御意見承度候居士が漱石氏宛の書簡に於て「歌につきては内外共に敵にて候、外の敵は面白く候へども内の敵には閉口致候、内の敵とは新聞社の先輩其他交際ある先輩の小言に有之候、まさかにそんな人に向て理窟をのぶる訳にも行かず、さりとて今更出しかけた議論をひつこませる訳にも行かず困却致候」と云った「交際ある先輩」の中には、愚庵和尚も無論入るわけである。居士ははじめ和尚に返事を書くのをどうしようかと思ったが、「黙々に附するは礼にあらずと存じ、又御返事出す上は心に不服あるを隠してゐ加減に中置き候も良心に咎むるところあり」終に思う存分をしたためたと云っている。この書簡は「歌よみに与ふる書」の外篇と見るべく、歌に関する居士の意見を窺い得る点に於て、極めて重要なものである。殊に居士の面目躍如たるものがあるのは、副伸として書添えた左の一節であろう。

病気に就いての御注意難有候、実を申せば其後も夜を更かす事多く昨夜も三時に及び候、画といふものを見ると只《ただ》面白き者とのみ思ひ候へども画師は之を職とする故非常に骨折可申候、歌も詩も俳句も慰みにやれバ面白き一方の者なれども私などがやるのは職業の如き者なればからだのためために悪いと知りつゝも歌の研究に思はず夜を更すに至り申候、これも執著の迷なるべく候、私の如き煩悩のはげしき奴は執著の極点に達するか、大悪事を為したる後かに非ざれば到底解脱致間敷や候はん、天下の事が順当に行つてくれゝバ善く候へど生来多病にて遂に不具に迄なるが如き不幸に沈み候へば満心の不平はやるかたなく従つて悪口なども出がちに相成候か宿業にや候べき

明治三十二年五月の「心の華」の余白に、この居士の書簡のうち「ベラボーメくそをくらへ」のところと、この末段とが掲げられている。愚庵和尚宛の私信の一節がどうして雑誌などに出たものか、よくわからない。

四

明治三十一年秋にも亦「つりかね」の事がある。十月四日愚庵和尚宛の書簡に「今年は柿上作に付御恵贈被下由御報に接し既に垂涎罷在候、近日鼠骨参上可致に付同人へ御托被下度奉願候」とあり、次いで十日の書簡に「寒川来り釣鐘いく枝落手難有奉存候、昨夜折井来り候ニ付右の柿ふるまひ候処殊之外の喜ひにて帰り候」と見えている。折井というのは俳人にして画家たる折井愚哉氏のことで、又和尚に因縁ある一人であった。

釣鐘を齎す使が不思議に二年続いてあったわけである。三十二年六月、石井露月氏に与えた居士の書簡の末には

別紙名刺差上置候処御ひまに愚庵御尋可被成候

清水三丁目にて清水の横町に候、趣味上に悟れぬ坊様と御承知の上御面晤可被下候

ということが書いてある。露月氏は脚気の静養旁々《かたがた》京都に赴き、暫時東山の病院に奉職中であった。この書簡を得た露月氏が、居士の旧作に「衣更へて愚庵を訪はん東山」とある如く、飄然愚庵の門を敲いたかどうかわからぬが、「趣味上に悟れぬ坊様」の一語は、居士の愚庵和尚観を端的に現しているように思う。前年の歌論に於ける応酬は、特に居士をしてこの感を強からしめたものであろう。

愚庵和尚に宛てた居士の書簡で、年月日の明なのは以上の数通だけである。

御手紙拝見仕候、近日愈《いよいよ》御健勝の趣奉賀候

小生先月末又々やられ申候処昨今快方再び娑婆の厄介に相成居申候、扨十二勝巳外にうまき柿の木も御庭に有之候趣にて此秋は御送被下候との事待居申候、小生もそれ迄決して死申間敷柿の実は鳥に落させぬやうくれ〴〵も御願奉申上置候　以上

子　規

愚庵和上

王進かゝるの句妙、此呼吸ならば千万句何かあらんと存候

病中無聊時々水滸を読む、今や僅々末三四巻を余すのみに有之候

これは「子規書簡集」以来、三十三年の部に編入してあるが、月日不明である上に、年代にも疑問の点が無いでもない。その疑問を解決する為には、何よりも先ず「愚庵全集」所収の左の書簡を挙げなければならぬ。

今日碧梧桐来る、承候得ば君には猶御平臥の由歎息之至り也、我輩近来稍々宜敷候得共御同然既に膏肓に入りたる病根は人間奈何《いかん》とも致がたく候、但入りし物は出る時無かるべからず、其出る処の方向に於ては今更喋々するにも及ばず、安心して其時を待つが上策也と存候、園中の柿秋になり候はゞ一筐差上可申と今より待居候事ニ候、緩々御保養可被成候、御見舞迄頓首

愚庵

五月十八日

子規詞兄　床下

王進が馬曳く門の柳かな（句になるや）

居士の書簡がこの書に答えたものであることは、文面を一々つき合せるまでもなく自ら明瞭である。而して「愚庵全集」はこれを三十年のものとしている。和尚の書簡が三十年五月に相違無ければ、居士の返事も同年同月ということになって来る。

三十年の四月から五月へかけての居士は、「再度ノ手術再度ノ疲労一寸先は黒闇々」という状態に在った。「先月末又々やられ」はこれを指すのであろう。「病中無聊時々水滸を読む」というのも、三十年五月三日漱石氏宛書簡に「英字読ムニ懶シ、病牀無聊水滸伝ヲ読ム、九紋竜ヤ花和尚ヤ躍然トシテ紙上ニ見ル、一字之ヲ評ス快」とあるのに符節を合する如くである。居士は三十三年九月の「ホトトギス」に「水滸伝と八犬伝」という長い文章を発表して居り、それに先《さきだ》って「水滸伝雑詠」を作ったりしている事実があるから、その点だけでは俄《にわか》に断じ難いけれども、三十三年の四月、五月は比較的無事で、「先月末又々やられ」と称するほどの事が見当らない。愚庵和尚に対して「水滸伝」の話を持出したのは、「王進」の句の因のみならず、和尚が「水滸伝」の愛読者で殆どその文句を諳じていたという事実があるからである。和尚壮時の作たる「東海遊俠伝」が「水滸伝」愛読の余に成ったものであることは、羯南翁も「愚庵遺稿」の例言に於て言及していたと記憶する。

「水滸伝」問題ばかりではない。吾々は三十二年という先入観念に捉われていた為、柿の事は軽々に看過していたが、子規居士は「園中の柿秋になり候はゞ」という和尚の書簡によって、はじめて愚庵に柿の存在することを知ったのではあるまいか。十二勝は竟《つい》にその柿に及ばなかったから、「十二勝已外にうまき柿の木も御庭に有之候趣」と云ったのであろう。この約束の結果秋に到り桂湖村氏の東帰に託すことになったので、「多年の思ひ今日に果し申候」という言葉もこう見て来れば極めて自然に受取れるようである。あの書簡は三十年五月の条に移して差支無いように思われる。

子規居士と愚庵和尚との間には、三十一年中歌論が往復された後、又歌に就て意見を交えたものが無い。かつて某所で見た和尚の短冊に「歌よまば正歌をよめ正岡のまさなき歌はよまずもあらなむ」というのがあった。この歌は全集にも入って居らず、その年代を詳《つまびらか》にせぬが、和尚が特に不満の意を洩した「百中十首」前後のものではあるまいか。居士の歌は長く「百中十首」の天地に跼蹐《きょくせき》していたわけではないから、和尚の考も後には多少変ったか、或《あるい》は最初の不満をそのまま持続して沈黙を守ったか、その辺は臆測の限でない。

三十三年二月の「日本」に居士は次のような歌を掲げた。

愚庵和尚のもとへ

歌をそしり人をのゝしる文を見ば猶ながらへて世にありと思へ

から歌につくりてめでし君が庵の梅の林は今咲くらんか

折にふれて思ひぞいづる君が庵の竹安けきか釜恙なきか

「歌をそしり人をのゝしる文」は「歌よみに与ふる書」以来、居士が歌壇にとどめた痕跡の一であり、又かつて和尚に不満を懐かせた種でもあった。「から歌につくりてめでし」梅の林が、愚庵十二勝の一たる「梅花渓」のことで、「竹安けきか」の竹は「清風関」の「琅玕竹千个」のそれに当るのであろう。浄林の釜に就ては前に述べたから、ここで繰返さぬことにする。

子規居士が愚庵和尚に送った書簡は、以上の外に

三界無安猶如火宅

うちは二本被下難有候

という年代不明の一通がある。和尚の桃山結廬後のものとすれば、どうしても三十三年八月以後でなければならぬ。今伝わっている和尚宛の書簡としては、恐らく最後のもの

であろう。

三十三年七月、和尚から居士に寄せた一書には、珍しく「いかにして君はますらむあらかねの地さけて照る今日の暑さを」「いかならむ神の恵みか我はしも今年ばかりは夏やせもせず」の二首が記されている。愛玩の黄児を詠ずる歌七首を詩箋にしたためた末に、「右は御笑種まで申上候、御直し給度候かしく」とあるのを見れば、居士の歌に就て前より見直すところがあったのかも知れぬ。

愚庵和尚は桃山に移って後、「桃山結廬歌」十九首を「日本」に掲げた。「仰臥漫録」九月五日の条に、

青 厓 ト 愚 庵 芭 蕉 ト 蘇 鉄 哉

青厓今愚庵ニ逗留

とあるのは、勿論桃山の方である。和尚を蘇鉄に擬したのは居士一流の俳諧手段で、和尚の写真に見入っていると、何となく蘇鉄然たるものが感ぜられて来るから面白い。

「愚庵全集」には三十五年五月二十九日、居士に宛てた和尚の書簡がある。「成程思当る事あり、昨年も四、五月の交なり、又其前青根にてシクジリたる時も五月末なり。意《おも》

ふに是れ杜鵑《ほととぎす》と因縁ありて然るならむ、好笑々々」というのは、居士の所謂《いわゆる》厄月たる五月に就て、和尚が自家の体験を述べたのであろう。居士は三十五年の五月には未曽有の大苦痛を現じ、石膏像の裏に「土一塊牡丹生けたる其下に」の一句を題したほどであった。この危機は幸に切抜けることが出来たが、「寸箋に一句づゝ御認め被下度候」という和尚の依頼は果し得たかどうか疑問である。

愚庵和尚は居士の身辺に現れた方外の人で、最も親しい一人であったが、その交際は必ずしも仏門の徒としてではなく、詩歌書等、和尚の余伎を介してであった。和尚と居士との歌に於ける交渉は、上来略々これを述べた。居士は和尚の筆蹟に敬意を払い、手紙の来る度に誉めていたそうである。居士晩年の筆蹟には明に和尚の影響が認められるように思う。

陸羯南

一

旧刊「子規言行録」に序した羯南《かつなん》翁の文章によると、子規居士がはじめて陸《くが》家を訪れたのは、「日本」入社より殆《ほとん》ど十年前、明治十六年の上京後匆々《そうそう》の事であるらしい。居士は叔父加藤拓川《たくせん》氏の洋行を前に控えて俄《にわか》に東上し、拓川氏は自ら日本を去るに先《さきだ》って羯南翁に紹介したという順序になっている。拓川氏の紹介して行った人は他にもあるかも知れないが、とにかく羯南翁は居士が東京で得た先輩中、最も古い一人であることに間違は無い。居士が後年斯人の下に安んじてその一生を托するに至ったのは、浅からざる因縁と云わなければならぬ。

羯南翁の前に現れた十六年の子規居士は、「浴衣一枚に木綿の兵児帯」という田舎書生であったが、どこか無頓著なところがあり、同年輩の少年と話す様子を見ていると、言葉の端々がよほど大人じみていたと羯南翁は云っている。拓川氏が羯南翁に紹介したのは、居士の将来を頼む意味があったものであろう。但《ただし》当時の羯南翁は官報局出仕時代であり、居士も太政大臣たらむとする希望を懐いていた頃だから、後の両者を繋ぐ空気はまだ生じていなかった。

子規居士が明治十八年に書いた「十年の宰相」(筆まかせ)なる文中に、「ある日陸氏を四谷に訪ふ、帰途夜に入りぬ」ということがある。「子規言行録」の序に「二年もたった頃尋ねて来た」とあるのは、この時を指すのであろうか。居士はその頃大学予備門在学中であった。途中で買った焼藷《やきいも》を齧《かじ》りながら、寒月の下を神田まで帰ることを書いたもので、居士は後年これを回想して

いも食ひながら四谷帰る夜の寒かりし

という句を作っている。

二十二年二月十一日、憲法発布と同日に新聞「日本」が創刊され、羯南翁は椽大《てんだい》の筆を揮って天下に臨むことになった。「墨汁一滴《ぼくじゅういってき》」に

二重橋の外に鳳輦を拝みて万歳を三呼したる後余は復《また》学校の行列に加はらず、芝の某の館の園遊会に参らんとて行く途にて得たるは「日本」第一号なり。其《その》附録にし

たる憲法の表紙に三種の神器を画きたるは、今より見ればこそ幼稚ともいへ、其時はいと面白しと思へり。

と当日の事が記されているが、当時もまだ「日本」の社員として一生を了ろうとは想像しなかったであろう。「日本」創刊当時、羯南翁の留守中に居士の名刺があったということも、勿論《もちろん》改った意味の訪問ではなかったに相違無い。

翁と居士との交渉はかくの如く淡々として経過した。居士の志望もこの間に政治家から哲学者に変じ、更に一転して文学を志すに至ったが、二十四年十月二十一日に翁に宛てた居士の書簡が一通ある。用向は恰好な下宿が欲しいという簡単なもので、本箱が少々あるから、六畳の間位ではとても入らぬ、少し広い処、二間あれば殊に宜しいという希望条件を述べた末に、「それでふと思ひつき候ハ明治十六年頃御寓居の団子阪の植木屋ハ余程右の注文に相応するものかと存候故御尋申上候次第ニ御坐候、乍御面倒右御曽寓之在り所御為聞被下度奉願上候、勿論右の処に限る訳にハなけれとも閑静ナル処にて学校より余り遠からざる処と存候故団子阪か又ハ当時御住居の根岸近傍よろしくと存候、恐れ入候へとも若《も》シ右様の場処御坐候ハヾ御一報被下度奉願上候」と書いてある。ここに十六年頃とあるのを見れば、居士が最初訪問した羯南翁の居は、団子阪だったのかも知れない。居士が常盤《ときわ》会寄宿舎を出て下宿しようと思い立ったのは、主として「月の都」執筆の為だったようであるが、十二月に入って遂に本郷駒込追分町三十番地、奥井屋敷の中に移ることになった。団子阪よりも根岸よりも大学に近い上に、上記の条件に適するものがあったからであろう。

居士が久々に羯南翁の許に姿を現したのは二十四年秋とあるから、追分移転の前かと思われる。その時居士は病の為に廃学するつもりだと云い、近頃俳句の研究にかかって大分面白味が出て来たから、大学をやめて専らこれをやろうと思う、という決心を述べたそうである。もう漠然たる文学者志望ではない。進むべき道の目当がついている。羯南翁はあまり賛成ではなかったが、居士の決意には牢乎《ろうこ》たるものがあって動かせない。もし根岸に座敷を貸すような家があったら御世話を願いたい、と云って帰って行った。その晩居士のよこした端書に「秋さびて神さびて上野あれにけり」の一句が書いてあったというのは、上野を越えて追分へ帰る際の所見であろう。「寒山落木」には「神さびて秋さびて上野さびにけり」となっている。

居士の根岸移転は「月の都」を脱稿すると間もなく実現された。最初の家は上根岸八十八番地で、羯南翁の居の向側に当る。二十五年三月から二十七年二月まで、凡《およそ》二年間をこの家に送ったわけである。翁と居士との交渉はこの移転を機として俄に多くなった。

「月の都」を世に問おうとする当初の計画は一応抛棄したが、その稿本は羯南翁から高橋自《じ》恃《じ》居士（健三）の手に渡り、二葉亭四迷の許にまで行ったというような消息が虚子氏宛の書簡に見える。同じ書簡にはなお「闇を衝て家に帰れば陸羯南（弊寓の向へ）氏より使あり、来ぬかと云ふ、乃ち往く、同氏脳病にて大《おお》に《い》苦む、依て和歌を談ず、世事を嘲笑す」ということも書いてある。当時の居士の歌は「うぐひすのねぐらやぬれん呉竹の根岸の里に春雨ぞふる」「雨にくち風にはやれし柴の戸の何をちからに叩く水雞《くいな》ぞ」というような調子のものであった。後の歌は羯南翁と話しつつある際の座上即興で、「何をちからとあからさまにいはぬ方よろし」と翁が評したというのである。この時分の居士は未《いま》だ歌に対して深い関心を持っていなかったらしい。

根岸へ移ってから二月目の五月二十七日から五回に亙《ま》って「かけはしの記」が「日本」に掲げられた。羯南翁の慫慂《しょうよう》によって前年の紀行を先ず提出したものであろう。次いで「獺祭書屋俳話《だっさいしょおくはいわ》」が断続して現れるようになった。前年以来退学の意を固めながら、なお実行に移らぬ間に、居士の筆を揮うべき舞台が新《あらた》に開け来ったのである。「かけはしの記」の署名は螺子、「獺祭書屋俳話」は獺祭書屋主人、更に「岐蘇雑詩三十首」が出た時は不如帰斎主人常規の名を用いてあった。社中少数の人以外は、これ等が同一人――しかも文科大学在学中の学生の手に成ったものであるとは知らなかったに相違無い。

居士が「日本」に入社するに至る順序に就《つい》ては、居士自身も書いて居らず、羯南翁の文章にも亦《また》見えて居らぬが、以上のような因縁を有する居士が、大学退学を決行すると同時に、直に「日本」に入るというのは、極めて自然な成行のように考えられる。十月三日、大磯松林館から大原恒徳氏に宛てた書簡に「今後方向の事は今朝も出掛ニ一寸陸氏へ依頼仕置候」とあるのは、その間の消息を洩したもので、羯南翁のような人が眼前に於《お》ける居士の行動に無関心でいる筈が無い。「大磯の月見」「旅の旅の旅」「日光の紅葉」と、居士の書いたものが頻繁に「日本」に現れるようになったのは、入社の前奏曲と見るべきであろう。

居士は十一月九日に東京を発して京都に赴き、数日逗留の後、母堂及《および》令妹を神戸に迎えて十七日の夕方帰京した。蒸汽便に托した荷物が未だ著《つ》いていなかったので、「飯も菜も火も炭も湯も早風呂も皆々陸よりの供給にて事足り申候」と大原氏宛の書簡に記されている。「日本」入社の事がはっきりきまったのは、翌十八日であるらしい。最初の月給は十五円であった。羯南翁はこの点を気の毒がって種々配慮し、もし我社の俸給で足らないようなら、国会なり朝日なり、他の新聞へ世話してもいいということであったが、居士は「まづ幾百円くれても右様の社へハはいらぬ積に御座候」という覚悟の下に「日本」に入ることとなった。学校をやめて社会の人となった居士は「日本」社員として羯南翁の下に、正岡家の全家族は陸家の近所に、新な生活が開始されたのである。

二

子規居士が日本新聞社へ出かけるようになったのは、二十五年の十二月一日からであるが、この月二十日頃から羯南翁は病褥の人となった。この事は「羯南文録」所載の年譜には何も記されて居らぬけれども、当時の居士の日記を見ると、十二月二十日の条に「陸氏有病訪焉」とあり、それから毎日のように「訪陸氏病」の文字がある。二十六年一月十日、子規居士に宛てた愚庵《ぐあん》和尚の書簡に「兄には御無事御越年之由、貧道も同様、然るに羯南大病誠に歎息、併《しか》し今日に至りては弥々大丈夫の目途相立候哉、随分大切也、少しにても危しと見ば御一報被下度候、生前今一度其面を見たく思ふ」ということが見えるから、一時は憂慮すべき状態に在ったのかも知れない。無事に年を越した居士も、二月十日過に至り「風邪閉居」から「痰有血」ということになってしまった。二月十五日に羯南翁が居士を訪ねて来て、これから鎌倉へ行くと告げたのは、病後静養の為であったろう。居士はそれからなお十日余も社を休んでいた模様である。

三月二十六日、居士は鎌倉に羯南翁を訪い、一泊の後帰京した。「鎌倉一見の記」に「先づ由井が浜に隠士をおとづれて久々の対面うれしやとつおいつ語り出だす事は何ぞ。歌の話発句の噂に半日を費したり」とある「隠士」が羯南翁である。「久々の対面」は大袈裟のようでもあるが、毎日のように顔を合せていた居士としては、或《あるい》はそんな感じがしたのかも知れない。「鎌倉一見の記」には

此《こ》の夜はまた隠士の家に宿る。「浪音高し汐や満つらん」と頻《しき》りに口ずさみて上の句置き煩へる隠士の声ほのかになりて我夢はいづくの山をか、かけ廻りし。

という羯南翁苦吟の様子も書いてある。居士の歌も記中に二首あるけれども、前年の水雞の歌に比して大差無い程度のものである。

羯南翁は月が変ってから帰京したらしく、四月初旬の居士の日記に、翁と共に上野に遊び、向島に遊ぶことが見えている。翁が有名な「原政」及「国際論」の筆を執ったのは、三月から四月へかけてであった。同書の序に「吾れ今春病に臥して戸を出でず、又《ま》た多く人に接せず、其の間議会紛議の事は唯《た》だ新聞紙の報ずる所に因りて之を知る、次に鎌倉に往き、白沙青松の辺に閑居し、時に洋人の驕梁を見る。吾れ身体猶《な》ほ疲れ、精神益々《ますます》激し、俯仰して而して之を筆に発する者は、自ら此の篇と為る」と云い、「敢《あえ》て之を不朽にすと言はんや。亦た以て病時の記念と為すのみ」とあるのも、この間の消息

を語るものに外ならぬ。居士の鎌倉訪問は、「原政」の稿を已に「日本」紙上に掲了し、「国際論」は未だ現れざる時のことであった。

二十六年の夏、居士は「はてしらずの記」の旅に上った。途中羽後一日市から羯南翁に送った書簡に旅費欠乏の事があり、「旅費尽きたる処より電信か郵便にて可申上候ニ付其節又々御手段相煩申度候」という歎願を発している。この旅行は居士としても最も長期に亙る行脚であり、炎暑の際でもあったから、時に車馬の便を仮らなければならず、「天愈《いよいよ》熱く懐漸く冷かなる」結果となったのであろう。同じ書簡には又「留守中別けて御世話掛候事と存候」ということも書いてある。留守宅が羯南翁の近所に在るという一事が、如何《いか》に居士をして安んじて長途の旅を続けしめたか、固《もと》より想像に難くない。

二十七年は居士が「小日本」の編輯に任じた年である。それと略々同時に上根岸八十八番地から八十二番地への移転も行われた。

羯南氏住居に隣れば

芭 蕉 破 れ て 書 読 む 君 の 声 近 し

という句は二十六年の作であるが、今度は文字通り隣住むことになったわけである。出でて「小日本」の事に鞅掌《おうしょう》し、廃刊に及んで「日本」に復帰する間も、常に羯南翁の配慮を受けていたことと思われるが、特に記すほどの事柄も見当らぬ。

　居士が病軀を提げて日清戦争従軍を思立った時、羯南翁は無論不賛成であったろうが、居士は群議を排して実行した。しかしその結果はやはり周囲が危んだ通り、神戸、須磨に療養生活を送らざるを得ぬことになった。羯南翁はこの一大打撃が居士の将来に及ぼす影響を憂慮したらしく、この際思切って須磨へ移住したらどうかという案が、留守宅の令妹まで伝えられた。令妹は直にその旨を居士に申送ったが、居士はこの案を採用しなかった。六月二十五日附羯南翁宛の書簡には「罪なくして配所の月まことに歌人の本懐ながら何分朋友なく書物なくてはそれも無覚束候」とあり、九月には帰京のつもりだと云っている。この須磨移住案なるものは、居士が神戸病院に在った為、突として起ったように見えるけれども、必ずしもそうではない。二十六年五月二十六日碧梧桐《へきごとう》氏宛の書簡に「愚生身の上に付ては毎度御厚情を以て御注意被下難有感銘仕候、在京友人及び先輩も度々忠告して養生すべきよし被申候に付小生も此等の人々に対しても難黙止《もだしがたく》、或は本年の末頃には須磨明石地方に閑居して罪なくして配処の月見るかもしれずと存候、併しこれは未定の又未定にて何ともしつかりと申上ぐる訳にはゆき不申候」ということが記されているのである。「日本」入社以来半年余しかたたず、「はてしらずの記」旅行にさえ出ない前に、どうしてこんな問題があったのか、その辺のことはわからぬが、この忠告する先輩の中に羯南翁も含まれているとすれば、その時実行されなかった案が、茲に最も切実な機会を得たわけであるし、須磨、明石地方の閑居ということを居士自身認めている以上、この問題が再燃して来るのは当然でなければならぬ。かつて未定の又未定として碧梧桐氏に告げた居士は、実際問題として現れるに及んで忽ちこれを否決した。須磨移住案は羯南翁の配慮を外にして実行さるべくもない。居士がこの提案を採用しなかったに拘《かかわ》らず、羯南翁の厚意に感謝している様子は、鳴雪《めいせつ》翁宛の書簡に「陸説の須磨移住案ハ誠ニ親切なる事なれども」云々とあるので十分知ることが出来る。

三十年四月、居士は佐藤三吉博士の手術を受けた。二月十七日大原恒徳氏宛書簡に「陸が万事周旋致シクレ候」とある通り、すべて羯南翁の配慮に成ったのであった。居士自身も羯南翁も、この手術によって難関打開を期したのであろうが、結果は意の如くならず、この年の五月は厄月として大《おお》いに居士を苦しめるに至った。

三十一年は歌論の火蓋を切った年である。居士の歌論が内外の物議を醸したことは、已《すで》に愚庵和尚の条に述べた。歌論を「日本」に掲げるに先って諒解を得て置いた羯南翁からも、やはり注意を受けなければならぬことになった。これは愚庵和尚のように、羯南翁があの歌論を「日本」に出させることについて、苦情を持込む人があった為かも知れぬが、一には翁自身歌を詠み、一個の見解を持っているので、俳句の場合の如く無条件に看過出来なかったものと思われる。翁と居士とは何時でも面談で用が足りる為、東京を離れた時以外は殆ど書状の往復は無かったのに、この時に限って翁も手紙で意見を述べ、居士も手紙でこれに答えているから面白い。居士の羯南翁に答うる書は二通あって、いずれもかなりの長文に亙っているから、一々引用するに堪えぬけれども、居士は翁との見解の相異に就《つい》て、これを根本の趣味の相異に帰している。必ずしも歌ばかりではない、他の文学、美術に対しても同じことで、「青厓《せいがい》、種竹《しゅちく》、湖村、碧梧桐、虚子、不折《ふせつ》、牛伴等諸氏皆固よりそれ〳〵の意見ありて愚見と全く符合致し候ものは無之候へども又全く違つても居らぬかと存候、其中にも御高見と愚見とは趣味の上に於ていちじるしく異なり候かと覚え候程なれば到底衝突は免るべからざる事と存候」というのである。

居士は文学に於《おい》て趣味を第一とする。羯南翁が言葉の照応ということを持出されたに就て、それは第二、第三に属すると云い、翁の長仗たる論説の例を挙げた。「論説を見て人が面白しと思ふは如何なる物かと見るに決して照応などをこしらへて巧を弄したる文にはあらで真心を其儘《そのまま》に現したる文に有之候、例へば外交の事甚だ急なる場合とか、又或る一省を全力を尽して攻撃するとかいふ場合に書きたる文は始めより照応も何もこしらへて書くにはあらず、殆ど前後も見ず無二無三に書きつらねたるが却て非常の刺激を読者に起さしむるかと存候、尤《もっと》も此の如き自然の文章には自ら照応も波瀾も出来る事あれど又場合によりて前後照応せぬのみか論理的にいはば前後撞著したる事さへあり、されど真心を現したる者はそんなことに構はず面白く感ぜらるゝやうに存候」という一節の如きは、慥《たしか》に文学の根本に触れた言葉である。「所謂《いわゆる》漢文かきにても後世に至りて規則やかましくなり照応とか波瀾とか抑揚とかやかましくいふ学者に限りいつでも文章は下手かと存候」とあるのも、移して言葉詮議のやかましい歌よみの上に加うべき、頂門の一針でなければならぬ。

近世の歌よみの中で羯南翁の好んだのは加納諸平《もろひら》であった。「人々に答ふ」のはじめのところで、諸平の歌が頻《しきり》に問題になっているのは、その辺の関係があるのかも知れない。香取秀真《かとりほつま》氏がはじめて居士を訪ねた時、徳川時代の歌人では諸平が一番好だと云ったら、諸平の歌では何というのがいいと思うか、という質問を受けたとあるから、諸平を好む者は羯南翁だけではなかったのである。居士は諸平の歌には慊《あきた》らなかった。「諸平にも幾多の佳作はあるべく候へども大体に於て諸平は決して美を解したる者にあらずと存候(諸平が特別に悪いと申にては無之、其他の歌よみ固より論ずるに足らずと存候)」と云ったところ、これに対して羯南翁の反問があったのであろう、二度目の書簡には「柿園詠草《かきぞのえいそう》」の歌に就て先ず佳なる者を挙げ、次いで瑕疵《かし》ある者に及んでいる。居士は歌論を草するに先って、「柿園詠草」の如きも子細に点検し、その抄本を作っている位だから、諸平の歌から稍々佳なるものを抜くなどは、極めて容易の業であった。

この二通の書簡は、居士遠逝当時「心の華」に掲げられ、その後「日本及日本人」に出たことがあるように記憶する。羯南翁の居士に与えた書簡は、殆ど伝わっているものが無い。この時の歌論の一通は、居士の晩年に長塚節《たかし》氏が貰ったということであるが、その後果してどうなってしまったか、たずぬべくもないのは遺憾である。

居士が「百中十首」を発表した時は、羯南翁は選者の一人であった。「日本」に出た順序から云うと三番目に「某選」とあるのがそれである。十首のうちに「らん」もしくは「らし」等の語を以て結ぶ歌が半を占めているのは、翁がそういう調子を好んだ為であるかどうか。

三

三十年以前の子規居士は、臥褥《がじょく》に親しむことが多かったと云っても、まだ草廬以外に若干《じゃっかん》の世界を有していたが、佐藤三吉博士の手術を受けたあたりから、病牀常臥の已むなきに至り、居士の天地は著しく狭められると共に、隣家に住む羯南翁がその小天地に与る度合は益々《ますます》強くなって来た。

三十一年の暮に虚子氏から一羽の小鴨が届けられた。居士は盥《たらい》に入れて病牀に置き、「丸き小き眼をラムプに光らせて居る」のを見ながら、深夜原稿を草したりしていたが、盥の中では長く活きていまいという心配から、三十二年の元日に羯南翁の池に放たれた。居士も人の背に負われて行って、「鴨の羽ばたき幾度となくしては遂に石の上で安らかに眠つて居たのを見とゞけて」帰って来た。「根岸草廬記事」に「隣の主人」とあるのが羯南翁、「六つばかりになる隣の女の子」とあるのがその令嬢のことである。二十九年の「榎《え》の実《み》散る此頃うとし隣の子」三十年の「椎の実を拾ひに来るや隣の子」をはじめ、令嬢達が居士の文学に取入れられたことは一再でない。

三十二年四月、羯南翁ははじめて男子を挙げた。翁がその名を乾一と命じたのは、当時の南京総督たる劉坤一《こんいつ》よりも偉くするという意味だった、と稲葉君山氏の書いたものに見えている。

五　女　あ　り　て　後　の　男　や　初幟《はつのぼり》

という居士の句は、その祝賀の句であると同時に、羯南翁の家庭を十七字に云い尽したものである。これと一緒に翁に贈った歌があるのだけれども、その時には発表されず、翌三十三年三月、「日本」に掲げられた時は、悼歌と併録されていた。

隣の君のめづらしく男の子まうけたまへるよろこびに
八千《やち》ひろの淵の深きに栖む竜のおとがひにある玉の如き子や
とよみしは去年の幟立つ頃なりしが今年梅の花も散りあへぬに
悲しき道に旅立ちたればよめる
淵に栖む竜のあぎとの白玉を手に取ると見し夢はさめけり

羯南翁が折角得た男子を誕生日も来ないうちに喪ったのは、真に同情に堪えぬことであった。翁はその後も遂に男子を得られなかったのだから、「陸は平生天下国家をばつかり思つてゐるから、男の子の出来るわけはない」という神鞭《こうむち》麻渓(知常)氏の言も偶然でないような気がする。「羯南文録」所載の年譜には、三十一年に生れ三十二年に亡くなったことになっているが、これは一年繰下げらるべきであろうと思う。
この子規居士の祝歌、祝句並に悼歌をしたためた短冊は、現に陸家に保存せられて居り、「子規遺墨集」にも出ている。

悼幼児

春浅く乳も涙も氷りけり

玄雄孩児五七日忌

白梅のちりて三十五日かな

の二句も、同じ人を悼んだものではないかと思うが、はっきりわからない。

居士は羯南翁に関する事を書く場合、これまで挙げ来った例を見てもわかるように、「隣の主人」「隣の君」とかいう言葉を用いて、その名を現すことを避けている。翁の名の散見するのは主として私信、日記の類であるが、右の男子夭逝の事を記すにつけて、どうしても引用せずにいられぬのは、三十三年二月十二日夜半、熊本の漱石氏に宛てた長い書簡の一節である。

「日本」ハ売レヌ、「ホト、キス」は売レル、陸氏ハ僕ニ新聞ノコトヲ時々イフ(コレハ只《ただ》材料ヤ体裁ナドノコト)ケレドモ僕ニ書ケトハイハヌ、「ホト、キス」ヲ妬ムトイフヤウナコトハ少シモナイ、僕ガ「ホト、キス」ノタメニ忙シイトイフコトハ十分知ツテ居ル故……………………………………

……………………（此間落泪）

僕ニ日本へ書ケトハイハヌ、ソウシテイツデモ「ホト、キス」ノ繁昌スル方法ナドヲイフ、ソレデ正直イフト「日本」ハ今売高一万以下ナノダカラネ(売高ノコトハ人ニイフテ呉レ玉フナ)僕カライヘバ「日本」ハ正妻デ「ホト、キス」ハ権妻トイフワケデアルノニ、兎角権妻ノ方へ善ク通フトイフ次第ダカラ「日本」へ対シテ面目ガナイ、ソレデ陸氏ノ言ヲ思ヒ出ストイツモ涙ガ出ルノダ、徳ノ上カライフテ此様ナ人ハ余リ類ガナイト思フ。(其陸ガ六人目ニ得タ長男ヲ失フテ今日ガ葬式デアツタノダ、天公是カ非カナンテイフ処ダネ)

幾百円くれても他の社へは入らぬつもりだという覚悟の下に「日本」の人となった居士と羯南翁との間は、十年近い歳月を経てからも、依然かくの如き情を以て結ばれていたのである。「徳ノ上カライフテ此様ナ人ハ余リ類ガナイト思フ」の一語は、居士の羯南翁観を最も端的に伝えているものでなければならぬ。居士は比較的軽い調子でこの書簡を書いているけれども、底に無量の涙湛えていることは、「此間落泪」の語を俟《ま》たずして、直に読者の心に迫って来るものがある。

三十三年一月から居士は屢々《しばしば》題を課して「日本」紙上に歌を募った。これも羯南翁の旧案を取ったものだと、やはり同じ書簡に書いてある。この事に就て居士は「僕ガ歌論ヲ書イタカラトテ新聞ハ一枚モフヱルワケハナイ(田舎ニハ歌ノ新派トイフモノハマダ少シモナイカラ)ケレトモコンナコトヲシテ居ルト新聞ニ多少ノ景気ガツクノダ。恰《あたか》モ吉原ノヒヤカシ連ガ実際ノ景気ニ関係スルヤウニ」と云って居り、「日本」の為に病牀の努力を吝《おし》まなかったわけであるが、それでも骨折の度はとても「ホトトギス」に及ばぬというのである。羯南翁の歌に対する意見が、居士のそれと大に異ることは前に述べた。長文の書簡の往復や、その後に於ける居士の歌論によって、この距離が短縮されようとも思われぬ。その居士に紙面を与えて、歌の募集をやらせようという。居士の歌の共鳴者が沢山あって、一世の人気を集め得るならばともかく、居士自身「新聞ハ一枚モフヱルワケハナイ」と断言している位だから、その辺の効果を望む案でないことは明《あきらか》である。ここに羯南翁の将に将たる雅量が認められる。こういう新聞の主宰者は、何時如何なる世の中といえども、滅多にある筈のものではない。

三十三年の三月三十日、長塚節氏が二度目に居士を訪ねた時、居士は線香を立てて、その一本が燃えきらぬ間に共に歌を詠んだ。後に「我家の長物」と題して「日本」に発表されたのがそれであるが、その中に「今戸焼の茶托五枚、一枚々々に古瓦の文字を写したるは隣の君のたまもの、字は蔵六なり」とあって、次の歌が出ている。

いにしへのからの瓦に彫りきとふ文字をうつしつゝ茶托四五枚

浜村蔵六氏は不折氏送別会が居士の枕頭に催された時、偶然来合せたと「墨汁一滴」に見えている。多分羯南翁のところにでも来ていたものであろう。明治四十年秋、羯南翁と前後して物故したように記憶する。

羯南翁夫人の追懐談によると、居士の病気が重くなってから、陸家へ来たことが三回ほどあったそうである。一回は羯南翁が車夫を迎にやって、居士がその背に負われて庭から入り、縁側から座敷まで敷いた座蒲団の上を這って、部屋の机のところで話して行ったという、これは池に鴨を放したのと同じ時かも知れない。令妹に連れられて風呂に入りに来たというのは、何時頃であるかわからぬが、もう一つの松葉杖をついてやって来たというのは書簡によって時を知ることが出来る。即ち三十二年八月三十日、大原恒徳氏宛の書簡に「一昨日は杖を買ひ求め候故直に陸迄出掛候処途中にて閉口致帰りは負はれて帰り候、併し今少し時候よくなり候はゞ陸へ行位の事は出来可申かと存居候」とあるのがそれである。「杖によりて立上りけり萩の花」と詠み、「四年寝て一たびたてば木も草も皆眼の下に花咲きにけり」と詠んだのも、同じ時の感懐であろうと思われる。

四

子規居士晩年の病苦を慰めた人々は少くないが、先輩としては第一に羯南翁を挙げなければならぬ。「墨汁一滴」「病牀六尺《びょうしょうろくしゃく》」「仰臥漫録《ぎょうがまんろく》」等を読む者は、屢々羯南翁及陸家の人々との情味ある交渉を見出すであろう。「まをとめの猶《なお》わらはにて植ゑしよりいく年経《とせへ》たる山吹の花」という庭前の山吹は、「隣なる女の童」即ち羯南翁の令嬢が、四、五年前に一寸許りの苗を持って来て戯《たわむれ》に植えたのであったが、「今ははや縄もてつがぬる程」になって、居士をして歌心を起さしめ、立《たち》どころに十首の歌が生れた。城に鳥と猫と少女とを配した画を画いて居士をよろこばせたのも、当時六歳になる羯南翁の令嬢であった。老いたる母堂と、病んで娶らざる居士と、嫁して戻った令妹とより成る居士の家庭が、この幼い令嬢達によって、どれだけ生々とした、賑な色彩を点ぜられることになったか、常人の想像を許さぬものがあったに相違無い。

三十四年夏羯南翁は近衛霞山公に随従して支那及朝鮮に遊んだ。福本日南氏が「陸浮海」と題して「人業歟抑々神の業なる歟千曳の陸の海に浮べる」という歌を「日本」に掲げたのは、この際のことである。霞山公年譜及「羯南文録」の年譜はいずれも七月十二日出発、九月四日帰京となっているが、「仰臥漫録」九月三日の条に

陸氏只今帰ラレシ由

昼前陸氏来ル、天津肋骨ヨリノ土産

払子一本、俗画二枚、板画(ケシキ)一枚

陸氏ハ支那ノ王宮ノ規模ノ大ナルニ驚キタリトイフ

とあり、更に「陸氏内ヨリ朝鮮ノ写真数十枚持タセオコス」とも書いてあるから、年譜の方が一日誤っているのではないかと思う。未だ曽て海外に遊んだことの無い羯南翁が、二箇月近くの旅を了えて帰京すると、直に居士の病牀を見舞う。肋骨氏から託された天津土産の一部は自分で届け、あとから又写真を持たせてよこす。一日を置いた五日には、夫人が令嬢二人を伴って来て、羯南翁の持帰った朝鮮少女の服を令嬢に着せたのを見せている。居士を慰むるの情至れりというべきであろう。朝鮮服は大分居士の気に入ったらしく、「仰臥漫録」にその姿を画き、「芙蓉ヨリモ朝顔ヨリモウツクシク」の一句を題した。「服ハ立派ナリ、日本モ友禅ナドヤメテ此ヤウナモノニシタシ」という意見が加えてある。

帰京後の羯南翁は相当多忙だったらしい。十月一日に至り、再び居士を訪れて支那朝鮮談を試みている。支那の金持が贅沢なこと、北京のような何の束縛も無い処に住みたいということ、朝鮮では白い衣を山の根の草の上に干す、あたかも「春すぎて夏来るらし」の趣があること等が「仰臥漫録」に記されている。居士も従軍の際、大陸に足跡を印することは印したが、遂に満洲以外に蹈出さずにしまった。羯南翁の見聞談の中には、居士に取って珍しいものがあったろうと思われる。

十月に入ってから居士の病状は静穏でなかった。四日から七日までは「仰臥漫録」の筆を執らず、一括追記している位であるが、その中に次のようなことがある。

五日ハ衰弱ヲ覚エシガ午後フト精神激昂夜ニ入リテ俄ニ烈シク乱叫乱罵スル程ニ頭イヨ〳〵苦シク狂セントシテ狂スル能ハズ、独リモガキテ益々苦ム、遂ニ陸翁ニ来テモラヒシニ精神ヤヽ静マル、陸翁ツトメテ余ヲ慰メ且ツ話ス、余モツトメテ話ス、九時頃就寝、シカモウマク眠ラレズ

こういうことは固よりこの時に限らなかったのであろう。寒川鼠骨《そこつ》氏の「羯南翁と子規居士」という文中に、羯南翁が客間に坐って病牀の居士と話しているうちに、居士はだんだん苦しくなって、思わず「アイタ、、、、」と叫ぶ、翁は直に起って閾《しきい》を越え、

居士の手をしかと握って「ア、よし〳〵、僕が居る〳〵」というところがある。情の人たる翁は居士の苦悶を眼前に見て、強いて冷静を装うようなことは出来ないのである。三十五年になって、一月匆々異状を呈し、皆が病牀に詰めた時の看護日誌にも、羯南翁が親しく居士の手を握り、顔を撫でたりして慰めることが出て来る。翁が帰ったあとで居士は「この間某新聞にメスメリズムの話があつたが、あれと同じ事は、羯南翁のやうな感情的な人に手を握つたり、額を撫でたりして貰ふと、神経的に苦痛を忘れる」と云ったそうである。坐視するに忍びなくなって、思わず手を握る。その至純な感情が自ら居士の病苦を和《やわら》げるだけの力を持っているのであろう。

「病牀六尺」の百三から百四に亙り、居士は渡辺のお嬢さんということに仮託して、南岳の艸花画巻の事を書いた。あの本文に入る前に居士自身の草花帖を完成する一段があり、隣から朝顔の鉢を借りて来るというのは、例の通り陸家のことである。そこに手違があって、朝顔の花を二輪許りちぎって貰って来る。居士が腹を立てたと聞いて、羯南翁が来て久しぶりにいろいろな話をする。翁が帰ると令嬢達が三人で、朝顔の鉢を持って来た。一輪だけ萎まずに残っている紫の花によって、草花帖は遂に完成するのであるが、居士の画の出来るのを待つ間に、十になる令嬢と七つになる令嬢とが、居士の菓物帖を見ながら、桜んぼを画く前後の様子が、手に取る如く描かれている。これは八

月二十二日の出来事だから、居士の世を去る約一箇月前の話である。「仰臥漫録」の終に記された

　九月三日椀もりの歌戯寄隣翁
麩の海に汐《しお》みちくれば茗荷子の葉末をこゆる真玉白魚

の一首は、生前どこにも発表されずに了ったものであろう。椀の中を海と見るあたり、俳諧的なところが無いでもないが、全体の調子は頗る特色を具えている。居士の短歌としてはこれが最後の作になった。学生時代から歌に就て多少の交渉があった羯南翁、愈々《いよいよ》歌の革新に著手《ちゃくしゅ》してからは、根本的な意見を異にしながらも、与えられた「日本」の紙面を殆ど唯一の舞台として歌を発表し続けたほど、深い因縁を有する羯南翁に、この最後の一首を寄せることになったのも、偶然でないと云えるかも知れない。椀盛は陸家から贈られたものかと想像する。

「病牀六尺」の百二十一に居士は碁将棊《ごしょうぎ》の手を論じて、「平生は誠に温順で君子と言はれるやうな人が、碁将棊となるとイヤに人をいぢめるやうな汚ない手をやつて喜んで居る。さうかと思ふと、平生は泥坊でも詐欺でもしさうな奴が、碁将棊盤に向くとまるで

人が変つてしまふて、君子かと思ふやうな事をやる。少しも汚ない手をしないのみならず、誠に正々堂々と立派な打方をするのである」と云った。この一段はいささか羯南翁の為に諷するところがあったのではあるまいか。赤木格堂氏の「追懐余録」を見ると、人格、識見、文章、凡てに亙って羯南翁に敬服していた居士が、唯一つ遺憾の意を表したのは碁で、「妙だね、凡てに修養が行届いて居るのに、碁だけが磨けて居ないと思はれる」と話したということが記されている。「病牀六尺」のこの近所には、他にも二、三苦言を呈した迹が見えるから、一般的な問題に託した諷諭の言と見て差支あるまい。

子規居士が遂に世を去った九月十九日、天明くるに先って枕頭に坐した数人の中に、無論羯南翁も在った。通夜の席上、翁の述べた追懐談は佐藤紅緑《こうろく》氏の「子規翁終焉後記」に記されているが、特に補わなければならぬほどのことも見当らぬ。翁の追懐は「子規言行録」の序が大体要を尽しているからである。

鳴雪翁はかつて「知己といへば居士終身の恩人は陸羯南氏であらう」と云い、「先づ日本新聞に招聘して、未だ居士が若年であつたにも拘らず特にそれを優待し、又新聞の第一面を割て俳風表出の地を与へられたことなどは誰も知る所であるが、其他居士が家計に注意し、それを隣家に引き寄せて親戚も及ばぬ世話をなし、就中《なかんずく》日清戦争従軍前後の配慮、又発病後の療養に至るまで非常なる保護を加へ、十数年の久しき間いつも間接直接に庇蔭を与へられて居たのである。是れは吾々同人は長く心に銘記し、私には親友居士の大恩人とし、公には斯道興隆の援助者として大いに之を謝せねばならぬ」と述べられた。これは正にその通りで、何等蛇足の加うべきものが無い。もし知己とか、恩人とかいう以外に、もっと羯南翁の風神を躍動せしむるような言葉があったらと思うが、竟《つい》に発見し得ぬのを遺憾とする。

夏目漱石

一

漱石氏自身の語るところによると、高等学校時代には建築家になりたいという希望を持っていた。その時これを卻《しりぞ》けて、日本ではどんなに腕を揮っても、セント・ポールズの大寺院のような建築を後世に残すことは出来ない、それよりもまだ文学の方が生命がある、下らない家を建てるより文学者になれ、と説いたのが天然居士米山保三郎氏で、漱石氏は自説を撤回して文学者になることにしたというのである。その英文学を選んだのは、「文学論」の序に「余は少時好んで漢籍を学びたり。之《これ》を学ぶ事短かきにも関《かかわ》らず、文学は斯《かく》の如き者なりとの定義を漠然と冥々裏に左国史漢より得たり。ひそかに思ふに英文学も亦《また》斯の如きものなるべし、斯の如きものならば生涯を挙げて之を学ぶも、あながちに悔ゆることなかるべしと。余が単身流行せざる英文学科に入りたるは、全く此幼稚にして単純なる理由に支配せられたるなり」とある通り、それほど積極的な原因があるわけではなかった。米山氏の言によって文学者となることにきめたのは、高等学校の何年頃かわからぬが、一生の方向が略々定ったというまでで、文学者として何をするかという段になると、米山氏は勿論、漱石氏も未だ漠然たるを免れなかったであろう。もしこの時代に於《おい》て、いささかなりとも具体的に漱石氏の将来を予言したものがあるとすれば、子規居士の「正岡易占」を挙げるより外はあるまい。その全文はこうである。

余竹村其十より卜筮術《ぼくぜいじゅつ》を伝授せるに、未だ施すべきの所なく困りゐる折柄、夏目漱石、我後来《わがこうらい》運命の程を占ひくれよといふ。心得たりといひながら筮竹さら〱とおしもんで虚心平気に占ふに升䷭の師䷆に之くに遇ふ。乃ち之を判断して曰く、升は木、地中に生ずるの意なり。経に用見大人勿恤とあり、大人は即ち賢人君子なり。今より賢人君子を友とし徳を慎みなば、積小以高大といふ様になるの勢あり。初六に允升大吉とあり。象伝に上合志也といふ。君今学校にありて上、教師迄《まで》皆人望を君に帰す。故に君は屢々《しばしば》升《のぼり》て第一位にあり。是れ大吉也。六五貞吉升階とあり。伝に大得志也といふ。是れ君が大学を卒業するの時にて、即ち君は已《すで》に文学者の堂に升る者也。師は地中、水あるの象也。地に水ありて而して後に草木生成す。此時君は已ニ後生《こうせい》を教育するの任にあたる。故に容民畜衆といふ。能以衆正可以王矣とは君能く文壇に将として牛耳を取るの謂《いい》なり。師出以律失律凶とは君が自分の説をのべ、或は之を筆するの時にも能く道理を正し、少しにても論理に背き哲理に合はざるの議論をなすべからず。苟《いやしく》も誤謬あらば大に不利を来す也。九二在師中、王三錫命とあり。君の文を書くや天下其妙《そのみょう》を称し、外国人といへども驚嘆することあるべし。然れども人事盛衰あり、六三ニ師或輿尸凶とあり。君の名声大は則ち大なりといへども、未だ全く天下を服すること能はず、文学世界時《とき》として君ニ抵抗する者あり。君も亦時としてそれがために降旗を揚ぐることあるべし。されど固《もと》より大失敗といふにもあらず。又君のほまれがそしりとなるにもあらず。いたく心配し給ふな。さりながら上六に小人勿用とあり。交際あしき時は、為に君の名誉も落つることあり。宜しく朋友を選ぶべきなり。総するに初め君の学問上進の度は著しく、嶄然《ざんぜん》頭角を現はし、終《つい》には其名声海の内外に聞え渡るに至るもの也。されど伝に毒天下而民従之とあり。成程《なるほど》、天下の書生、君を慕ふて帰する者多きに相違なしといへども、君の言論文章には一癖ありて天下を毒することなきにもあらず。学者に偏　見《プレジュヂス》あるは古来皆一轍にて別に咎むべきにもあらねど、其言、多少天下を毒するに至りては注意せざるべからざるものあり。君請ふ、其所論を吐くに当りて千思万考、主として僻見を除くことをつとめよ。

どうです、是位《これくらい》の易ならば上々大吉なり。君、西洋軒の昼飯に出かけやしよう。

安いものです。僕之を卜するに牛の羊に之《ゆ》くに遇ふ、本文に大人来迫《リル》、利《ヨロシ》レ有《ルニ》レ所レ食《スル》とあり。大人は僕の事いふまでもなし。天、君に命ず、君躊躇するなかれ。

右の易占あたるや否やハ後日に徴せざるべからず。


「竹村其十」とあるのは、竹村黄塔《こうとう》氏のことである。其十、黄塔、皆本名の「鍛《きたう》」に当てたものであろう。黄塔氏も例の大原其戎《きじゅう》という老俳人の方に句を投じた時代があるようだから、その関係で「其十」などという号をつけたのかも知れない。この易占のことは漱石氏も後までおぼえていたらしく、居士に関する追懐談の中に「一時正岡が易を立てゝやるといつて、これも頼みもしないのに占つてくれた。畳一畳位の長さの巻紙に何か書いて来た。何でも僕は教育家になつて、何うとかするといふ事が書いてあつて、外に女の事も書いてあつた。これは冷かしであつた」とある。「正岡易占」には「夏目漱石、我後来運命の程を占ひくれよといふ」とあり、漱石氏は「頼みもしないのに占つてくれた」という。この辺は興に乗じた文飾と見て差支無い。とにかくこの占を試みたのは明治二十三年中のことである。易占の文句には漱石氏の記憶に存するような、教育家の問題は寧《むし》ろ少く、「君能く文壇に将として牛耳を取る」と云い、「君の文を書くや天下其妙を称し、外国人といへども驚嘆することあるべし」と云い、「天下の書生、君を慕ふて帰する者多きに相違なしといへども、君の言論文章には一癖ありて」云々と云い、後年の漱石氏に当嵌る文字が多きを占めている。しかも漱石氏が文壇に華々しい活躍を示したのは居士歿後の話だから、自らこの易占の当否を知り得なかったわけであるが、今から振返って見ると、この大部分は慥《たしか》に当っていると云わざるを得ない。高等学校時代の漱石氏に就《つい》て、これだけの予言をしたものは、先《ま》ず他にあるまいと思うのである。

漱石氏が学校を出て小石川の或《ある》寺に下宿していた時分、寺の和尚が身の上判断をやる。或時笑談半分に、私の未来はどうでしょうと聞いたら、あなたは親の死目に逢えませんねと云い、又《また》あなたは西へ西へと行く相があると云った。漱石氏は実際両親の死目に逢えなかったのみならず、一年ならずして松山に行き、松山から熊本に行き、熊本からロンドンに向った。西へ西へ行くと云った和尚の予言はどうやら的中した、ということが「思ひ出す事など」の中に書いてある。子規居士の占はこれほど具体的ではない。ただ最も親しい友人として試みた占が、自己の遂に見るに及ばなかった将来まで予言し得たことは、仮令笑談の分子が加っているにしても、居士には愉快な事柄であろう。居士と漱石氏との交渉を考えると、必ずこの易占の文句が浮んで来る。漱石氏の一生は大体居士と寺の和尚との予言したような運命を辿ったものと云えるかも知れぬ。

二

子規居士と漱石氏との交渉は二十二年一月からはじまる。このことは「木屑録《ぼくせつろく》」の跋に「余知吾兄久矣。而与吾兄交者。則始于今年一月也」(余の吾兄を知るや久し。而れども吾兄と交るは、則ち今年一月に始まるなり)とあるによって明《あきらか》である。「木屑録」は同年九月九日に脱稿し、居士はその十月十三日夜、東台山下の僑居に於て、この跋を記したのであった。居士はそれ以前に「七艸集《しちそうしゅう》」を諸友の間に回覧せしめたことがあり、漱石氏もそれに評語を加えているが、漱石氏が詩文を示したのは「木屑録」が最初であるらしい。「余以為長于西者概短于東。吾兄亦当不知和漢之学矣。而今及見此詩文。則知吾兄天稟之才矣。其能詩文者則其才之用耳。不必問文字之自他与学問之東西也。如吾兄者千万年一人焉耳」(余以為《おもえ》らく西に長ぜる者は概ね東に短なれば、吾兄も亦当に和漢の学を知らざるべし。而れども今此詩文を見るに及んで、則ち吾兄の天稟の才なるを知れり。其の詩文を能くするに則ち其の才の用のみ、必ずしも文字の自他と学問の東西とを問はざるなり。吾兄の如きは千万年にして一人のみ)ということが居士の跋の中に見える。漱石氏が「或時僕が房州に行つた時の紀行文を漢文で書いて、其中に下らない詩などを入れて置いた、夫を見せた事がある。処が大将頼みもしないのに跋を書いてよこした。何でも其中に、英書を読む者は漢籍が出来ず、漢籍の出来るものは英書は読めん、我兄の如きは千万人中の一人なりとか何とか書いて居つた」と云うのは、この「木屑録」を指すのである。

「木屑録」には巻中随所に居士の評語があるが、「筆まかせ」の中にも「木屑録」と題した一条があって、その内容に及んでいる。「距岸数町。有一大危礁当舟。濤勢蜿蜒。長而来者。遭礁激怒。欲攫去之而不能。乃躍而超之。白沫噴起。与碧濤相映。陸離為彩。礁上有鳥。赤冠蒼脛。不知其名。濤来則一搏而起。低飛回翔。待濤退復于礁上」(岸を距ること数町、一大危礁ありて舟に当る。濤勢の蜿蜒《えんえん》、長くして来る者、礁に遭うて激怒し、之を攫み去らんと欲して能はず。乃ち躍つて之を超ゆ。白沫噴起し、碧濤と相映じ、陸離として彩を為す。礁上に鳥有り。赤の冠、蒼の脛、其の名を知らず。濤来れば則ち一搏して起ち、低飛回翔し、濤の退くを待つて礁上に復す)とある一節を評して、「濤勢云々の数句は英語に所謂 personification なるものにて、波を人の如くいひなし、怒といひ攫といひ躍といふ、是の如きつゞけて是等の語を用ゐしは恐らくは漢文に未だなかるべく、漱石も恐らくは気がつかざりしならん、されど漱石固《もと》より英語に長ずるを以て知らず〳〵こゝに至りしのみ実に一見して波濤激礁の状を思はしむ。又後節鳥を叙するの処、精にして雅、航海中数々《しばしば》目撃するのこと　而して前人未だ道破せず　而して其文　支那の古文を読むが如し」と云ったのは、漱石氏の文学に加えられた最初の批評でなければならぬ。前半の濤の形容も新奇ではあるが、後半の鳥の描写の印象的な点が、特に客観美に感じ易かった居士の興味を惹いたものではないかと思われる。居士はここでも亦「余の経験によるに英学に長ずる者は漢学に短なり、和学に長ずる者は数学に短なりといふが如く、必ず一短一長あるもの也。独り漱石は長ぜざる所なく達せざる所なし、然れ共其《その》英学に長ずるは人皆之を知る、而して其漢文漢詩に巧なるは人恐らくは知らざるべし　故にこゝに附記するのみ」と云っている。

漱石氏は又「彼と僕と交際し始めたも一つの原因は、二人で寄席《よせ》の話をした時、先生大いに寄席通を以て任じて居る。ところが僕も寄席の事を知つてゐたので、話すに足るとでも思つたのであらう。夫から大いに近よつて来た」と云っている。後年居士は俳句仲間の性格を分って二派とし、一を落語派とし一を義太夫派と称したと云うが、漱石氏の如きは落語派の尤《もっとも》なる者であったろう。落語派と義太夫派との区別は、必ずしも関東と関西、都会と田舎という分け方にはならない。各々《おのおの》その性格に基づくので、居士や四《し》方太《ほうだ》氏の如きも亦落語派の一人だからである。

「漱石全集」の書簡集を開いて見ると、古いところは十中八九まで居士宛のものである。この事に就て漱石氏は「一体正岡は無暗に手紙をよこした男で、夫に対する分量は、こちらからも遣つた。今は残つてゐないが、何れも愚なものであつたに相違ない」と云っているが、漱石氏に宛てた居士の書簡の古い所は伝わっていないので、両者応酬の模様を見る便宜が無い。纔《わずか》に居士が「筆まかせ」の中に往復の書簡を写して置いたものによって、その幾分を髣髴し得るに過ぎぬ。しかし今残っている書簡だけでも、子細に点検して行けば、所謂《いわゆる》伝記資料は相当発見することが出来る。例えば居士が最初に喀血した時、診察を受けたのが山崎元修という医者で、漱石氏は居士を見舞った帰途、米山、龍口《たつぐち》などという友人と共にこの医者のところに寄り、病症並に療養方等を尋ねているなどというのは、二十三年五月十三日の漱石氏書簡によってはじめて知り得る事実である。又二十四年四月二十日の漱石氏書簡に「狂なるかな狂なるかな、僕狂にくみせん、君が芳墨を得て始めは其唐突に驚ろき夫《それ》から腹を抱へて満案の哺を噴き終りに手紙を掩ふて泫然《げんぜん》たり、君の詩文を得て此の如く数多《あまた》の感情のこみ上げたるは今が始めてなり、君が心中一点の不平俄然炎上して満脳の大火事となり余焔筆頭に伝はつて三尺の半切に百万の火の子を降らせたるは見事にも目ばゆき位なり、平日の文章心に用ひざるにあらず、修飾なきにあらず、只《ただ》狂の一字を欠くが故に人をして瞠若《どうじゃく》たらしむるに足らず、只此一篇狂気爛熳わが衷情を寸断しわが五尺の身を戦栗《せんりつ》せしむ、七草集はものかは、隠れみのも面白からず、只此一篇……」とあるのを見ると、これに対する居士の書簡の伝わらぬことを憾《うら》まざるを得ぬが、何か居士をして激情に駆らしむるような出来事があり、それが書簡を通して漱石氏を動かしたものであろう。

両方の書簡が現存せず、「筆まかせ」によってその応酬の迹を窺い得るものの中に、文章論を闘わしたのが残っている。論は二十二年の大晦日にしたためた漱石氏の書簡からはじまるのである。

御前兼て御趣向の小説は已に筆を下したまひしや、今度は如何《いか》なる文体を用ひたまふ御意見なりや、委細は拝見の上逐一批評を試むる積りに候へども、兎角大兄の文はなよ〳〵として婦人流の習気を脱せず、近頃は篁村《こうそん》流に変化せられ旧来の面目を一変せられたる様なりといへども、未だ真率の元気に乏しく従ふて人をして案を拍て快と呼ばしむる箇処少きやと存候、総て文章の妙は胸中の思想を飾り気なく平たく造作なく直叙スルが妙味と被存候、さればこそ瓶水を倒して頭上よりあびる如き感情も起るなれ、胸中に一点の思想なく只文字のみを弄する輩は勿論いふに足らず、思想あるも徒《いたず》らに章句の末に拘泥して天真爛熳の見るべきなければ人を感動せしむること覚束なからんかと存候、今世の小説家を以て自称する輩は少しも「オリヂナル」の思想なく只文字の末をのみ研鑽批評して自ら大家なりと自負する者にて北海道の土人に都人の衣裳をきせたる心地のせられ候、成程頭の飾り衣の模様仕立の具合寸分の隙間なきかは知らねど其人の価値はと問はゞ三文にも当せず、其思想はと問はゞ一顧の価なきのみならず、鼻をつまんで却走せざるを得ざる者のみの様ニ被思候

子規居士に饗庭《あえば》篁村氏の小説を愛読した時期のあったことは、同じ「筆まかせ」の中の「小説の嗜好」という条に記されている。「書生気質」から「風流仏」に至る途中の現象であった。漱石氏の所説のうち「頭の飾り衣の模様」云々のところは、後年の「素人《しろうと》と黒人《くろうと》」の中で「黒人は第一人附きが好い。愛想がある。気が利いてゐる。交際上手で、相手を外らさない。数へ立てればまだ幾何でもあるだらう。然しいくらあつても、其特色はつひに人間の外部に色彩を添へる装飾物に就いてのみ云へる事丈である。いくら調べていくら研究しても、其特色が人格の領分に切り込む事は殆《ほとん》どないのである。況《ま》して精神の核に触れるなどといふ深さは、夢にも予期する事が出来ないのである」と述べたのと、一脈相通ずる点があるかも知れない。だから漱石氏は「文壇ニ立て赤幟を万世に翻さんと欲せば首として思想を涵養せざるべからず、思想中に熟し腹に満ちたる

上は直ニ筆を揮つて其思ふ所を叙し、沛然驟雨《はいぜんしゅうう》の如く勃然大河の海に瀉ぐの勢なかるべからず、文字の美、章句の法抔《など》は次の次の其次に考ふべき事にて Idea itself の価値を増減スル程の事は無之様に被存候」と云うのである。朝から晩まで書き続けていたのでは、この Idea を養う余地があるまい。書くのが楽なら無理によせとは云わぬが、毎日毎晩書き続けたとて、子供の手習と同じことで、Original idea が草紙の内から霊現するでもあるまい、「御前少しく手習をやめて余暇を以て読書に力を費し給へよ、御前は病人也、病人に責むるに病人の好まぬことを以てするは苛酷の様なりといへども、手習をして生きて居ても別段馨しきことはなし、knowledge を得て死ぬ方がましならずや」という忠告を試みている。

これに対する居士の返事は「筆まかせ」に記されていないが、漱石氏は重ねて一書を送ると共に、一流の文章論を述べて来た。その論の主旨は文章に於ける Idea と Rhetoric との軽重を説いて、前者の方が後者より遥に重いとするに在る。居士は再駁に当って英語入の漢文を用いた。興味半分の応酬ではあるが、「只自勉発揮我天真。而不必依頼古人之遺書耳」(ただ自ら勉めて我天真を発揮し、而れども必ずしも依頼せずして古人の遺書のみ)と云うが如き、居士らしい文学観が全然無いでもない。

当時の漱石氏は居士の文章にあまり敬意を払っていなかった。必ずしも「なよ〳〵として婦人流の習気を脱せ」ぬからだけではない。居士がその後又一転して西鶴流の文章になった時も同様であった。二十四年の春、居士が房総行脚から帰って「かくれみの」を草した時も、漱石氏はその文を評して「西鶴の文は当時の俗文にもせよ、明治の世には一種変ちきりんな文体なり。西鶴は読むべく摸すべからず、誦すべく学ぶべからず(但し其長所をとつて他の短を補ふは此限りにあらず)僕君が明治の西鶴たらずして冥土の西鶴の再生たらんとするを惜む。勿論か丶る小品文の遊戯の余にいづるものはどうでもよけれど、他日君が真面目に筆を援つて紙に対するときは何卒僕の忠告を容れ給はんことを願ふ」と云っている。居士の西鶴流の文章は「月の都」で一段落を告げた。漱石氏のよしとするのは果してどんな文章であったか、二十四年八月三日、居士宛の書簡には「鷗外の作ほめ候とて図らずも大兄の怒りを惹き申訳も無之、是も小子嗜好の下等なる故と只管慚愧致居候、元来同人の作は僅《わず》かに二短篇を見たる迄にて全体を窺ふ事かたく候得共、当世の文人中にて先づ一角ある者と存居候ひし、試みに彼が作を評し候はんに結構を泰西に得、思想を其学問に得、行文は漢文に胚胎して和俗を混淆したる者と存候、右等の諸分子相聚つて小子の目には一種沈鬱奇雅の特色ある様に思はれ候、尤も人の嗜好は行き掛りの教育にて(仮令《たと》ひ文学中にても)種々なる者故己れは公平の批評と存候ても他人には極めて偏窟な議論に見ゆる者に候得ば、小生自身は洋書に心酔致候心持ちはなくとも大兄より見れば左様に見ゆるも御尤もの事に御座候」ということがある。鷗外氏の「うたかたの記」及「舞姫」は共に二十三年に出ているから、漱石氏の「二短篇」というのは多分これを指すのであろう。子規居士の議論は書簡を存せぬから何ともわからぬが、当時流行の西鶴張の文章よりも、鷗外氏の小説に用いた文章の方が漱石氏の嗜好に適したことはこれでわかる。レトリック偏重と見られた居士が遂に最も平淡自然なる写生文に到達し、漱石氏も傍より起って一家の文章をはじめる後年の変化に至っては、この時の文章論とはあまり縁の無い事実でなければならぬ。

三

高等学校から大学へかけて、居士は決して勤勉な学生ではなかった。漱石氏の追懐談の中にも、この間の消息が次のように語られている。「正岡といふ男は一向学校へ出なかつた男だつた。夫からノートを借りて写すやうな手数をする男でもなかつた。そこで試験前になると僕に来て呉れといふ。僕が行つてノートを大略話してやる。彼奴の事だからいゝ加減に聞いて、ろくに分つてゐない癖に、よし〳〵分つたなどと言つて生呑込みにしてしまふ。其時分は常盤《ときわ》会寄宿舎に居たものだから、時刻になると食堂で飯を食ふ。或時又来て呉れといふ。僕が其時返辞をして、行つてもいゝけれども又鮭で飯を食はせるから厭だといつた。其時は大いに御馳走をした。鮭を止めて近所の西洋料理屋か何《ど》かへ連れて行つた」——この話は居士自身「筆まかせ」に書いた左の逸話と併看して、当時の面目を思いやるべきものである。

菊池寿人学校を欠席するを得ず

菊池寿人、正岡処之助共に帝国大学にありて国文科を修む。而して二人の外更に本科生あるなし。処之助善く欠席することを以て全校に鳴る。蓋《けだ》し其出席三日に一日、四日に一日位にして、しかも一日の課業半は之を欠く。故に朋友皆処之助の欠席に馴れ、若し其出席することあれば、怪んで奇と呼ぶ。処之助一日学校に登る。寿人に謂つて曰く、風朝雨晨も君必ず登校す。僕等其勉励に驚かざるを得ず。寿人端然として曰く、僕亦時として欠席を欲せざるに非ず。然れども我科の学生僅かに二人、少くとも一人は出席せざるべからず、而して君常に欠席勝なり。是れ僕の常に出席せざるべからざる所以なりと。処之助笑ふて曰く、君も亦然るか、気の毒〳〵。僕今より勉強出席する所あらんのみと。而して其年の試験に処之助落第す。寿人終に一人となる。

居士が在学中、試験に苦しんだ様子は、「墨汁一滴《ぼくじゅういってき》」の中に具《つぶさ》に述べてある。二十四年の夏は学年試験を受けずに帰郷してしまったので、九月に上京して追試験を受けなければならなかった。その準備の為に特別養生費を出して貰って大宮へ行った。「万松楼といふ宿屋へ往てこゝに泊つて見たが、松林の中にあつて静かな涼しい処で意外に善い。それにうまいものは食べるし、丁度萩の盛りといふのだから愉快で〳〵たまらない。松林を徘徊したり野径を逍遥したり、くたびれると帰つて来て頻りに発句を考へる。試験の準備などは手もつけない有様だ。此愉快を一人で貪るのは惜しい事だと思ふて、手紙で竹村黄塔を呼びにやつた。黄塔も来て一、二泊して去つた。それから夏目漱石を呼びにやつた。漱石も来て一、二泊して余も共に帰京した。大宮に居た間が十日ばかりで、試験の準備は少しも出来なかつたが、頭の保養には非常に効験があつた」というのである。これは背景が変っているだけに、特に印象が強かったらしく、漱石氏も「或日突然手紙をよこして、大宮公園の中の万松楼に居るからすぐ来いと云ふ。行つた。ところがなか〳〵綺麗なうちで、大将奥座敷に陣取つて威張つてゐる。さうして其処で鶉か何かの焼いたのなどを食はせた」と云っている。後年「満韓ところ〴〵」の旅順で鶉の御馳走になる事を書いたところにも、「鶉に至つては生れてからあまり食つた事がない。昔正岡子規に、手紙を以てわざ〳〵大宮公園に呼び寄せられたとき、鶉だよと云つて喰はせられたのが初めて位なものである」とあるから、学生時代の居士と漱石氏との交渉の中で、異色のある出来事だったに相違無い。

四

「明治二十九年の俳句界」の中に「漱石は明治二十八年始めて俳句を作る。始めて作る時より既に意匠に於て特色を見はせり」とあるのに従えば、漱石氏の俳句はこの時にはじまるものの如くであるが、事実は必ずしもそうではない。「二十八年始めて俳句を作る」は大に俳句の上に力を用いるに至ったことを指すので、その句はもっと早いところに散見する。「漱石全集」の書簡の最初に出て来る一通——前に引いた居士喀血直後のものに已に「帰ろふと泣かずに笑へ時鳥《ほととぎす》」「聞かふとて誰も待たぬに時鳥」の二句が記されている。この時鳥は季節の風物である以外に、喀血の意を寓していることは云うまでもない。居士自身も喀血後、一夜に時鳥の句四、五十を吐き、爾来子規と号するに至ったのであるが、その句は悉《ことごと》く抹消して「子規子」の中に存せぬ位だから、この時分の漱石氏の句が本筋に入っていないのは当然である。二十二年五月というと、鳴雪翁は固より、飄亭氏もまだ登場せず、僅に非風氏が居士の身辺に在った位のものであろう。もしこの時代から勘定すれば、漱石氏は俳句に於て最も古い一人ということになる。

「木屑録」の最後に附した「函嶺雑詠」の末に「峰の雲落ちて声あり筧水」「東風《こち》吹くや山一ぱいの雲の影」「雲の影山又山を這ひ回り」の三句が記されて居り、居士はこれに朱を加えて、第一句を「……落ちて筧に水の音」第三句を「白雲や……」と改めた。然も第二句の外は、居士の添削を経ても依然無季なのは、いささか心細いけれども、とにかく二十二年中に句作の意志があったことだけは明瞭である。

漱石氏の追懐談に「発句も近来漸く悟つたとかいつて、もう恐ろしい者は無いやうに言つてゐた。相変らず僕は何も分らないのだから、小説同様えらいのだらうと思つてゐた。それから頻りに僕に発句を作れと強ひる。其家の向うに笹藪がある、あれを句にするのだ、えゝかとか何とかいふ。こちらは何ともいはないのに、向うで極めてゐる」とあるのは、年代がはっきりわからないが、この中の「小説」は即ち「月の都」であるから、二十四年中のことと思われる。二十四年七月二十四日居士に宛てた端書に「昨日故人五百題と云ふ者を見て急に俳諧が作りたくなり十二、三首を得たり、御笑ひ草に供したけれど端書故いづれ後便にて御斧正相願度候」ということが見える。前年より稍々《やや》積極的に句を作る心持が動いたもののようである。松山帰省中だった居士はこれに対して早速何か云ってやったものであろう。その次の書簡は「一丈余の長文被下難有拝見、小子俳道発心につき草々の御教訓、情人の玉章よりも嬉しく熟読仕候」と書出してあり、悼亡の句十三、その他の句十七句が記されているが、漱石氏らしい特色はまだ発揮されていない。「秋さびて霜に落けり柿一つ」「柿の葉や一つ一つに月の影」などというのが、俳句的境地に於て前年より稍々歩を進めているに過ぎぬ。

子規居士が大学で受けた最後の学年試験――その落第が退学の最近因をなした二十五年夏の試験が了って後、漱石氏は居士の帰省と行を共にして関西に向った。この時の事は居士の書いたものに見えず、却《かえ》って漱石氏が後に書いた「京に著ける夕」という文章に出て来る。

始めて京都に来たのは十五六年の昔である。その時は正岡子規と一所であつた。麩屋町の柊屋とか云ふ家へ著いて、子規と共に京都の夜を見物に出たとき、始めて余の目に映つたのは、此赤いぜんざいの大提灯である。此大提灯を見て、余は何故か是が京都だなと感じたぎり、明治四十年の今日に至る迄決して動かない。

居士と共にはじめて踏んだ京洛の印象が、赤いぜんざいの大提灯に尽きるとしても面白いが、漱石氏の文章にはなおあとがある。

子規と来たときは斯様に寒くはなかつた。子規はセル、余はフランネルの制服を著て得意に人通りの多い所を歩行いた事を記憶してゐる。其時子規はどこからか夏蜜柑を買うて来て、之を一つ食へと云つて余に渡した。余は夏蜜柑の皮を剝いて、一房毎に裂いては噛み、裂いては噛んで、あてどもなくさまようて居ると、いつの間にやら幅一間位の小路に出た。此小路の左右に並ぶ家には門並方一尺許りの穴を戸にあけてある。さうして其穴の中から、もしもしと云ふ声がする。始めは偶然だと思うてゐたが行く程に、穴のある程に、申し合はせた様に、左右の穴からもしもしと云ふ。知らぬ顔をして行き過ぎると穴から手を出して捕まへさうに烈しい呼び方をする。子規を顧て何だと聞くと妓楼だと答へた。余は夏蜜柑を食ひながら、目分量で一間幅の道路を中央から等分して、其等分した線の上を、綱渡りをする気分で、不偏不党に練つて行つた。穴から手を出して制服の尻でも捕まへられては容易ならんと思つたからである。子規は笑つて居た。

漱石氏がその次に京都に遊んだのは、「朝日新聞」に入って「虞美人草」を草する直前であった。二度目の京の印象を叙するに当り、十五、六年前の天地を回顧し、已に世に亡い居士の事を想い浮べたのである。制服姿で夏蜜柑を噛みながら京の巷を徘徊する情景は、両者交遊の画巻の上に欠くべからざる一面でなければならぬ。

この時の同行は果して何処《どこ》までであったかわからぬが、居士は例の如く松山に帰り、漱石氏は別れて岡山に赴いた。八月四日居士に寄せた書簡に、岡山市洪水の事があり、且「近日当主人の案内にて金比羅へ参る都合故其節一寸都合よくば御立寄可申」ということが記されている。或は別れるに当って、居士から松山来遊を勧めたようなことがあったのかも知れない。この事に就ても居士の書いたものには何も無いが、虚子氏の「子規居士と余」の中に「一人の大学の制服をつけた紳士的の態度の人が、洋服の膝を折つて坐つて居る、其前に子規居士も余も坐つて居る、表には中の川が流れてゐる。これは居士の家の光景で、其大学の制服を著けてゐる人は夏目漱石君であつた。何でも御馳走には松山鮨があつたかと思ふ。詩箋に句を書いたのが席上に散らかつてゐたやうにも思ふ」ということが出て来る。この時の虚子氏は中学生であった。漱石氏とは勿論《もちろん》初対面だったのであろう。

居士はこの帰省中に、已に退学の意を決し、その旨を漱石氏にも申送ったらしい。七月十九日岡山から発した漱石氏の書簡に、「試験の成績面黒き結果と相成候由、鳥に化して跡を晦まするには好都合なれども文学士の称号を頂戴するには不都合千万なり、君の事だから今二年辛抱し玉へと云はゞなに鳥になるのが勝手だと云ふかも知れぬが、小子の考へにてはつまらなくても何でも卒業するが上分別と存候、願くば今一思案あらまほしう」とあるのがそれに対する返事であり、最後に添えた「鳴くならば満月になけほと、ぎす」の句も、卒業を勧むる意と解せられる。漱石氏も大学退学には反対だったのである。

しかし居士は構わず退学を断行して「日本」に入った。漱石氏は翌年を待って無事に大学を卒業した。二十六年中の居士の日記を見ると、漱石氏来訪の旨を記した後に「孑孑《ぼうふら》の蚊になる頃や何学士」「蕣《あさがお》や君いかめしき文学士」などと、いささか揶揄したような句を記したところがある。

五

「京に著ける夕」の中で漱石氏は「子規は血を嘔いて新聞屋となる、余は尻を端折つて西国へ出奔する。御互の世は御互に物騒になつた」と書いた。居士が喀血してから「日本」に入るまでには、二、三年の歳月を費しているように、漱石氏が大学を出てから都門を去るまでにも、やはり二、三年かかっている。但《ただし》この間にはあまり記すに足るほどの事が見当らない。

漱石氏の俳句もその後著しい発展を示さなかった。二十五年中は「鳴くならば」外一句が居士宛の書簡に記されているに過ぎず、二十六年は一句も無い。二十七年になって「弦音にほたりと落ちる椿かな」「烏帽子著て渡る禰宜あり春の川」「菜の花の中に小川のうねりかな」「小柄杓や蝶を追ひ〳〵小順礼」「春雨や柳の下をぬれて行く」「風に乗て軽くのし行く燕かな」等の句が「小日本」に載っている。漱石氏の俳句が新聞に出たのは、恐らくこの辺が最初であろう。二十四年の句に比べれば大分ととのっては来たが、漱石氏の特色はなお稀薄である。

子規居士が征清の軍に従うべく西下したのより稍々おくれて、漱石氏は居士の郷里松山に赴任した。漱石氏が松山著後、直に居士に手紙を出した時は、已に軍と共に出発した後で、その書は居士の手許に著いたかどうか、とにかく今伝わっていない。その次は五月二十六日、神戸病院宛のもので、「首尾よく大連湾より御帰国は奉賀候へども神戸県立病院はちと寒心致候、長途の遠征旧患を喚起致候訳にや心元なく存候」とある。この書簡に記された七律四首は、「尻を端折つて西国へ出奔する」に至った漱石氏の心境に就て、何者かを語っているように思われる。その二首をここに引用する。

辜負東風出故関　　東風に辜負《こふ》して故関を出づ
鳥啼花謝幾時還　　鳥啼き花謝して幾時か還る

離愁似夢迢々淡
幽思与雲澹々間
才子群中只守拙
小人囲裏独持頑
寸心空托一杯酒
剣気如霜照酔顔
二頃桑田何日耕
青袍敝尽出京城
稜々逸気軽天道
漠々痴心負世情
弄筆慵求才子誉
作詩空博治郎名
人間五十今過半
愧為読書誤一生

離愁　夢に似て迢々《ちょうちょう》淡く
幽思　雲と与に澹々《たんたん》と間かなり
才子の群中に只拙守し
小人の囲《かこ》みの裏に独り頑を持す
寸心　空しく托す一杯の酒
剣気　霜の如く酔顔を照す
二頃の桑田何日か耕す
青袍敝《やぶ》れ尽き京城を出づ
稜々の逸気天道を軽んじ
漠々の痴心世情に負く
筆を弄しては才子の誉を求むるに慵《ものう》く
詩を作りては空しく治郎の名を博す
人間五十年今半を過ぎ
愧《は》ずべくは読書の為に一生を誤るを

その後再び神戸病院に寄せた端書には、追加一律として更に次の一首が認めてあった。

破砕空中百尺楼
巨濤却向月宮流
大魚無語没波底
俊鶻将飛立岸頭
剣上風鳴多殺気
枕辺雨滴鎖閑愁
一任文字買奇禍
笑指青山入予州

破砕す空中百尺の楼
巨濤却つて月宮に向つて流る
大魚語無くして波底に没す
俊鶻《しゅんこつ》将に飛ばんとして岸頭に立つ
剣上に風鳴りて殺気多く
枕辺に雨滴りて閑愁を鎖《とざ》す
一任す文字の奇禍を買ふを
笑つて青山を指し予州に入る

漱石氏は松山に入るに及んで、本当に俳句を作ろうという意を生じたらしい。それは五月二十六日の書簡に「小子近頃俳門に入らんと存候、御閑暇の節は御高示を仰ぎ度候」とあるによって明である。居士は須磨に約一箇月の療養生活を送った後、広島を経て松山に入り、漱石氏の仮寓に同宿した。その結果、松風会同人の日参となり、漱石氏も二階を下りて句会の群に投ずる。即ち「漱石は明治二十八年始めて俳句を作る」ということになるので、これまで夙《つと》に発せらるべくして発せられなかった漱石氏の俳想は、機を得て一時に湧出するの観があった。二十八年の作句だけで四百二十余を算え得るのを見ても、如何に鬱勃たるものがあったかを知るべきであろう。

居士が九月七日碧梧桐《へきごとう》氏に送った書簡に「夏目も近来運座連中の一人に相成候」と書いてある。居士の松山滞在中の仕事としては、「日本」に「養痾雑記《ようあざっき》」「俳諧大要」等の原稿を送る外は、松風会の人々との句作が主なるものであった。その運座に於ける漱石氏の作はどんなものか、全集所収の句稿にはそれらしい句が見当らない。或は居士の「承露盤」に採録してあって、漱石氏の手許に句稿を存せぬ分がそうかとも思うが、俄に断定することは困難である。

この松山滞在中に於ける漱石氏との交渉に就て、居士の書いたものは殆ど無い。僅に

漱石寓居の一間を借りて

桔梗活《い》けてしばらく仮の書斎かな

という句が「寒山落木」に見えるだけであるが、漱石氏の追懐談中にはその片鱗を窺うべきものがある。

御承知の通り僕は上野の裏座敷を借りて居たので、二階と下合せて四間あつた。上野の人が頻りに止める。正岡さんは肺病ださうだから伝染するといけない、およしなさいと頻りにいふ。僕も多少気味が悪かつた。けれども断らんでもいゝと、僕は二階に居る、大将は下に居る。其うち松山中の俳句の門下生が集つて来る。僕が学校から帰つて見ると、毎日のやうに多勢来て居る。僕は本を読む事もどうすることも出来ん。尤も当時はあまり本を読む方でもなかつたが、兎に角自分の時間といふものがないのだから止むを得ず俳句を作つた。夫から大将は昼になると蒲焼を取り寄せて、御承知の通りぴちや〳〵と音をさせて食ふ。夫も相談もなく自分で勝手に命じて勝手に食ふ。まだ他の御馳走を取り寄せて食つたやうであつたが、僕は蒲焼の事を一番よく覚えて居る。夫から東京へ帰る時分に、君払つて呉れ給へといつて澄して帰つて行つた。僕もこれには驚いた。其上まだ金を貸せといふ。何でも十円かそこら持つて行つたと覚えてゐる。夫から帰りに奈良へ寄つて其処から手紙をよこして、恩借の金子は当地に於て正に遣ひ果し申候とか何とか書いてゐる。恐らく一晩で遣つてしまつたものであらう。

居士と漱石氏との交遊に於て、二箇月近くも起臥を共にしたのは、この時だけであろうと思う。九死に一生を得て久しぶりに相見た友人に対し、漱石氏も同情の念を禁じ得なかったに相違無い。居士がかくの如く勝手にふるまい、漱石氏もそれに任せているところに、隔意なき交遊の美しさがある。憾《うら》むらくは当地に於て正に遣ひ果し申候という奈良からの書簡が、今伝わっていない。

居士は松山を去るに臨み、

漱石に別る

行く我にとゞまる汝に秋二つ

の一句を以て留別とした。漱石氏の居士を送る句は「此夕野分に向いてわかれけり」「御立ちやるか御立ちやれ新酒菊の花」「秋の雲たゞむら〳〵と別れかな」「見つゝ往け旅に病むとも秋の富士」の諸句であった。

六

子規居士帰東後の漱石氏は、続々句稿を送ってその批正を求めた。「善悪を問はず出来た丈け送るなり、左様心得給へ、わるいのは遠慮なく評し給へ、其代りいゝのは少しほめ給へ」とある通り、全部を居士に示したもののようである。十二月十四日居士宛の書簡に「承はり候へば日本は又々停止の厄にかゝり候由、十一日より右災難にかゝり候やに承はり候、左すれば十日の分は当地へ参る間敷、若し御手許に御座候はゞ三ページ丈でもよし御郵送被下度候」というのが見えるが、第三ページは即ち俳句所載の面であろう。句稿の批点だけで満足せず、新聞に出たのを見ようとするところに、当時の熱心が窺われる。熊本時代の漱石氏に就て俳句をはじめた寺田寅彦氏の追憶の中に、自分の持って行った句稿が漱石氏から子規居士に送られると、居士が朱を加えて返してくれる、そのうち若干が「日本」の俳句欄に載せられる、「自分も先生の真似をして其新聞を切抜いては紙袋の中に貯へるのを楽しみにして居た」とある。或はこの習慣は松山時代に端を発していて、切抜に欠けたところの出来るのを遺憾としたものかも知れぬ。この年の句稿の中には「雞頭に太鼓たゝくや本門寺」「雲来り雲去る瀑の紅葉かな」「卯の花や盆に奉捨をのせて出る」「初冬や竹切る山の鉈の音」「冬木立寺に蛇骨を伝へけり」「冬籠米つく音の幽かなり」「山寺や冬の日残る海の上」等の如く、前年と面目を異にするのみならず、已にその特色の発揮されたものが少くない。

二十八年の暮に漱石氏はちょっと上京した。これは結婚に関する用事であったらしい。「寒山落木」に

漱石虚子来る

語りけり大つごもりの来ぬところ

漱石来るべき約あり

梅活けて君待つ菴の大三十日

漱石来る

何はなくとこたつ一つを参らせん

その他の句が散見する。この東上のことは早く決定していたらしく、十一月十三日の書簡にも「今冬上京の節は仰せなくとも押しかけて見参仕る覚悟」とあり、十二月十五日のには「偖《さて》東上の時期も漸々近づき一日も早く俳会に出席せんと心待ち居候」とある。上京して居士を訪ねたのが大三十日であったことは、右の句によってわかるが、果して歓迎の俳句会が催されたかどうか文献の徴すべきものが見当らぬ。

漱石氏はその翌年四月、熊本の高等学校に転じ、六月に至って結婚した。「衣更へて京より嫁を貰ひけり」というのがその時の句である。俳稿はこの年も引続き居士の許に送られた。居士は「明治二十九年の俳句界」の中で漱石氏の句を評し、その意匠極めて斬新なる者、奇想天外より来りし者、滑稽思想を有する者等を挙げ、又その句法に特色があって、或は漢語を用い、或は俗語を用い、或は奇なる言いまわしを為すことなどを説いた。「永き日や韋陀を講ずる博士あり」「累々と徳孤ならずの蜜柑かな」「長けれど何の糸瓜《へちま》とさがりけり」「狸化けぬ柳枯れぬと心得て」「冴え返る頃をお厭ひなさるべし」「明月や丸きは僧の影法師」の如きはその一斑に過ぎぬが、同時に「然れども漱石亦一方に偏する者に非ず。滑稽を以て唯一の趣向と為し、奇警人を驚かすを以て高しとするが如き者と日を同うして語るべきにあらず。其句雄健なる者は何処迄も雄健に、真面目なるものは何処迄も真面目なり」と云い、「短夜の芭蕉は伸びてしまひけり」「廻廊の柱の影や海の月」「底見ゆる一枚岩や秋の水」「雑炊や古き茶碗に冬籠」「枕辺や星別れんとする晨」等十数句を例に挙げた。「枕辺や」の句には「内君の病を看護して」という前書がついている。此等の句は悉く一度居士の手許に送られた句稿中のものである。それ以外に「承露盤」にのみ存する句が年々多少あるのは、どういうものかよくわからない。

二十九年は居士が俳句以外に文学的活動を試みようとした最初の年である。九月二十五日の漱石氏書簡にも「大兄近頃は文筆の方は余程御勉強の模様雑誌の広告にて承知仕候、新体詩会抔にも御発起のよし結構に存候、時に竹の里人と申すは大兄の事なるや、序ながら伺ひ上候」と見えている。この時の「竹の里人」は、歌でなしに新体詩の方の署名であった。

三十年に入ると、両者の書簡に往復の迹の見るべきものがある。二月十七日夜の居士の書簡に、本屋から小説を頼まれたことを報じて「併シこれで僕ノ小説が出たら嘘から出た誠だね」と云うと、四月十六日の漱石氏書簡に「近頃小説を物せられたる由広告で拝承、嘘から出た真と相成候にや呵々」と出て来る。この小説は「新小説」に出た「花枕」の事である。

漱石氏が春の休暇を利用して久留米から高良山に遊んだ時、久留米の古道具屋で士朗と淡々の軸を手に入れ、これを居士に贈った。「勿論双方とも真偽判然せず、且《かつ》士朗の句月花を捨て見たれば松の風といふは過日差上候梅室の句と同じ様に記臆致し居候、元来の駄句と存候に如何なれば色々の俳人の筆に登るにや、是も偽物の一証かもしれずと存候、然し疎画は句よりも中々風韻ある様見受申候、淡々の方は画は三文の価値も無之、字は少々見処あり、句に至つては矢張り駄の方と存候、是も偽物かもしれず、何せよ御笑草にまで御覧に入候」ということであったが、居士はこれに対して「掛物二幅恵贈多謝、淡々ハ真ナラン、士朗ハ偽カ」と答えている。前年熊本赴任後の書簡に「俳書少々当地にて掘り出す積りにて参り候処案外にて何もなく失望致候」ということがあった。

俳書の方は格別の発見も無かったらしいが、旅先でこんな軸を手に入れたので、病牀の慰に贈ったものであろう。

四月二十日虚子氏に宛てた居士の書簡に「夏目に東京へ出るやうにすゝめ候へども今の学校への義理ありとて東京のよき口まで断り候由、義理堅き男に候」ということがある。これは居士が外務省の翻訳官にならぬかということを勧めたのに対する返事だったのであろう。この事は四月十六日の漱石氏の書簡にあるが、同二十三日の分に更に委《くわ》しく記されている。「仙台の高中に目下行き度考なし、仙台は愚か東京の高等学校でも多分は辞する考なり、否教師をして居る位なら当分現在の地位にて少し成績を現はしたる後にて動きたし、過日高等商業学校長小山より中根を介して年俸千円高等官六等にて来ぬかと申し来り、中根も金の不足あるならば月々補助するから帰京せよとまで勧めたれど、一方にては当地の校長は是非共居つて呉れねば困ると懇々の依頼なりし故、宜しい貴公が夫程小生を信じて居るならば小生も出来る丈の事はすべし、又教師として世に立つ以上は先づ当分の処御校の為に尽力すべしと明言したり、且此語は校長のみならず、山川を呼ぶ時にも明答に及びたる次第、目下仮令如何なるよき口ありとも自ら進んで求むるの意なく候」

居士が翻訳官のことを持出したのは、加藤恒忠氏が課長だった関係であろう。漱石氏は翻訳官の仕事に自信の無い旨を述べ、「尊叔が課長なれば非常の好都合なれど自信なき事に周旋を頼み後に至り君及び加藤氏に迷惑がかゝりては気の毒故、其職掌事務等詳細の事相分り是ならば随分君の面目を損する事なく遣つて行けるといふ見込がつく迄は先づ差し控た方可然と愚考致候」という意見であった。これに就ては更に五月三日の居士の書簡を参照しなければならぬ。

某商業学校ヲ出デ、翻訳課ニ入ル、君ヲ聘セントシタルハ其後釜ナリシナラン、僕ノ君ヲ招キシハ其先釜ナリシナリ、奇々妙々
誰カ翻訳官ヲ難シトイフ、其人ヲ見レバ一笑

この年居士は春以来大患に悩まされつつあった。六月十六日の漱石氏宛書簡に具に病状を述べ、「病来殆と手紙を認めたることなし、今朝無聊軽快に任せくり事申上候、蓋し病牀に在ては親など近くして心弱きことも申されねば却て千里外の貴兄に向つて思ふ事もらし候、乱筆の程衰弱の度を御察被下度候」と云っているのは同情に値する。「余命いくばくかある夜短し」「障子あけて病間あり薔薇を見る」というのがこの病中の感懐であった。

同じ書簡に「貴兄此夏帰省するや否や」とあるが、漱石氏は夏季休暇を待って東上した。七月十六日の碧梧桐氏宛書簡に「来る十八日(日曜)午後より拙宅に於て臨時小集相催度御光来願上候、漱石がやりたさう故催し申候」とあるので、その頃已に東京に在ったことがわかる。漱石氏滞京中の句会はその後も三回あった。八月七日、八月二十二日、九月四日である。而して漱石氏は九月六日の一番で西下した。居士は「秋雨蕭々汽車君をのせて又西に去る、鳥故林を恋はず、遊子客地に病む、万縷尽さず、只再会を期す、敬具」という一書をしたためて送った。帰熊後の漱石氏からの端書には「小生海陸無事昨十日午後到著致候、途上秋雨にて困却す、当地残暑劇し」とあって、「今日ぞ知る秋をしきりに降りしきる」の一句が添えてある。蕭々たる秋雨は道中ずっと降通したものらしい。前日の居士の書簡には記されていないが、「萩芒来年逢んさりながら」「秋の雨荷物ぬらすな風引くな」という送別の句もこの際の作である。ただ居士の期した再会の機は、この翌年も翌々年も遂に来なかった。

七

三十一年一月四日の「日本」に漱石氏の「失題」という文章が掲げられた。「われ一転せば猿たらん、われ一転せば神たらん」と筆を起し、「生れ得てわれ御目度顔の春」

の一句を以て結んだものである。全集に収められているのと多少辞句を異にするところもあるが、意味が変るほどのことも無い。「日本」には他に因縁が無いから、勿論居士の手を経て載ったのであろう。署名は「愚陀仏庵漱石」とある。これは二十八年の句に「愚陀仏は主人の名なり冬籠」というのがあり、漱石氏の別号と見るべきものかと思う。句稿には「愚陀拝」「愚陀仏拝」などと記されたものが多く、居士の書簡にも「健愚陀和上」という宛名になっているのがあった。

この年になって居士の新に著手した歌の方面には、漱石氏はあまり交渉が無かった。虚子氏宛書簡(三月二十一日)に「子規子病気は如何に御座候や、其後是も久しく消息を絶し居候事とて頓と様子も分らず候へども近頃は歌壇にての大気燄に候へば先々あしき方にてはなかるまじと安心致居候」とある。居士が漱石氏宛に「歌につきては内外共に敵にて候」という書簡を送ったのは、三月二十八日であった。漱石氏の歌は三十二年に「赤き烟黒き烟の二柱真直に立つ秋の大空」「山を劈《さ》いて奈落に落ちしはたゝ神の奈落出でんとたける音かも」という阿蘇山の二首があるが、特に居士の影響と見るほどのこともあるまい。

松山時代の「ほとゝぎす」には漱石氏も時に俳句を寄せる位のことであったが、東京に遷るに及んで、時折何か寄稿することになった。居士もこの事は最初から予定に入れていたらしく「夏目には英文学のなにかを頼むつもりなり、但し次号ならねば間にあはず」と虚子氏宛書簡に書いてある。漱石氏は先ず東遷後の第二、第三両号に亙り、糸瓜先生の名を以て「不言の言」を寄せ、次いで三十二年四月には「英国の文人と新聞雑誌」を掲げた。散文に於ける漱石氏と「ホトトギス」との因縁は、この辺からはじまる。偶々《たまたま》居士の病状稍々よろしからず、虚子氏も亦山竜堂に入院する等の事があった為、漱石氏が「小説『エイルヰン』の批評」という長いものを草して、急を補ったことなどもある。

三十一年四月十九日、虚子氏に宛てた居士の書簡に、

此間漱石ヨリノ来簡ニ自己ノ碌々タルヲ説キ、次ニ「蕪村以来の俳人といはる丶貴兄と同日の談にあらず」ト書イテアツタノデ大ニセケタネ、其返事ニ「僕でも尋常の健康であつて細君を携へて百円もらつて田舎へひつこむのならいつでもやりたいのだ」ト書テヤラーカト思ツテルノダガ、又オコラレテモ困ルカラマダヤラズニヰル

とあるが、この漱石氏の書簡は全集に見えない。但子規居士は自己の天職に就て、夙に

達観するところがあった。三十二年十二月の漱石氏宛の書簡にある左の一節の如きは、慥《たしか》にその一端を洩したものである。

小生の頭は一刻も平和といふ事なけれど全く平和の境涯も永くは得処るまじく、矢張忙中に閑を求め煩悶の中に平和を求むるが適当致居候にや、随分困つた人間ニ生れたるものに候、固より平和の境涯がほしいからといふても今更そんな方に小生を容るゝの余地は無之、田舎の中学で二十円の雇夫子たるに満足せぬ以上はいくら苦しくとも一生懸命に筆と原稿紙にしがみついて居らねば喰ふ道はなかるべく候、朝は寐る、昼は人が来る、夜は熱が出る、熱を侵して筆を取るか、又は熱さめて後夜半より朝迄筆取るか、いづれにしても体は横寐、右を下、右の肱をついて、左の手に原稿紙を取りて、物書くには原稿紙の方より動かして行く、不都合な事、苦しい事、時間を要する事、意到つて筆従はざるために幾度か蹉跌《さてつ》して勢のぬける事、弊害と困難は数へきれぬ程に候、其上に外出して材料を拾ひ出す事が出来ぬといふ大不便あり、仏様に聞たら小生の前身は余程の悪人なりし事と存候

思ひやるおのか前世や冬こもり

何事もあきらめて居るふゆ籠
湯婆《ゆたんぽ》燈炉あたゝかき部屋の読書哉
釈迦に問ふて見たき事あり冬籠

三十三年二月十二日夜、漱石氏に寄せた長文の書簡は、已にその一部を羯南翁の条に引用した。「例の愚痴談だからヒマナ時に読んで呉れ玉へ、人に見せては困ル、二度読マレテハ困ル」と書出してあるが、そう直に本文には入らない。奮発して書こうと思った原稿が咳に妨げられて書けなくなった為、一転してこの手紙を書くに至ったという経過が、かなり悠々と記されている。その間には「寅彦時々来る」とか、漱石氏から贈られた金柑に就て「金柑御送被下候由ノ御手紙ニ接シ何事カト少シ怪ミ候処、大金柑ニ接シ皆々驚キ申候、鳴雪翁ヒネリマハシテ見テ曰ク、ドウシテモ金柑ヂヤ、外ノ者ヂヤナイ、藤叔曰ク、コリヤ金柑ヂヤナイ、小生曰ク、此金柑ヲ寒イ処へ植ルト小サクナルノデアロウ、皆々曰ク、マサカ」というような、頗《すこぶ》る月並ならざる挨拶が介在して、然る後徐に羯南《かつなん》翁の上に移るのである。あらゆる居士の書簡の中で、最もしみじみと胸懐を吐露したものの一であろう。前に引用するに及ばなかった箇所を、少し挙げて置きたいと思う。

僕ハ「落泪」トイフ事ヲ書イタノヲ君ハ怪ムデアローガソレハネ斯ウイフワケダ。君ト二人デ須田へ往テ僕モ眼ヲ見テモラウタコトガアル。其時須田ニ「ドンナ病気カ」ト聞イタラ須田ハ「涙ノ穴ノ塞ガッタノダ」トイフタ。其時ハ何トモ思ハナカツタガ今思ヒ出スト余程面白イ病気ダ。其頃ハソレガタメデモアルマイガ僕ハ余リ泣イタコトハナイ。勿論咯血後ノコトダガ、一度、少シ悲シイコトガアツタカラ、「僕ハ昨日泣イタ」ト君ニ話スト、君ハ「鬼ノ目ニ涙ダ」トイツテ笑ツタ。ソレガ神戸病院ニ這入ツテ後ハ時々泣クヤウニナツタガ、近来ノ泣キヤウハ実ニハゲシクナツタ。何モ泣ク程ノ事ガアツテ泣クノデハナイ。何カ分ランコトニ一寸感ジタト思フトスグ涙ガ出ル。僕ガ旅行中ニ病気スル、ソレヲ知ラヌ人ガ介抱シテクレルトイフコトヲ妄想スル、ソレガモー有難クテハヤ涙ガ出ル。不《ふ》折《せつ》ガ素寒貧カラ稼イデ立派ナ家ヲ建テタト思フト感ニ堪ヘテ涙ガ出ル。僕ガ生キテ居ル間ハ「ホト、ギス」ヲ倒サヌト誓ツタコトガアルト思フトモー涙ガ出ル……(落泪)

居士はこの後に涙の出る実例をいくつか列挙し、「家族ノ事ナドハ却テ思ヒ出シテモ泪ノナイ事ガ多イ。ソレヨリモ今年ノ夏、君ガ上京シテ、僕ノ内へ来テ顔ヲ合セタラ、ナド、考ヘタトキニ泪ガ出ル。ケレド僕ガ最早再ビ君ニ逢ハレヌナド、思フテ居ルノデハナイ。併シナガラ君心配ナドスルニハ及バンヨ。君ト実際顔ヲ合セタカラトテ僕ハ無論泣ク気遣ヒハナイ。空想デ考ヘタ時ニ却々泣クノダ。昼ハ泣カヌ。夜モ仕事ヲシテ居ル間ハ泣カヌ。夜ヒトリデ、少シ体ガ弱ツテヰルトキニ、仕事シナイデ考ヘテルト種々ノ妄想ガ起ツテ自分デ小説的ノ趣向ナド作ツテ泣イテ居ル。ソレダカラ一寸涙グンダバカリデスグヤム。ヤムトモー馬鹿ゲテ感ゼラル。狐ツキノ狐ガノイタヤウダ」という自己客観の態度に出ている。だから

併シ君、此愚痴ヲ真面目ニウケテ返事ナドクレテハ困ルヨ。ソレハネ妙ナモノデ、嘘カラ出タ誠トイフノハ実際屢々感ジルコトダガ、女郎デモハジメハイ、加減ニ表面ニオ世辞イツテヰタ男ニツイホレルヤウナモノデ、僕ノ空涙《カラナミダ》デモ繰返シテヰルト終ニ真物ニ近ツイテクルカモ知レヌカラ。実際君ト向合フタトキ君ガストーヴコシラエテヤロカトイフタトテ僕ハ「ウン」トイツテル位ノモノデ泣キモセヌ。ケレドモ手紙デソーイフコトヲイハレルト少シ涙グムネ。ソレモ手紙ヲ見テスグ涙モ何モ出ヤウトモセヌ。只夜ヒトリ寝テヰルトキニフトソレヲ考ヘ出スト泣クコトガアル。自分ノ体ガ弱ツテヰルトキニ泣クノダカラ老人ガ南無アミダ〳〵トイツテ独リ泣イ

テルヤウナモノダカラ、返事ナドハオコシテクレ玉フナ。君ガ之ヲ見テ「フン」トイツテクレ、バソレデ十分ダ。

というのである。ストーヴのことは前の手紙に「煖炉の事難有候」とあったから、何か漱石氏から申送ったことがあるのであろうが、その書簡は伝わっていない。居士は自分の愚痴っぽくなったことに就て「コレ程僕ヲ愚痴ニシタノハ病気ダヨ」と云い、「僕もめゝしいことでいひたくないのだ。けれどいはないでゐるといつ迄も不平が去らぬ。斯う仰山にいつてしまふとあとは忘れたやうになつて心が平かになる。……これだけ書くと僕も夢のさめたやうになつたからもはややめる。さうなると君が馬鹿ナ目ヲ見タト腹立てハしないかと思ふやうになつてくる。ゆるしてくれ玉へ」とも云っている。「病牀に在ては親など近くして心弱きことも申されねば却て千里外の貴兄に向つて思ふ事もらし候」という先年の言葉は、ここにも当嵌るのかも知れない。居士は「他人に見られてハ困る」と云って、この書簡を書留にしたのであるが、今読んで見ても、実に瑕瑜《かゆ》掩わざる真人に接するような気がする。漱石氏も居士の意を酌んで何も云ってやらなかったものであろう。この返事も全集には見当らない。

八

漱石氏が英国留学と決したのは三十三年の六月であった。当時の居士の書簡にこういうのがある。

拝啓

夏橙壱函只今山川氏より受取難有御礼申上候

御留学の事新聞にて拝見、いづれ近日御上京の事と心待ニ待居候

先日中は時候の勢かからだ尋常ならず独りもがき居候処、昨日熱退き其代り昼夜疲労の体にてうつら〳〵と為すこともなく臥り居候

ホト、ギスの方ハ二ケ月余全ク関係せず、気の毒ニ存候へとも此頃ハ昔日の勇気なく迚《とて》もあれもこれもなど申事ハ出来ず、歌よむ位が大勉強之処に御座候、小生たとひ五年十年生きのびたりとも霊魂ハ最早半死のさまなれは全滅も遠からすと推量被致候

年を経て君し帰らば山陰のわかおくつきに草むしをらん

風もらぬ釘つけ箱に入れて来し夏だい〳〵はくさりてありけり(ミナニアラズ)

余譲面晤　不悉

六月二十日　　　　　　　　　　規

漱　石　兄

試験ト上京ト御多忙ノコトト存候

居士がガラス罎に挿した東菊を写生して「東菊活けて置きけり火の国に住みける君が帰り来るかね」の一首を題し、「是は萎み掛けた所と思ひ玉へ。下手《まず》いのは病気の所為《せい》だと思ひ玉へ。嘘だと思はゞ肱を突いて描いて見給へ」という註釈をつけて、漱石氏の許へ送って来たのは、日時を明《あきらか》にせぬが、多分その後の事であろう。漱石氏は後年「子規の画」という文章の中で、花一輪、蕾二つ、葉九枚の東菊を画く為に「非常な努力を惜しまなかつた様に見える」と云い、「是程の骨折は、たゞに病中の根気仕事として余程の決心を要するのみならず、如何にも無雑作に俳句や歌を作り上げる彼の性情から云つても、明らかな矛盾である」と云った。即ち「才を呵《か》して直ちに章をなす彼の文筆が、絵の具皿に浸ると同時に、忽ち堅くなつて、穂先の運行がねつとり竦んで仕舞つたのかと思ふと、余は微笑を禁じ得ない」というのであるが、この文章の最後の一節は、東菊の画のみならず、漱石氏の眼に映じた居士というものに触れて来るから、特に引用して置きたい。

子規は人間として、又文学者として、最も「拙《せつ》」の欠乏した男であつた。永年彼と交際をした何の月にも、何の日にも、余は未だ曽て彼の拙を笑ひ得るの機会を捉へ得た試しがない。又彼の拙に惚れ込んだ瞬間の場合さへ有《も》たなかつた。彼の歿後殆ど十年にならうとする今日、彼のわざわざ余の為に描いた一輪の東菊の中に、確かに此一拙字を認める事の出来たのは、其結果が余をして失笑せしむると、感服せしむるとに論なく、余に取つては多大の興味がある。たゞ画が如何にも淋しい。出来得るならば、子規に此拙な所をも少し雄大に発揮させて、淋しさの償ひとしたかつた。

漱石氏は留学前に上京し、三年ぶりで居士の病牀を訪れた。これが最後の対面になったことは云うまでもない。居士は当時の「ホトトギス」の「消息」で次のように述べている。

漱石氏は二年間英国留学を命ぜられ此夏熊本より上京、小生も久々にて会談致候。

去る九月八日独逸船に乗込横浜出発欧洲に向はれ候。小生は一昨々年大患に逢ひし後は洋行の人を送る毎に最早再会は出来まじくといつも心細く思ひ候ひしに、其人次第々々に帰り来り再会の喜を得たる事も少からず候。併し漱石氏洋行と聞くや否や、迚も今度はと独り悲しく相成申候。

渡欧後の漱石氏からは三十四年に入って何回か長文の消息があった。居士がそれを喜んで「ホトトギス」に掲げたのが「倫敦《ロンドン》消息」である。これは後に俳書堂から出た「写生文集」にも収めてあるが、漱石氏後年の文章に繋るものとしては、第一に「倫敦消息」を挙げなければなるまいと思う。漱石氏がこの消息を寄せたのは、一に病中の居士を慰むるに在ったので、新しい世界に於ける見聞を「ホトトギス」で募集している日記体に書いて見せようとしたのであるが、一流の滑稽と警句とは全篇に漲っている。漱石氏の滑稽趣味に就ては、居士は「明治二十九年の俳句界」の中でこれを云い、漱石氏洋行後の「墨汁一滴」にも「我俳句仲間に於て俳句に滑稽的趣味を発揮して成功したる者は漱石なり。漱石最もまじめの性質にて学校にありて生徒を率ゐるにも厳格を主として不規律に流るゝを許さず」という一節がある。漱石氏の小説に於て大きな特色をなした滑稽と警句が「倫敦消息」に萌芽を発しているのは、慥に興味ある事実でなければならぬ。その傾向は「不言の言」以下の諸篇にも絶無ではなかったにしろ、「倫敦消息」の如くふんだんに磅礴《ほうはく》しているのとは、同日に談ずることが出来ない。

居士と漱石氏とは大学予備門以来の友人であり、当年同学の士の漸く方向を異にする者の多い中に在って、常に交遊の渝《かわ》らぬ珍しい間柄であったに拘らず、これまで居士の書いた文章の中に漱石氏の事はあまり見当らなかった。「墨汁一滴」に至ってその名が頻出するのは、遥にロンドンの空を想いやると同時に、過去を追憶する機会が多かったものであるかどうか、とにかく注意すべき現象である。

東京に生れた女で四十にも成つて浅草の観音様を知らんと云ふのがある。嵐雪《らんせつ》の句に

五十にて四谷を見たり花の春

と云ふのがあるから、嵐雪も五十で初めて四谷を見たのかも知れない。これも四十位になる東京の女に余が筍《たけのこ》の話をしたら其の女は驚いて、筍が竹になるのですかと不思議さうに云ふて居た。此女は筍も竹も知つて居たのだけれど、二つの者が同じものであると云ふ事を知らなかつたのである。しかしこの女らは無智文盲だから特

にかうであると思ふ人も多いであらうが、決してさう云ふわけではない。余が漱石と共に高等中学に居た頃漱石の内《うち》をおとづれた。漱石の内は牛込の喜久井町で田圃《たんぼ》からは一丁か二丁しかへだたつてゐない処である。漱石は子供の時からそこに成長したのだ。余は漱石と二人田圃を散歩して早稲田から関口の方へ往たが、大方六月頃の事であつたらう、そこらの水田に植ゑられたばかりの苗がそよいで居るのは誠に善い心持であつた。此時余が驚いた事は、漱石は、我々が平生《へいぜい》喰ふ所の米は此苗の実である事を知らなかつたといふ事である。都人士《とじんし》の菽麦《しゆくばく》を弁ぜざる事は往々此の類である。若し都の人が一匹の人間にならうと云ふのはどうしても一度は鄙住居をせねばならぬ。

後年芥川龍之介氏がこの話の真偽を漱石氏に質したら、「僕も稲から米のとれる位のことはとうの昔知つてゐたさ。それから田圃に生える稲も度たび見たことはあるのだがね。唯《ただ》その田圃に生えてゐる稲は米のとれる稲だと云ふことを発見することが出来なかつたのだ。つまり頭の中にある稲と眼の前にある稲との二つをアイデンテイフアイすることが出来なかつたのだね。だから正岡の書いたことは一概に譃とも云はなければ、一概にほんたうとも云はれないさ」という返事だったそうである。必ずしも誇張の談では無かったらしい。

「墨汁一滴」にはもう二箇所、漱石氏に関することがある。一つは前に引いた試験準備の為に大宮に行った時の話であるが、他の一つは次のような話である。

漱石が倫敦の場末の下宿にくすぶつて居ると、下宿屋の上《かみ》さんが、お前トンネルといふ字を知つてるかだの、ストロー（藁《わら》）といふ字の意味を知つてるか、などと問はれるので、さすがの文学士も返答に困るさうだ。此頃伯林《ベルリン》の灌仏会に滔々として独逸《ドイツ》語で演説した文学士なんかにくらべると、倫敦の日本人は余ほど不景気と見える。

これは「倫敦消息」の中に、下宿の姉妹の姉の方に就て、「一寸小生の気に入らない点を列挙するならば、第一生意気だ、第二知つたか振りをする、第三詰らない英語を使つてあなたは此字を知つて御出でですかと聞く事がある。一々勘定すれば際限がない。先達てトンネルと云ふ字を知つて居るかと聞いた。夫から straw 即ち藁といふ字を知つて居るかと聞いた。英文学専門の留学生もかうなると怒る張合もない」と書いてあったのに拠るのであるが、この「墨汁一滴」の事は「吾輩は猫である」の中巻の序に出て来る。

子規はにくい男である。嘗《かつ》て「墨汁一滴」か何かの中に、独逸では姉崎や、藤代が独逸語で演説をして大喝采を博してゐるのに漱石は倫敦の片田舎の下宿に燻ぶつて、婆さんからいぢめられてゐると云ふ様な事をかいた。

又こうも云っている。

子規がいきて居たら「猫」を読んで何と云ふか知らぬ。或ひは「倫敦消息」は読みたいが「猫」は御免だと逃げるかも分らない。然し「猫」は余を有名にした第一の作物である。有名になつた事が左程の自慢にはならぬが、「墨汁一滴」のうちで暗に余を激励した故人に対しては、此作を地下に寄するのが或は恰好かも知れぬ。季子は剣を墓にかけて、故人の意に酬いたと云ふから、余も亦「猫」を碣頭に献じて、往日の気の毒を五年後の今日に晴らさうと思ふ。

「倫敦消息」「墨汁一滴」「吾輩は猫である」の三つが輪のように繋っている中に、もう一つ挿まなければならぬのは、倫敦に送った居士最後の書簡である。

僕ハモーダメニナツテシマツタ、毎日訳モナク号泣シテ居ルヤウナ次第ダ、ソレダカラ新聞雑誌ヘモ少シモ書カヌ。手紙ハ一切廃止。ソレダカラ御無沙汰シテスマヌ。今夜ハフト思ヒツイテ特別ニ手紙ヲカク、イツカヨコシテクレタ君ノ手紙ハ非常ニ面白カツタ。近来僕ヲ喜バセタ者ノ随一ダ。僕ガ昔カラ西洋ヲ見タガツテ居タノハ君モ知ツテルダロー、ソレガ病人ニナツテシマツタノダカラ残念デタマラナイノダガ、君ノ手紙ヲ見テ西洋ヘ往タヤウナ気ニナツテ愉快デタマラヌ。若シ書ケルナラ僕ノ目ノ明イテル内ニ今一便ヨコシテクレヌカ(無理ナ注文ダガ)

画ハガキモ慥ニ受取タ。倫敦ノ焼芋ノ味ハドンナカ聞キタイ。

不折ハ今巴理《パリ》ニ居テコーランノ処ヘ通フテ居ルサウヂヤ。君ニ逢フタラ鰹節一本贈ルナド、イフテ居タガモーソンナ者ハ食フテシマツテアルマイ。

虚子ハ男子ヲ挙ゲタ。僕ガ年尾トツケテヤツタ。

錬卿死ニ非《ひ》風《ふう》死ニ皆僕ヨリ先ニ死ンデシマツタ。

僕ハ迚モ君ニ再会スルコトハ出来ヌト思フ。万一出来タトシテモ其時ハ話モ出来ナクナツテルデアロー。実ハ僕ハ生キテヰルノガ苦シイノダ。僕ノ日記ニハ「古白曰来」ノ四字ガ特書シテアル処ガアル。

書キタイコトハ多イガ苦シイカラ許シテクレ玉へ。

明治三十四年十一月六日灯下ニ書ス

東京　子規拝

倫敦ニテ

漱石　兄

この書簡は勿論「吾輩は猫である」の序に引用してあり、「美濃紙へ行書でかいてある。筆力は垂死の病人とは思へぬ程慥である」という説明がついている。この書簡と、東菊の画と、前に引いた「秋雨蕭々」という短い書簡とを一緒に表装した軸をかつて一見したことがあった。居士が「倫敦消息」を喜び、次の便を渇望していた模様は、右の書簡によって十分推察出来る。漱石氏が「往日の気の毒を五年後の今日に晴らさう」というのは、「書キタイコトハ多イガ苦シイカラ許シテクレ玉へ」という垂死の居士の希望を、遂に満足させなかったことを指すのである。

九

その後の居士と漱石氏とに就ては、記すことが殆ど無い。三十四年十二月四日の漱石氏書簡は、「僕ハモーダメニナッテシマッタ」の一書を受取ってから出したか、行違いになったものかわからぬが、居士に宛てたものとしてはこれが最後になった。「若シ書ケルナラ僕ノ目ノ明イテル内ニ今一便ヨコシテクレヌカ」という居士の註文に対し、「情誼上何か認めてやりたいとは思つたもの丶、こちらも遊んで居る身分ではなし、さう面白い種をあさつてあるく様な閑日月もなかつたから、つい其儘にして居るうちに子規は死んで仕舞つた」と漱石氏は云っている。「書きたいことは多いが苦しいから許してくれ玉へとある文句は露佯りのない所だが、書きたい事は書きたいが、忙がしいから許してくれ玉へと云ふ余の返事には少々の遁辞が這入つて居る。憐れなる子規は余が通信を待ち暮らしつ丶、待ち暮らした甲斐もなく呼吸を引き取つたのである」ともある。だから「此手紙を見る度に何だか故人に対して済まぬ事をしたやうな気がする」というのである。

子規居士の訃はロンドンの漱石氏の許に達した。三十五年十二月一月、虚子氏宛の書簡にはこう書いてある。

啓子規病状は毎度御恵送のほとゝぎすにて承知致候処、終焉の模様逐一御報被下奉謝候、小生出発の当時より生きて面会致す事は到底叶ひ申間敷と存候、是は双方とも同じ様な心持にて別れ候事故今更驚きは不致、只々気の毒と申より外なく候、但しかゝる病苦になやみ候より早く往生致す方或は本人の幸福かと存候、倫敦通信の儀は子規存生中慰藉かた〴〵かき送り候筆のすさび取るに足らぬ冗言と御覧被下度、其後も何かかき送り度とは存候ひしかど、御存じの通りの無精ものにて其上時間がないとか勉強をせねばならぬ抔と生意気な事ばかり申しつゝい〳〵御無沙汰をして居る中に故人は白玉楼中《はくぎょくろうちゅう》の人と化し去り候様の次第、誠に大兄等に対しても申し訳なく亡友に対しても慚愧の至に候

同人生前の事につき何か書けとの仰せ承知は致し候へども何をかきてよきや一向わからず、漠然として取り纏めつかぬに閉口致候

同じ書簡に追悼の句が記されている。

倫敦にて子規の訃を聞きて

筒袖や秋の柩にしたがはず

手向くべき線香もなくて暮の秋

霧黄なる市に動くや影法師
きりぐ〳〵すの昔を忍び帰るべし
招かざる薄に帰り来る人ぞ

当時漱石氏は数日中に、ロンドンを発して帰朝せんとする際であった。居士に関する漱石氏の文章は、帰朝後も改めて草する遑《いとま》が無く、四十一年の七回忌に追懐談が出たのみであったが、居士の遺業たる「ホトトギス」は漱石氏の為に文学的活動の舞台を提供することになった。「自転車日記」を振出として、俳体詩、連句から遂に「吾輩は猫である」の大作となり、一転して大学より「朝日新聞」に移るまでの経過は、或は誰も予想せぬ出来事だったかも知れない。その後に於ける漱石氏を説くことは、自ら本書の範囲外に属する。ただ漱石氏の文学の発端が居士との因縁から生れたことは、この二大文学者を永久に繋ぐものとして、両者の交遊以外に特筆されねばならぬところであろう。

五百木飄亭

一

子規居士はその一生を通じて、その名の示す常規を外れたことが殆《ほとん》ど無かった。強いて挙げれば二十五年の落第を機として、大学を去った一事位のものであるが、半途退学は当時に於《お》ける一種の空気の現れであり、少しく誇張の言を弄するならば、明治の文運は半途退学者に負うところが少くなかったと云っても差支無い位だから、居士に就《つ》いて特筆大書するほどの事とも思われぬ。そこへ行くと居士をして「小生の落第を喜ぶもの広き天下に只《ただ》貴兄一人矣《かな》」と叫ばしめた五百木飄亭《いおぎひょうてい》氏の一生は、常則を以て律すべからざる変化を極めている。丁年以前に医者の免状を獲得しながら、東上して常盤《ときわ》会寄宿舎に入ったのをはじめとして、三年の兵営生活を了《お》えると、忽《たちまち》にして「小日本」の記者となり、薬剤や検温器と絶縁する。日清戦争に召集を受け、看護長として各地に活動する傍、犬骨坊の名で「日本」に送った「従軍日記」が異彩を放って、凱旋と同時に「日本」社中の人となる。議会係として健筆を揮った結果、貴族院方面に因縁を生じ、近衛霞山公の知遇を得て雑誌「東洋」の事に与《あずか》る。遂に表面に立たざる政客として、終生大陸問題に没頭するに至るまで、悉《ことごと》く常人の予断を許さず、或《あるい》は飄亭氏自らも予期せざる変化だったのかもわからない。居士の周囲に現れた人の中で、最も変った径路を辿った点から云えば、飄亭氏に第一指を屈せざるを得まいと思う。

飄亭氏は居士と同郷であり、河東静渓《かわひがしせいけい》翁の塾に学んだ一人であるが、松山時代には居士と相識る機会が無かった。医者の免状を得て後、大阪から東京へ出たのはドイツ語修業の目的だったという。飄亭氏をモデルにしたらしい「山吹の一枝」という合作小説の中に「明治二十二年六月何日と云ふ日東京に著しぬ」とあるのが、実際東上の時日を示しているのであろう。居士はこの年の五月九日に喀血し、七月初旬に帰省の途に就《つ》いている。飄亭氏の常盤会入舎は何時かわからぬが、帰省以前には居士と逢うに至らなかったのである。

飄亭氏と子規居士との交渉は、同年秋、月明に乗じて新海非風氏と共に居士を訪ねたことにはじまる。当時居士は暫《しばら》く常盤会寄宿舎に入らず、不忍《しのばず》池畔に下宿していた。飄亭氏は常盤会寄宿舎に入って非風氏と相識り、共に居士を訪うことになったのであろう。非風氏と共に居士を訪う以上、それより前から心中に文学趣味の磅礴《ほうはく》するものがあったに相違無い。盆に盛られた梨を食べながら、小説などを論じた後、三人は月夜の上野を散歩した。旧パノラマのあたりがその頃桃林だったので、「むかし桃園に三傑義を結ぶことあり、今や三傑亦此《またこの》桃林に会すなどと頻《しきり》に豪傑がつてゐました」と「夜長の欠《あく》び」に見えている。非風氏が「大空に月より外はなかりけり」の一句を得、皆及ぶべからずとしたというのもこの夜の事であった。

桃林の三傑は居士の寄宿舎に帰ると共に、舎内に於《おい》て文学の誼《よしみ》を結んだ。当時舎生の一部から攻撃された文学熱なるものは、居士一人というよりも寧《むし》ろ三傑を中心として生れたものと見るべきであろう。二十三年二月十二日、寄宿舎内に開かれた「もみぢ会」の如き、はじめは雑然たる集りに過ぎなかったけれども、中心をなす三傑の興味は先《ま》ず小説熱となって現れた。前に挙げた「山吹の一枝」なども、その小説熱を記念する産物で、「落花紛々」という合作小説には、三傑以外に竹村黄塔《こうとう》、藤野古白《こはく》両氏も加っていたかと思う。飄亭氏はこの種の試に於て、常に居士と歩を共にしていたのみならず、一方では「富士のよせ書」のような仕事にも協力していた。「富士のよせ書」は末永鉄巌《てつがん》氏の条に記した通り、富士に関する古今の文学を蒐録したもので、居士の学者的努力が早く学生時代に現れている一例であるが、飄亭氏協力の分量も相当多きに達している筈《はず》である。居士の身辺に在って、こういう根気仕事を続け得る人を物色すれば、第一に飄亭氏を挙げなければなるまい。寄宿舎時代の氏には居士と共通する点が少くなかった。非風氏がはじめ非凡と号した如く、飄亭氏は隠居と号していた。飄亭の号は何時頃《いつ》からかわからぬが、二十四年八月二十一日の居士の書簡には「飄ていさま」と書いてあるから、それ以前に定められたものと思われる。飄亭氏は早く老成していた。丁年以前に隠居と号する一事は、偶々《たまたま》以てその風丰《ふうぼう》を想見することが出来る。

常盤会寄宿舎内の文学熱は二十三年末、非風、飄亭両氏の入営によって一頓挫を見るに至った。非風氏は近衛砲兵、飄亭氏は近衛歩兵と各々《おのおの》所属部隊を異にした上に、日夕猛烈な新兵教育を受ける為、暫くの間は文学研究にも遠ざからざるを得ぬ形であったが、それでも日曜には必ず居士のところに集って、閑談に耽ることを忘れなかった。明治二十四年の春、一時上京して常盤会寄宿舎に在った碧梧桐《へきごとう》氏は、「子規を語る」の中に当時を回想して「兵隊の服装をした人が、日曜によく子規の処に遊びに来た」と云い、「飄亭は故郷で父の千舟学舎の塾生であったこともあり、十九で医者の前期後期の免状もとつた秀才といふので、会へばきつと言葉をかはしながら、心から親しむ気持よりも、遠くから尊敬してゐる心持だつた。まだ丁年前後の若さでありながら、物に動じない落着きと、深く物を考へ入つてゐるとも見える凹んだ羊のやうな目つきとは、大抵の人が人相を一変する兵隊の幾何学的の線の交錯と、生まく〵しい原色の露出である色彩でさへも覆ひ紛らすことは出来なかつた。飄亭は生れつき色が黒かつた。が、其《そ》の色の黒さは、此人《この》がどういふ未来を持つかの運命の謎を一層深くするのに役だつてゐた」と述べている。飄亭氏の未来に繫る運命の謎を、中学生たる碧梧桐氏が解き得なかったのは無理も無い。当時の飄亭氏自身といえども、全くこれを自覚するに至らなかったのである。

兵営生活は飄亭氏の環境を一変させたが、次第に慣れるに従って、一時抑えられた文学熱は再燃して来る。殊に二十四年の夏、飄亭氏が看護手候補者となって、衛戍病院内の看護手修業兵舎に移ってからは、比較的自由な時間を利用して盛《さかん》に書き読み、俳句を作った。「夜長の欠び」にも「僕が初めて俳句の趣味を解しかけて、俳句らしきものが出来だしたのも全く此二十四年の下半期でした」と書いてある。

後年居士の草した「五百木飄亭」なる文中に「飄亭の文学に於ける一種の天才あり、一たび文学趣味の上に大悟せし後は滔々数千言猶《なお》尽くる所を知らず、恰《あたか》も大地裂けて熱泉湧くの勢あり。其俳句に於けるも亦然り。明治二十三、四年の頃吾人の俳句は未だ俳句を為さゞるに当りて飄亭の句已に正を成す」とある。これは必ずしも抑損《よくそん》の語でない。非風、飄亭、古白の諸氏に比べると、居士は当初に於て岐路に彷徨することが多かったのである。飄亭氏が「一たび文学趣味の上に大悟せし後」とあるのは、二十四年の下半期以後を指すのであろうが、飄亭氏自身はこの俳句趣味の悟入を以て、直接俳句からではなかったと云い、その頃好んで読んだ「唐詩選」「菜根譚」「老子」「荘子」の類から得たものらしいと云っている。これは詩形や用語の問題でなしに、詩想の問題である。飄亭氏が後来俳句を作ろうという人に向って、必ず「唐詩選」の一読をすすめ、この詩の趣致がわかれば俳句もわかると云ったのも、この詩想の問題に外ならぬ。

飄亭氏の当時の句には、後に碧虚両氏の試みたような、佶屈《きっくつ》な漢語調は見当らない。ただ極めて充実した材料を盛るに緊密な調子を以てしたことは、詩想の問題と相俟《あいま》って永く記憶さるべきものであろう。この点に関しては居士の評語が略々これを悉《つく》している。

> 而して吾人が天保以後の極めて懈弛《かいし》せる句法を学びつゝありし際に飄亭が始めて特得の伎倆を現し、主として簡勁《かんけい》緊密なる句法を用ゐたる一事は実に明治俳諧史の端緒として特筆せざるべからず。詳《つまびら》かに言はゞ吾人は梅とか鶯とか言へる一題を取りて其《その》題ばかりを形容し一句を為さんと企てしに、飄亭は早く二箇以上の材料を配合し来れり。吾人は僅《わずか》に二箇の陳腐なる材料を取りて其配合の方法に多少の新意を出さんと企てしに、飄亭は早く三箇四箇の材料を取りて之を一句の中に打ち込みたり。されば一句の中には「てには」少く名詞多く、句法に於て能く天保以後の陳套《ちんとう》を脱したるのみならず、材料多きを以て其意匠も亦自ら清新なるに至れり。

蓋《けだ》し「菜の花や吉原田圃《よしわらたんぼ》君帰る」「町淋し雨の筍《たけのこ》貸家札」「不二を背に夕山紅葉《もみじ》煙立つ」等の諸句は、非風、古白両氏の諸句と同じく、居士の先鞭を著《つ》けたものであり、天保以後の句風から脱却した、明治俳句の第一声であったのである。

二

子規居士が「月の都」執筆の為、駒込追分町の奥井屋敷内に閉籠った時には、表には「来客ヲ謝絶ス」の札を貼り、「十四畳の間は置火燵を中にしてありたけの書籍は踏み処も無く出し拡げ」るという有様であったが、非風氏や飄亭氏がこの寓居を訪れることは前と変らなかった。競吟と称して句作の速なることを誇る試は、二十五年一月、三傑鼎座の際にはじめて行われ、爾後暫くこの風が続いた。「燈火十二ケ月」を振出とする何々十二ケ月なるものも亦この駒込時代の産物で、飄亭氏もこれに倣って十二ケ月を作り出したとあるが、その作品は今伝わっていない。

飄亭氏は看護手になって本隊に帰ってからも、余暇を利用しては文学研究を続けた。行軍とか演習とかいうことで旅行する際などは、自然の風物に対して句作の機会が多かったそうである。二十五年八月の居士の書簡に「非風の咄によればならし野紀行大に御ふるひ被成候由帰京後いづれ拝見可致候」とある「ならし野紀行」は今伝わって居らぬけれども、やはり演習中の収穫だったのであろう。当時居士は松山に帰省中だったので、例の「小生の落第を喜ぶもの広き天下に只貴兄一人矣」という文句も同じ書簡に在る。居士はその前の書簡に於て「小生終に落第の栄典に預り候」ということを報じ、飄亭氏から寧ろこれを喜ぶ旨の返簡を得たのであった。

飄亭氏はその頃原宿の竜宮寺《りゅうがんじ》を日曜の下宿とし、自ら竜宮窟と称していた。この竜宮窟を中心に句会が生れたのは二十五年中の事である。非風氏はそれより前に士官候補生となって、飄亭氏の聯隊に入っていたが、新に仙田木同、佐藤肋骨《ろっこつ》の二氏が参加し、その他にも数名の同好者が出来て、兵隊組と称するに至った。「夜長の欠び」によると、肋骨氏が木同氏と共に竜宮寺にやって来て、はじめて作句を試みたのが九月だということになっている。居士中心の俳句が同郷の友人以外に及んだのは、稍々《やや》派生的ではあるが、この青山の聯隊を最初とすべきであるかも知れぬ。

競吟、十二ケ月の試に次いで、一題百句ということが行われたのも、二十五年後半の出来事であった。九月五日碧梧桐氏宛の書簡に「一昨日は南塘《なんとう》先生来庵競吟四、五十句、昨日は非風《ひふう》飄亭二子来庵午後競吟百七、八十句、飄亭帰営後非風と二人にて一題百句のせり吟興行仕候(時間二時間許り、尤中にて飯などくひ申候)其題は鹿也」とある。云わば競吟の延長であるが、一題百句と切出したところに、旺盛なる句作熱が窺われる。飄亭氏は最初の試には与らなかったが、九月九日の書簡で「爾後文況如何、此頃は一題百句といふこと相はやり已に相すみ候もの鹿、露、蕃椒の三題也、今は笠(秋季)百句の考中也、吾兄も仲間入りし給ふては如何」という勧誘を受けているから、直に仲間入をしたことは想像に難くない。

居士が大学を退いて「日本」に入る傍《かたわら》、一方に於ては伊藤松宇《しょうう》氏と識り、椎の友なる一団と合流して諸所の運座に出入するようになる間、飄亭氏は常にこれに随伴していた。二十六年一月、根岸の岡野で開かれた大会に、飄亭氏は看護手の服、木同氏が近衛二等卒の兵服で坐り込んだのは、当時としては奇観たるを失わなかったであろう。

居士の為に有力な活動の舞台となった「日本」は、その周囲の人々にも発表の便宜を与えた。必ずしも俳句ばかりではない。二十六年度の「日本」に非風居士、飄亭主人等の名を署した文章が散見するのは、子規居士の手を経て掲げられたものであろうが、それも居士の入社後幾何もない、一月中の紙上からであるのは注目に値する。飄亭氏と「日本」との因縁は、「従軍日記」以来のように思われるけれども、実際は二十六年度に於て、已にその寄稿を載せていたのである。

二十六年七月、居士が奥羽旅行の途に上るに当り、上野停車場に送ったのは飄亭氏であった。「はてしらずの記」に「折ふし来合せたる飄亭一人に送らる。我れ彼が送らん事を期せず、彼亦我を送らんとて来りしには非ざるべし」と書いてある。飄亭氏の居士に餞したのは「松嶋で日本一の涼みせよ」の一句であったが、居士は富山の紫雲閣に立って松島を一望した時、「去る年奥羽御巡幸の折ふし鑾輿《らんよ》かしこくもこの寺に駐め給ひし玉座のあと竹もて囲ひたるに何とはなく尊くて飄亭餞別の句もこゝにぞ思ひ出《い》だされける」と記している。「日本一の涼みせよ」などは、「大景壮観を好む、瑣事微物を詠ずるを屑《いさぎよ》しとせず」と評せられた飄亭氏の面目を躍如たらしむるものでなければならぬ。

飄亭氏は二十六年十二月、除隊になって帰郷するの途次、京都に碧梧桐、虚子両氏を訪ねた。「夜長の欠び」に「出営した時は籠の鳥が大空に放たれたやうで、文学思想なども共に束縛を解かれたやうに感じました。だから此当時の僕は俳人としての僕の歴史中に、最も多く句を吐いた時代で一寸散歩をしても、何でもかでも見るもの聞くものを捕へてすぐに吟詠を試みました」とあるのが、その時の消息を伝えたものである。飄亭氏が京都滞在中、五歩に一句を吐き、十歩に一句を吐く手腕は、大《おお》いに碧虚両氏を驚歎せしめた。「吉田のしぐれ」なる俳稿はこの時に成ったのである。飄亭氏に次いで鳴雪《めいせつ》翁も亦京都を訪問し、碧虚両氏を刺激するところが少くなかった。二十七年一月十日、虚子氏に与えた居士の書簡に「鳴雪翁帰京後大兄等の御近況委細承りうれしく存居候、先日は飄亭も貴寓を驚かし御同遊被成候由健羨《けんせん》の外無之候、飄亭に付ての御評論貴書並びに鳴雪翁直話にて承知致候、同人は実に我等仲間にて俳句第一の達作に御座候」とあり、又《また》「飄亭訪問以後貴兄の俳句頓《とみ》に御上達被成候、又昔日の阿蒙に非ず候」と書いてある。この時の事に就て、虚子氏は「子規居士と余」の中で「鳴雪翁の一句を得るに苦心惨澹せらるゝと、飄亭君の見るもの聞くもの悉く十七字になるのとは頗《すこぶ》る我等二人を驚かすものがあつた」と述べているに過ぎぬが、碧梧桐氏の「子規を語る」にはもう少し委《くわ》しく描かれている。飄亭氏の句を見ると、皆ありのままの叙事であって、それがちゃんと一句に纏っている、平生見なれ聞なれていたものが、その句によって美化されて行く、「私は何よりもこの時始めて写生の意義を明《あきら》かに体得したことを感謝せねばならなかつた」というのである。而して本人の飄亭氏は「かういふと何だか僕がエライやうだが、なんにも僕がエラかつたのでも無い。碧虚二人等の程度がまだそれに気を呑まれるほど幼稚な時であつたのです」という。中央にいて絶えず研鑽しつつある飄亭氏等と、中央から離れた高等学校の生徒たる碧虚両氏との間に、この位の距離の存するのは固《もと》より当然でなければならぬ。

しかし飄亭氏自身も「俳人としての僕の歴史中に、最も多く句を吐いた時代」と云っているように、この京都訪問当時は飄亭氏の俳句の最も光彩に富んだ時代であったろう。

「吉田のしぐれ」は今まで蓄積された文学思想が「京都の勝景に逢ひて一時に爆発し」たものであると同時に、三年の兵営生活を了えて新生活に入らむとする際の記念でもあった。この前々年、居士も「第一の勁敵なる学校の試験と縁を絶ち」最も多望なる前途を胸に懐きながら、京都に遊んでいる。居士と飄亭氏とが相次いで京都に同じような経験を味ったのは、単に偶然とのみ看過し得ぬような気がする。

三

三年の兵営生活を了えて松山に帰り、再び東上した飄亭氏の前には、已に新生活の舞台が待構えていた。この事に就て飄亭氏は「我輩の軍隊生活が終に近づいた頃、正岡が手紙をよこしてかういふことを云つて来た。今度日本新聞社で別に『小日本』といふ新聞を出すに就て、自分が主になつてやることになつたが、君も一緒にやらんか、といふのである。我輩は元来医者になるのが厭で堪らないのだが、外に何も無ければ仕方が無いと思つてゐたところだから、早速承諾した」と云っている。古島一雄氏の語るところによると、編輯の人選は君の一存に任すと云ったら、第一に飄亭氏を推挙して来たとある。居士は新な事業に携るに当り、先ず身辺に於て飄亭氏に白羽の箭《や》を立て、これを推挙に及んだものであろう。飄亭氏の周囲は勿論医者にならぬことをよろこばなかったが、遂に反対を押切って第一歩を踏出すことになった。

「小日本」に於ける飄亭氏の担当は三面の仕事で、毎日一頁分位の記事を書き、校正から大組まで見て帰るのだから、相当忙しい。午前十時頃出て行って、夜の十時頃までかかったそうである。「我輩は新聞には無経験だつたけれども、その頃は何か書くということに興味があつたし、元来無頓著な性分だから、不馴な仕事の中に飛込んでも存外平気だつた」と飄亭氏は云っている。書生時代から相許した居士と飄亭氏とが、日夜机を並べて同じ仕事に鞅掌《おうしょう》したのは、前後を通じてこの数箇月間だけであった。次いで中村不折《ふせつ》氏が入社し、更におくれて石井露月《ろげつ》氏が入社した。露月氏入社後間もなく、飄亭氏は召集されて広島に赴いた。広島滞在中「小日本」は遂に廃刊の運命に立到ったのである。

この時代の飄亭氏に就て記すべきことは存外少い。「小日本」に於ける仕事も担当方面が方面だけに、飄亭氏の為に伝うべきものも見当らぬ。「小日本」は「日本」の別働隊として生れ、編輯室などは別になっていたが、工場は「日本」のを使用したのだから、飄亭氏が後に「日本」に入る因縁はこの時生じていたわけである。

飄亭氏は「小日本」の運命が、それほど迫っているとは思わずに出発したらしい。七月十日、広島宛に送った居士の書簡に

拝啓大略昨夜御報申上候、御覧の事と存候、即ち「小日本」は経済上の一点より本月十五日を以てあへなく最期を遂ぐる事と相成候

とあるが、その前夜の書簡が今伝わって居らぬので、委《くわ》しいことはわからない。居士と不折、露月両氏は「日本」に移った。次いで飄亭氏に寄せた居士の書簡には、その後の消息を伝えた末に、次のような事が記されている。

御多忙と御不平とは思ひやられ候へども時々は五頁種御製造御送附被下度候、朋友尽くさり尽して知人寥々、時として東京が田舎になりたる如き感有之候、碧梧虚子ともに仙台と相定まり申候故九月頃ぞろ〳〵と上京可致候、貴兄もそれまでには御帰りあるべきかとも存候へども今日の風雲にては結局難分候、先々持久の計画肝要に候

「御多忙と御不平」とは、同じ書簡に「病院付と御変り被成候由御渡韓などは思ひもよらぬ事と存候」とある事を指すのであろう。この書簡は七月中というだけで、日附が

書いてないが、飄亭氏の征途に上ったのは牙山の戦争が済んでからだったという。牙山の戦争は七月二十九日だから、多分八月に入ってからだろうと思われる。

広島滞在中の飄亭氏が、居士の希望に応じて「日本」の五頁種を送ったかどうかわからぬが、出征後陣中到る処から送った「従軍日記」は、犬骨坊の名を以て「日本」に連載された。当時「日本」は桜田大我《たいが》、鳥居素川《そせん》、その他の人々を続々戦線に送り、特色ある従軍記事によって紙面を賑わしつつあったが、最も長期に亙ったのは、看護長として各地に転戦する飄亭氏の「従軍日記」であった。飄亭氏の筆が人の注目を惹くようになったのは、この「従軍日記」以来である。殊にその中に挿入された多数の俳句は、古来俳人の全く与り知らぬ世界を描いたものとして頗る異彩を放った。居士はこれを評して「彼は此点に於て彼の伝記の上に色彩を施したるのみならず、彼が豪壮を好むの性は此千歳一遇の好機会を得て幾多の佳句を作り出だしたり」と云っている。「凩《こがらし》の屋根裏低し黍の殻」「白露や陣屋陣屋の灯のうつり」「雨の萩野陣のあとの乱れかな」「敗城の煙まれなり冬木立」「国亡んで寺の正月僧もなし」「しんかんといくさのあとの霞かな」「陽炎《かげろう》や兵火の中に入る夕日」等はその一斑に過ぎぬが、親しく戦線に立った人の作物だけに、云うべからざる力がある。「外国の事物を俳句の材料とせし者実に飄亭を以て初とす」という居士の言葉も、蕪村流の空想に成ったものでなく、実情実感を詠じたものである点に注意しなければならぬ。大陸に於ける戦争を俳句に取入れた点に至っては、飄亭氏以前に何人も企て得なかったところであろうと思う。

出征中の飄亭と居士との間には屢々《しばしば》文通があった。「従軍日記」はすべて居士宛に送り、居士が一応目を通した上で「日本」に載せたのだというから、交渉は平日より却って頻繁だったわけである。二十八年一月九日、佐藤肋骨氏宛の書簡に「飄亭無事鳳凰城にあり時々通信致居候」とあるように、居士からも時折内地の消息などを伝えていたらしいが、居士が突如として従軍希望の意を書信中に洩して来た一事は、いたく飄亭氏を驚かした。この書簡は今伝わって居らぬので、日時はわからない。飄亭氏は直に返書をしたため、「戦地の衛生は到底彼の渡来を許さぬこと、戦地の恐るべきは砲煙弾雨にあらずして病魔の襲来にあること、一度戦地に病めば所詮十分の療養なりがたきこと」等を詳細に述べ、断じてその企を抛《なげう》たむことを説いたに拘《かかわ》らず、居士は敢て所志を翻そうとしなかった。

落第を機縁とする大学退学の際には、なお広き天下に一人の賛成者たる飄亭氏があった。その飄亭氏が反対の意を表明する以上、居士の従軍を可とする者は一人も無かったに相違無い。あらゆる周囲の反対を排除して、誰の目にも無謀としか見えぬ従軍を決行したのは、「小日本」廃刊以来の不平が胸中に鬱積していたことも勿論あるが、飄亭氏の左の言が居士の心中を最もよく尽しているようである。「思ふに当時の外界の刺戟は常に有為なる彼……功名燃ゆるが如き彼の壮心を煽揚して、終に久しく拱手傍観の位置に居ることを許さなんだに違ひない。身体こそ病みたれ、彼は当時尚《なお》血気全身に燃え立つて居た所の若者である。其の社中諸同人が各方面より齎《もたら》し来る従軍記事を見るだけでも、既に健羨に堪へなかつたらう。いや彼の自信功名心は時々他の記事を歯痒くも感じ、若し乃公《だいこう》をして起たしめばと、私に腕を撫して髀肉の嘆をなしたに違ひない。さうして一面には戦争に酔へる当時の紙上が、彼の悠々たる文学的文字を歓迎し得ざるを思ひ、一面には一生中再び期すべからざる此の戦争の見聞が、如何に得易からざる幾多の材料を己れに供給するかを思ふ時、彼は到底安閑として居られなかつたに違ひない。さうして其の病軀を顧みる時、我が生よく幾許時ぞ、仮令従軍せざりしとて、それが為に此の不治の病を何とすべき、諸氏の忠告は畢竟《ひっきょう》是れ姑息の情のみと冷笑したに違ひない」――居士が出発前広島に於て撮影した、左手に剣を握る写真に対すると、慥《たしか》にこの飄亭氏の云うが如きものが眉宇にほのめいているように感ぜられる。

居士は三月三日を以て東京を出発し、四月十日に宇品《うじな》から海城丸に搭じて大陸に向った。従軍決定の旨をしたためた二月二十八日付の書簡と、宇品発の日取を報じた四月七日付の書簡が飄亭氏の手許に達したのは、田庄台の最終の戦場を経て、海城に引上げた頃であった。

四

「従軍日記」は二十八年八月三日の「日本」に出た、凱旋船中執筆のもので了った。前後七十三回である。然るに六十四回の次に入るべき分が、遅れて到著した為、八月三十日の紙上にもう一度現れた。当時遼東還附問題に就て、侃々諤々《かんかんがくがく》の論を続けつつあった「日本」は、この一回分を追補するのに「遼東半島の名残を惜みて何《いず》れにか徨《さまよ》ひ居りしなるべし」の一句を添えることを忘れなかった。

あとから遼東の地を踏んだ居士は、講和条約成って帰国の途中、「咯血遼東海。怒濤成五彩」(遼東海に咯血《かっけつ》す、怒濤は五彩を成す)という結果を生じ、神戸に上陸すると共に病院生活に入らざるを得なくなった。居士の「陣中日記」は五月十六日を以て一度絶え、病稍々怠るの後、一括追記して完成したのであるが、飄亭氏の「従軍日記」はそれより後まで続いたのである。

居士が神戸病院から飄亭氏に寄せた書簡は、七月六日の日付になっている。末段に至って疲労したものとおぼしく、看護の為枕頭に在った碧梧桐氏に代筆せしめた。その代筆の部分に「若《も》し目出度広島へ御凱旋の節は日本新聞社迄来著《までらいちゃく》の由御発電下され度候」とあるから、飄亭氏はなお大陸に在ったのである。次いで七月三十日、須磨保養院から一書を裁した時には、飄亭氏は已に内地に帰っていた。この書簡に於て居士は「神戸病院ヨリ軍隊宛ニテ大兄へ発したる愚書御披見相成候哉、日本新聞へハ既ニ帰国御通知相成候や、まだならば至急陸宛ニテ一封御発可被成候」と重ねて注意している。

前便の著否をおぼつかなく感じた居士は、船中より神戸病院に至る病の経過を報告し、「入院中ハ時々大兄の事をいひ出で例の無邪気なる哄笑を聴きなば病気も直に癒ゆべしなど、碧梧虚子に申居候ひしがやう〳〵御帰着安心いたし候」などと記した末、一転して飄亭氏今後の問題に及んだ。「大兄方向ニ付てハ今後如何被成候や、それも伺度又愚考をも可申上存候へとも書面にては尽きまじくいづれ帰郷之節御面会之上と致すべく候、但シ御考案も有之候ハ、至急御報被下度候、事誼ニよれは陸に依嘱する事にも相成可申或ハ万一陸の方で予め一考する所ありしかも知れずと存候、併シこれは臆測故其積ニテ御含置被下度候」――こういうものを見ると、何よりも居士の行届いた心づかいが窺われる。居士はこの中で「事誼ニよれは」と云い、「或ハ万一」と云い、「臆測」と云う断り書をつけているけれども、「小日本」の中途から召集されて出征し、「従軍日記」に名を顕した飄亭氏が、そのまま「日本」に入るというのは極めて自然の径路であるし、羯《かつ》南《なん》翁が予め飄亭氏の今後を考えているというのも、大にあり得べき想像である。然るに自らこれを「臆測」とし、書面では意を尽さぬから逢った上で話そうと云っている。居士はこういう問題を決して軽々に取扱わぬ人であった。

広島まで帰った飄亭氏は、予備病院付となった為、暫く滞広を余儀なくされていた。八月五日の居士の書簡には「連日の風雨小生に取ては非常の不愉快に有之候、小生病気鬱々として楽まず、頻《しき》りに胸中の鬱々をとりて他人の頭上に澆き去り纔《わず》かに慰居候次第につき貴兄の一笑を得て幾年の寿命を延べんと楽み居候処、御書面の趣きにては貴兄の胸中さへ猶不平の塊盤屈致居候由是非もなき世の中に候」とあり、「うさくさをうしろにすてゝ夏の月」の句をしたためた後に「御宿狭くとも月は見え可申候あなかしこ」と附加えた。「例の無邪気なる哄笑」と云い、「貴兄の一笑を得て幾年の寿命を延べん」と云う。こういう力ある笑は蓋し飄亭氏でなければ持合せぬものであったろう。

居士は八月二十日に須磨を立って、途中岡山に一泊、翌日広島に著いた。一年余を隔てて飄亭氏と相見た居士の感慨は、左の一句が殆どこれを悉している。

> 飄亭六軍に従ひて遼東の野に戦ふこと一年、命を砲煙弾丸の間に全うして帰る、われはた神戸須磨に病みて絶えなんとする玉の緒危く

もこゝに繋ぎとめつひに飄亭に逢ふことを得たり、相見て惘然言ひ出づべき言葉も知らず

秋風や生きてあひ見る汝と我

飄亭氏もこれに和して「計らざりき君この秋を生きんとは」と詠んだ。居士が広島にとどまること三日、松山に向って去った後、飄亭氏は「夢か」の一文を草して「日本」に寄せた。その文の末に「我これを送りて宇品の埠頭にいたり、帰途ひとり暮色を踏んでわが旅寓にかへり見れば、客さつて孤燈坐ろにさびしく雨声いつしか軒を廻りて我をしてひとり物を思はしむ」とあり、「のこされて秋雨のやどの一人かな」の一句を以て全篇を結んでいる。

飄亭氏は広島滞在中に「夢か」外二、三の短文及「駄句庵日記」を草して「日本」に寄せている。松山に移った居士は、松風会の人々に俳句を説く傍、「養痾雑記」を草し、「俳諧大要」を草して「日本」に掲げていたが、十月になって遂に東帰の途に就いた。十月二日、飄亭氏宛の書簡に「帰京の途次は御地へ立寄可申、本月十日頃にも相成可申候」とあり、十八、九日に至って広島再訪の約を果したものの如くである。但この時の事は何も伝わっていない。

広島に於ける飄亭氏が愈々解隊と定った頃になって、突然居士から長文の書簡が届いた。この書簡は十二月とあるのみで、日次を明《あきらか》にせぬが、「小生が心中は狂乱せり、筆頭は混雑せり、貴兄は気を落ちつけて読んでくれ給へ」という書出しで、その狂乱、混雑するに至った所以《ゆえん》が細叙してある。これほど激昂した居士の書簡は、飄亭氏宛のもの に無いのみならず、居士の書簡集のどこにも存在せぬであろう。

この書簡の内容は、船中の喀血以来、自己の生命の長からざることを痛感した居士が、文学上の後継者として期待し、依嘱するところのあった虚子氏に対する失望と不平とを訴え来ったもので、飄亭氏の云う如く「一つは病により自己の前途の甚だ心細さを感じた為、一層其の目的遂行の上に気をいらだてた」結果であろうと思う。即ち「小生の文学は実を結ばずして草頭の露と消え去らん」ということも、「非風去り碧梧去り虚子亦去る、小生の共に心を談ずべき者唯貴兄あるのみ」ということも、あとから冷静に考えれば、居士が感じたほどではなかったのであるが、「一滴の酒も咽《のど》を下らず、一点の靨《えくぼ》も之を惜む、今迄でも必死なり、されども小生は孤立すると同時にいよ〱自立の心つよくなれり、死はます〱近きぬ、文学はやうやく佳境に入りぬ」という居士の心境に至っては、真に同情に堪えぬものがある。而してこういう失望に逢著した時、その不平を誰に訴えるかと云えば、飄亭氏以外にその人が無かったに相違無い。

激昂、興奮の渦巻くような居士の書簡に驚いた飄亭氏は、直に返書をしたためて、そのあまりに急調なるをなだめたが、居士自身も情の赴くままに筆を走らせたので、激越なる辞句の如きも、深く心頭に留らなかったらしい。翌二十九年五月、当の虚子氏に送った書簡に次のようなことが記されている。

死ハ近づきぬ、文学は漸く佳境に入らんとす

右ハ小生か前日貴兄に道灌山に分れて後に飄亭へ書きおくりたるもの、当時ハ情に激せられて何を書きしやら知らさりしも飄亭の返書によりて右の一語を見、実ニよく小生の身の上を穿ちたりと自ら感じ申候、それより後一刻も此語心頭をはなれずつきまとひ居申候

飄亭氏の返書によって、はじめて自己の書中に「死ハ近づきぬ」云々の文句のあったことを知り、爾来一刻も心頭を離れぬというのは面白い。情激して成る真箇の文章の中には、往々にしてかくの如きものがある。

五

一年有半を経て東京の地を踏んだ飄亭氏は、居士のかねて配慮した通り、「日本」社中の人となった。二十九年の「日本」には専ら「白雲」の名を以て、批評の筆を執っている。この頃までの飄亭氏は、居士と大体の径路を同じうしたばかりでなく、筆陣を張る範囲も略々同様だったのである。居士はこの年「日本人」誌上に「文学」なる一欄を設け、頻に文芸批評を試みつつあった。飄亭氏の俳句を評した「五百木飄亭」一篇も亦その「文学」の一項として現れたのである。

飄亭氏は「夜長の欠び」の中で、二十九年夏以来俳句は自然に遠ざかってしまって、今では全く仲間はずれだ、という意味を述べているが、俳句方面に於けるその活動は、先ず居士の評した「五百木飄亭」あたりまでを以て一区切とすべきであろう。居士は飄亭氏の句を評して「変化に乏し」と云い、「変化は俳句を作ること多きに従ひていよ〳〵其度を加ふる者なり。彼れ凱旋後俗事に追はれて俳句を作ること多からず。故に変化も亦少きものか」と述べている。居士を中心とする俳句が鬱然たる勢力をなすに至ったのは二十九年からであり、飄亭氏はこの年の半頃から漸く俳句に遠ざかる傾向を示したのだから、「明治二十九年の俳句界」以後の評論が概ねその名を逸しているのは怪しむに足らぬ。而してその理由は凱旋後に於ける飄亭氏の生活の変化——主として新聞の仕事の多忙に帰すべきである。

三十年度の飄亭氏も、大体に於て前年と変るところが無かったが、俳句方面とは更に疎遠になった。松山時代の「ほと丶ぎす」にも、最初数号の間名前が見えるに過ぎぬ。この年五月、居士の容体が悪化して、東京の知友が看護のため枕頭に集った際は、飄亭氏も勿論その一人であり、「蚊を打てば痩せたる君の夢現」などという句を詠んでいる。

けれども俳句に遠ざかったということは、居士と飄亭氏との間が隔ったことを示すものではない。この年八月以後の居士の日記を見ても、飄亭氏はかなり頻繁に根岸を訪れている。その訪問回数を調べて見たら、誰よりも一番多いかも知れぬと思われる位である。九月九日の条にある「野分して飄亭来る夜明かな」の一句の如き、前夜「雷鳴大雨、暁方ニ至リ暴風屋ヲ揺カス」状態であったのが、「裏戸ノ横ノ垣少シ倒ル、芒前ニコケ萩シドロニ伏ス」ということで風もやみ雨も霽《は》れた。そこへ飄亭氏が悠然と姿を現したので、即事をそのまま句にしたものであるに拘らず、この場合誰の名前を持って来ても飄亭氏のようには納らない。野分のやんだ朝というものに対して、ぴったり合致した趣をなしているところが面白いと思う。

こういう空気がずっと続く間に、突然飄亭氏に対する居士の忠告状が現れるのである。この忠告状は半紙に丁寧に細書してあって、興奮とか激昂とかいう迹は少しも認められぬ。「いつぞやより申上げんと存候事、天長節の今日に思ひつきて一書認め候も何等のまはり合せにや、我ながらおぞましくも覚え候へども病牀にのみある身の今迄言ひ出づべき機会もなくて今日に至り候次第に有之候」という書出しを見てもわかるように、病牀を離れ得ぬ居士には、直接忠告すべき適当な場所が無いから、已むを得ず筆を以て口に代えたのであろう。現にこれを草した十一月三日に、飄亭氏が居士を訪れているのを見ると、愈々その感を強うする。

忠告状の文は長いが、要旨は寧ろ簡単である。居士は必ずしも置酒遨遊《ごうゆう》を咎めぬ。ただ如何なる心事を以て置酒遨遊するかを問題とする。もし置酒遨遊を尋常一般の事とするならば、それは誤である。置酒遨遊は贅沢であり、贅沢は誇るべき事ではない。「遨遊ハ非風を誤れり。殷鑑遠きにあらず。曽て非風の迷執を憐みたる兄は終に復《また》非風に憐まれんとするか」と居士は切言している。

居士が「寄宿舎にある頃の兄は高かりき。小日本に在る頃の兄は高かりき。昨年以来の兄は之に比して一等を下りたるを覚ゆ」と云ったのは、「日本」入社以後の飄亭氏を指すので、境遇の変化より生じた推移が、居士をしてこの忠言を敢てせしめたように見える。しかしながら居士は又「俗界に立つ者野心あるを妨げず、昔日の無垢清浄なる兄に野心を生じたるを咎めずして寧ろ之を喜ぶ。然るに野心も得意も同じく是れ俗事なりとて之を混同するは非なり。得意は野心の敵なり。人苟《いやしく》も得意を感ぜんか野心は最早成らざるなり。僕は兄が野心の多からずして得意に圧倒せられたるを歎ぜざるを得ず」と云っている。「得意なる勿れ」は居士の信条の一であり、飄亭氏に対する忠告も、畢竟この一点より発するものの如くであった。

居士はこの忠告状の最後に於て「置酒遨遊の快楽に更ふるために兄に勧むべき者二種あり。一は妻帯なり。一は読書調べ物の類なり。置酒遨遊は妻無きが為ならず、書を読まざるが為ならず。然れども妻ある者読書する者が置酒遨遊に遠かるハ自然の結果也」と説いた。飄亭氏はこの書を受取って後も、洒然として介滞するところ無かったに相違無い。数日後の十一月八日に来訪しているのみならず、その後も居士を訪ねることに変りは無いからである。

六

子規居士の歌の革新に著手《ちゃくしゅ》した時、飄亭氏は「白雲」の名を以て第一に「百中十首」を選んだ。「ゐのし丶はつひに隠れし裾山の尾花が上に野分荒れに荒る」とか「わが船は大海原に入りにけりへさきに近くいるか群れて飛ぶ」とかいう歌は、如何にも飄亭氏の選みそうな壮大雄勁な題目であるが、後の歌は或は「大灘や月影高くいるか飛ぶ　飄亭」より得来ったものではないかと思う。

「歌よみに与ふる書」と前後して、飄亭氏は「日本」紙上に於て伊藤春園（後の左千夫《さちお》）と論戦を交えたが、主として新自讃歌に関連する議論で、居士の歌論に直接関係は無かった。これには「駿台小隠」の名が用いてある。「人々に代りて」十一には「駿台小隠に代りて」云々とあって、居士の方から飄亭氏の論戦に割込んで来たように見える。已に俳壇と縁が薄くなった飄亭氏は、居士の新な仕事に対しても稍々傍観的な立場に在ったものか、三月二十五日に催された俳人ばかりの歌会にも、その名は見えていない。

三十一年七月一日、虚子氏に与えた長文の書簡には、「五百木は近日結婚の筈、女房は無論きまつて結納も取りかはせ候よし、結婚費家持費等二百五十円調製中、貸家尋ね中」という消息が伝えられている。次いで八月二日の大原恒徳氏宛書簡に「五百木といふ男先日妻帯、四日のおきやく盛なことに候」とあるが、居士は無論これに加わり得なかったであろう。同四日鳴雪翁及肋骨氏に宛てた書簡には、飄亭氏が新夫人を伴って居士を訪れたことが出て来る。居士が忠告状に記した「妻帯」の一事は、爾後一年ならずして実現されたのである。「夕顔に手鍋さげんと契るべし」というのが、この新婚を賀した居士の一句であった。

七月の二十日過、居士は夕方から車に乗って、上野、神田より両国に出で、更に遡って向島まで遊んだことがある。その紀行を「夕涼み」と題して「日本」に掲げた中に

「連雀町に飄亭新居の門前を過ぎ」とあって、「町暑し蕎麦屋下宿屋君が家」という句が記されている。飄亭氏の新居が連雀町であったこともこれでわかるし、附近の空気も略々想像出来るが、この時は多分門前を過ぎただけで、立寄らなかったものであろう。九月十一日、外務省官舎に加藤恒忠氏を訪ねた帰途、ちょっと飄亭氏を訪ねた旨が、虚子氏宛書簡に見えている。

「ほと、ぎす」東遷の議が松山帰省中の虚子氏によって起り、その事は第一に居士の許に来ていた飄亭氏に伝えられた。居士は東京で雑誌を出すということに多大の懸念を懐き、虚子氏に対して縷々《るる》困難なる所以を述べたが、飄亭氏は無造作に「雑誌一月に一度ならば吾々も何か書くサ」と云ってのけた。その飄亭氏の書くものに就て、居士は「議論的」という見当をつけている。「日本」に於ける筆法よりすれば、正に当然の観測であったが、愈々《いよいよ》東京に出た後の「ホトトギス」には、「白雲」の名を用いた議論的文字の外に、「夜長の欠び」という回顧談が連載された。これは飄亭氏に在っては前後例の無い閑談的文字で、文章を力《つと》めて談話風にしたところに特色がある。明治俳壇の創成期――碧虚両氏は固より、鳴雪翁もまだ現れぬ時代の消息は、非風、飄亭両氏の外に談じ得る者が無い。「なにそれを僕に話せといふのですか。その楽屋落な所が聞きたいのだと。なる程これは一面の理が有るやうだ」ということから書起されたこの一篇は、殆ど舞台を有せぬ、楽屋のみの時代であっただけに、その楽屋落が直に貴重な文献を成している。明治俳諧史を一瞥する者は、何人もこの一篇を閑却するわけに行かぬであろう。

三十二年の三月、居士は神田に虚子氏を訪ねたところ、不在であったため飄亭氏の許に立寄り、蒲焼を食べて帰った。漱石氏宛の書簡にこの事を報じて、「其節蒲焼の歴史を考へ見るに貴兄等と神田川にてぱくつきし以来の事と覚え候、うまさは御推察可被下候」と云っている。この神田川の事は漱石氏の追懐談にも「其後熊本に居る時分、東京へ出て来た時、神田川へ飄亭と三人で行つた事もあつた」とある。熊本からの上京とすれば三十年より外に無いが、果して何時だかわからない。

日本新聞社へは顔を出さぬ居士も、同じ神田にほとゝぎす発行所が出来て以来、屢々この方面へ車をやることになった。八月二十三日、はじめて田安宗武の歌に逢著したうれしさに乗じて、猿楽町に虚子氏を訪問した時は、虚子氏が飄亭氏を呼びにやった。「飄亭来る。どうして来た、といふ。宗武にうかれて来たといふ」とある「ゐざり車」の一節は、何でもないようであるが、その様子が窺われて面白い。この日は西洋料理を食べながら雑談に耽った。「尽くる事無し」という話の種の中に「此頃は俳句が出来ぬといふ話」が介在しているのは、多分飄亭氏のことであろう。居士が帰ろうとして車が来たところへ、月夜ながらの驟雨が来た。雨は悪くない、雨曇りがいやだ、と居士が云ったら、飄亭氏は風が厭だと云った、などということも書いてある。

闇汁会にも飄亭氏は出席しているが、「後れて到る。物無く句無し」という仲間であった。闇汁の図を見ると、居士の右側に坐って居り、「煙草の煙」と註が加えてある。

三十二年の飄亭氏は折々歌を作ったらしく、「日本」に掲げた文章中に散見するのみならず、居士の許に開かれた歌会にも何回か顔を見せている。八月六日の「短歌第二会」に「さみだれの裏山池のさゝ濁り鯰釣るべくなりにけるかな」という飄亭氏の歌があった。居士はこれに就て、「余一人の選びたる者なり。調子も陳腐にして別に面白き処なけれど、鯰釣るといふ趣向新しく見処ありと思ひて取りたるを、他の人は如何に思ひてか取らざりけん」と評している。これなどは格別飄亭氏らしい歌ではないが、「仏」という兼題に就て寄せ来った中の「南無大悲三万三千三百三十三体の仏だち我しも数に入れさせ給へ」「紀の国の那智の岩屋の岩室戸に幾代か経ぬる苔蒸す仏」の二首は稍々異色がある。前者は伝教大師の「阿耨多羅三藐三菩提の仏たち我立つ杣に冥加あらせ給へ」からヒントを得たにしても、二、三の句を無造作に余らしたあたり、飄亭氏の面目躍如たるものがあるように思う。

飄亭氏が近衛霞山公の知遇を得るようになったのは、何時頃からかはっきりわからぬが、三十三年五月、公が東亜同文会及同文書院の趣旨宣伝の為に、芸備地方に赴いた時は、飄亭氏も神鞭知常《こうむちともつね》、中西正樹《まさき》、大内暢三《ちょうぞう》の諸氏と共にその一行に加わり、「随遊日記」なるものを「日本」に掲げた。満洲問題の解決を期した国民同盟会が組織されたのも、この年の九月であり、後年の飄亭氏に繋るべきものは已にこの辺に在ったと見て差支あるまい。それだけ又文学方面とは前よりも更に疎くならざるを得なかった。

霞山公を中心とする雑誌「東洋」が経緯社より発行されるに至り、飄亭氏は一時「日本」を去って専らその事に従った。「東洋」は三十四年四月創刊、巻末に支那文及英文欄を設け、その主張を宇内に知らしむるという抱負の下に生れたのであったが、飄亭氏はこの誌上に於ては殆ど表面に立たず「東洋」廃刊の後、再び「日本」に還った。「仰臥漫録」九月二十二日の条に「飄亭来ル、雑誌デハダメダ、新聞起サネバイカヌトイフ」とあるのは、「東洋」に関連しての話と思われる。

七

佐藤紅緑《こうろく》氏が居士の病牀を訪れた時、瀕死の病人に劇薬を与えて早く死なせるという話が出た。鳴雪翁は理論上これを認めるが、居士の場合に、この手段を用いることは賛成しない。誰か賛成者は無いかと思うが、あれば飄亭位のものだ、という居士の説であった。「劇薬のつもりで、飄亭は何か笑ひ薬か踊り薬といふ様なものを入れて置いたら山が出来るね。愈々此の一服で死ぬるのだといふので、家族のものやら君等が枕元に並んで居るさ。水を打つたる如くになつて居るさ。其処で僕が飲む。自分でもう死んだつもりになつて居るさ。さうすると薬が利き出して、急に笑ひ出す、踊り出す、ステテコか何か踊つたら滑稽だらうぢやないか」——この話の結末は一場の戯謔になっているが、決して単なる戯謔ではない。飄亭氏が居士の周囲に於ける極めて特異な存在であったことは、終始一貫して変らなかったのである。

居士は晩年「日本」社中の末永鉄巌、阪東太虚《たいきょ》、五百木飄亭の三氏を説明するに当って、工場の画を画いて示したことがあった。末永氏の工場は大きな煙突から盛に煙を吐きつつあるが、中に機械は無い。飄亭氏の工場には機械は少しあるがあまり沢山整っていない。ただ煙は盛に上る。阪東氏に至ると中の機械は実によく具備しているが、煙は一向上らない、というのである。居士の眼に映じた飄亭氏はかくの如きものであったので、飄亭氏自身も「なか〳〵よく穿つてゐる」と云っている。

子規居士長逝後、「日本」は久しきに亙って諸家の追懐記事を連載したが、あの中で最も長く、かつ委曲を尽したものは飄亭氏の一文であった。飄亭氏の子規居士観は大体これに尽きていると云って差支無い。飄亭氏は後年述懐して、我輩一生の方向は実に居士と霞山公とによって定められたと云い、「対外問題に没頭するやうになつてから、我輩は全く文学の埒外に出たけれども、後年霞山公を喪つて浪人するに及び、はじめて正岡によつて学び得たところの尠少《せんしょう》ならざるを知つた。若し正岡に逢つてゐなかつたら、如何なる失意、不遇の場合にも、常に自己を客観して平気で進むといふことは、或は困難であつたかも知れない」と云った。「日本」を去り、霞山公を喪ってから、昭和年代に至る飄亭氏の後半生に就ては、記すべき事は少くないが、それは居士との交渉以外の事柄でなければならぬ。

子規居士はその作品の文学的価値のみを以て秤量さるべき人物でない。居士の身辺に集った人々にも亦それがある。飄亭氏が明治俳壇に光彩を放ったという点だけで伝えらるべき人でないことは、以上の不十分な記述からも略々推察し得ると信ずる。

Ⅱ　明治俳壇の人々

数藤五城

明治以降の俳人で、歿後遺稿の出版されたものは少くないが、伝記とか、言行録とかいう類の書物の出ている人は甚だ乏しいように思われる。歿後二箇月たたぬうちに言行録の刊行を見た子規居士の如きは例外中の例外である。明治大正を通じ俳壇第一の長老であった鳴雪翁《めいせつおう》にも無い。子規居士歿後、一世を風靡した碧梧桐《へきごとう》氏にも無い。知友の追懐的文字などは新聞雑誌に現れても、後に一巻の書となるに至らぬのである。その中に在って、数藤五城《すどうごじょう》氏に遺稿と言行録とを兼ねた「数藤斧三郎君」という書物が出来ているのは、蓋《けだ》し珍とするに足るであろう。

尤《もっと》も「数藤斧三郎君」は俳人としての五城氏を伝えただけのものではない。遺稿集も数学の論文が半以上を占めているように、追懐録の内容も数学者、一高教授としての数藤氏をはじめ、信仰生活に入った晩年の消息なども伝えられているので、俳句に関することは寧《むし》ろ少いと云っていいかも知れぬ。中学以来の知合で俳句方面の交渉が多く、子規居士に紹介の労を執った大谷繞《じょうせき》石氏なども、「親しき一部の人達が呼んで居た「斧さん」で無く、他の親しき一部の人達が呼んで居た「数藤君」で無く、俳句の上での雅号「五城」子で無く、また和歌の上での雅号「小野三郎」氏でも無く、私に最も懐しい此《こ》の「数藤さん」の呼称を表題として想ひ出を書かせて貰ふ」という長々しい前置の下に筆を執っている位である。しかしいずれにしてもそれは五城氏の人物を伝えているに相違無いので、俳句方面に限られて居らぬのは、却《かえっ》て斯人の風格を種々の点から窺い得る便宜があるかと思う。

五城氏は雲州松江の人である。五城の号は二高の先生として仙台に在った時、たまま俳句をはじめた因によるものらしい。明治四年生というから碧、虚両氏などより年長であるが、俳壇へのスタートはよほどおくれている。中学では三年も下であった繞石氏が子規居士に紹介したという一事を見ても、その順序が前後していることは、略々想像し得るであろう。子規居士も「明治卅一年の俳句界」の中にはじめてこれを挙げ、「昨年に在りて著き進歩を現したる者、東京に五城あり、越後に香墨《こうぼく》あり、大阪に青々あり」と云い、「五城亦《また》昨年始めて之《これ》を見る。練磨不撓、一日一日より進む。前途望多し」と評している。繞石氏の記すところによれば、はじめて子規居士に逢ったのは卅一年の九月十日だったそうである。当日は子規庵の句会だったので、奉書紬の三つ紋付の羽織を著、嘉平次平の袴を正しく著なして、隅の方に端座していたというのは、その風丰《ふうぼう》を想見する上に看過すべからざるものである。

五城氏の俳句は遺稿に就《つい》て見て、大体前後二期に分れる。第一は子規居士に接触する前後からのもので、「春夏秋冬」時代に相当する。

春寒き韮《にら》雑炊《ぞうすい》や小き鍋　五城
二三人残りて汐の満ちんとす　同
寺引きし跡大原や蕗《ふき》の薹《とう》　同
水打つや橋の袂《たもと》の氷店　同
魂《たま》祭るまうけや狭き台所　同
或《ある》日小鳥空を掩うて渡りけり　同
鳩吹くや篠刈りに来る村の者　同
門通る十夜戻りや話声　同
焼き溜めて落葉の灰や垣の霜　同
西吹くや伊豆にたなびく雲の秋　同

すべてが温藉《おんしゃ》であり、静穏である。こういう句は如何《いか》なる場所に置いても、特に人の目を惹く種類のものではない。しみじみと味わるべき句である。奉書紬の三つ紋付の羽織を著、嘉平次平の袴を正しく著なして、句会の隅の方に端座していたという作者の句にふさわしい。中には「或日小鳥空を掩うて渡りけり」の如き底力のある句、「西吹くや伊豆にたなびく雲の秋」の如き大景を叙した句もあるにはあるけれども、必要以上に言葉を弄して感銘を強からしめようとしたようなものは見当らぬ。これは全く作者の性格から生れたもので、追懐録に諸家の見るところと一致しているような気がする。

五城氏の句作熱の最も旺盛だったのはこの時代であった。繞石氏あたりと頻《しきり》に往来して句作を試みたのもこの頃である。病弱な人であったから、その為に妨げられたこともあると同時に、又《また》病中の閑を利して句に遊ぶ機会も少くなかったであろう。句会の外《ほか》に句合だとか、十句集だとかいうものもあり、句作勉強の産物と見るべきものが多いが、後期に属する第二の時代になると、自ら世界が違って来る。

坂田重次郎《じゅうじろう》氏の追懐録の中に、碧梧桐氏などが一種の新傾向を表した頃から、何だか俳句に厭気が起ったらしいと書いてある。新傾向に対する五城氏の意見はわからぬが、氏の性格乃至《ないし》在来の句風から考えて、文字の奇僻に陥った新傾向の句には、共鳴するところが少かったろうと思われる。後期に於《お》ける五城氏は俳壇の人でなく、その作品も仏教雑誌の「精神界」に発表された。

秋涼し銀杏の下に遊ぶ子等　五城
学校と垣を一重や木犀花　同
雞頭に昨日の雨の下駄を干す　同
何あさる人ぞ冬田の泥浅く　同
冬川を町の裏見て下りけり　同
寺に居て料理ならふや今朝の秋　同
夕立雲逃げて対岸明《あきら》かに　同
端近に仏移して夜半の秋　同

これ等の句は句作勉強の産物ではない。作者の境涯が自らこの種の句を成すのである。句風の温藉であり静穏であることは同様であっても、その底に云うべからざる深みが加わっている。眼前の瑣事をありのままに叙して、前期の句に無かった深みを湛えているということは、手腕の老熟よりも作者の心境に帰すべき問題であろう。

竜樹菩薩
五百年を隔てゝ秋の星赤し　五城

得長生法
仙経を懐にして冬を待つ　同

徳風大起
渇仰の人あつめたり木犀花　同

古寺古碑
人不動銀杏の落葉雨の如　同

浄土可入
橋一つ我に掛れり秋の川　同

自行不怠
椎の実の数をよみ行く長夜哉　同

五城氏晩年の信仰生活は遂《つい》に如是の句境を展開した。この種の句が明治以降の俳句界に極めて乏しいものであることは言を俟《ま》たぬ。殊に数理を探究する科学者の頭から生れたものと聞けば、何人も瞠目せざるを得ぬであろう。「秋の空と共に澄みたる心哉」という作者の心境が、自らこの朗然たる高い響を生じたと見るより外はない。

教室に於《お》いて五城氏の講義を聴いた者は、数学以外に何か知らん或者を教えられたということである。その試験問題はむずかしく、採点も厳格であったから、恐れをなす者が少くなかったに拘《かか》わらず、まのあたり五城氏に接する時は、春風駘蕩の思があったとも云われている。この或者は数学では所詮割切れぬ問題であるが、五城氏その人の内面から放散する一種の光があって、それがこういう感じを人に与えたものではあるまいか。五城氏の文学趣味も、信仰生活も亦《また》その光の現れであることと思う時、愈々《いよいよ》この晩年の句に景仰の念を禁じ得ぬ。

右に挙げた五城氏の後期の句は明治四十一、二年から大正二年頃までに亙る。長逝する大正四年には、已に小野三郎として和歌に移り、「ほ句の弟子われは叛《そむ》けり歌の弟子命の限り叛かであれな」と詠んでいるから、五城氏の俳句は先《ま》ず大正二年頃で終ると見てよかろう。こういう俳句が所謂《いわゆる》俳壇の外に発表されていたのは、吾々に取って頗《すこぶ》る興味ある事実であるが、俳壇というものには存外珍しからぬ現象なのかも知れない。

子規居士の歿後、「ホトトギス」に連句や俳体詩が載りはじめた頃から、俳壇に二つの傾向を生じたように見える。一はどこまでも十七字詩だけで行こうとする者、一は俳句の外に他の文学を取入れようとする者で、碧、虚両氏が各々その代表者たる観があった。五城氏は俳人として最も地味な作家であったに拘らず、この場合後者に属し、連句にも加われば俳体詩も作っている。但《ただし》その俳体詩が趣向の奇を求めるでもなければ、言語の巧を弄するでもなく、身辺の出来事を淡々と叙し去っているところ、五城氏の俳句と共通するものというべく、或《あるい》はその点他の俳体詩に比して異彩を放っているかと思われる。

連句は明治卅七年中のものが一、二遺稿集中に収められているに過ぎぬが、連句に対する興味は後々まで続いていたらしく、大正元年中の雑誌「俳味」に萩原蘿月《らげつ》氏との両吟が載っている。蘿月氏は連句の研究者でもあり、俳体詩の作者でもあったから、その点で五城氏との交渉があったものであろう。遺稿集を補う意味で、ここに載せて置きたい。

五城庵にて両吟

夏草を踏み分けて行く鹿の子哉　五城
　昔清水の湧きし名所　蘿月
虫払ふ反古《ほご》に日脚の傾きて　城
　皆が皆まで真四角な判　月

団栗《どんぐり》を両の袂に拾ひため　城
月の兎は絵そらごとなり　月
長き夜の灯も置かぬかゝり船　城
旅しめぐれば人の様〳〵　月
石になりて残る恨もありときけ　城
唇裂きて写す法華経　月
雑炊を頭並べてすゝりける　城
忘れてしもたよべのけんとく　月
二日月厩《うまや》の馬を盗れて　城
野の遠近につゞく穂芒　月
学校の普請はかどる稲の秋　城
算盤《そろばん》で占《み》る嫁の相性　月
花に行く揃の小袖誂《あつら》へて　城
塗物売も長閑《のどか》なりけり　月
独り居て遅き日のさす利休窓　月
のび〳〵になる切腹の沙汰　城

お宗旨は眼から火を吹くばてれんぢや　月

　鼬《いたち》のわなにかゝる野鼠　城

五城庵にて

草の葉のゆすれて消ぬる蛍哉　蘿月

　一しきり降る大粒の雨　五城

盤台に売れぬ魚を片寄せて　月

　昔なじみの下宿屋のおば　城

お屋敷は畑となりて月悲し　月

　竹伐り出す馬つゞくなり　城

きゝ過し新酒の酔のさめやらで　月

　りんりと墨のほとばしる軸　城

干店のほこりまぶれしいやが上　月

　順礼二人足早に行く　城

関守に狐の化けてむづかしや　月

　石蕗《つわぶき》の花咲く石垣の間　城

日もすがら紙の碁盤に打向ひ　月

よその鸚鵡《おうむ》の籠をほしがる　城
冬瓜に目鼻書いたらをかしかろ　月
帷子《かたびら》白き入朔の朝　城
どろ雲のちぎれ〳〵て月細し　月
蜆《しじみ》かき居る川尻の船　城
連翹に年頃過し女あり　城
にら臭しとや打別れける　月

五城庵にて

泉石の様や若葉もたゞならね　蘿月
鹿の子の来てはふみ荒す垣　五城
此降りに仕入れ煙草のかび付て　月
看板の絵を人の見て居る　城
夕月夜誂物をとりに行く　月
車の音の消ゆるうそ寒む　城
秋の蝿壁をめぐつて止りぬ　月
尊き物にミイラ一体　城

すゝけたる茶の十徳もつき〳〵し　月
　二の替から人の込合ひ　月
高〳〵と足場かけたる御別院　城
　門で紙すく家の一列《ひとつら》　月
来年の事頼み置く薬売　城
　あらぬ所に忘られし文　月

阪本四方太

明治卅一年十月「ホトトギス」が松山から東京に遷った時、四方太《しほうだ》氏は已《すで》に募集句選者の一人であった。はじめ碧梧桐《へきごとう》、虚子両氏と同じく京都の第三高等学校に在ったが、その時分は相識るに至らず、同校が解散されて仙台に移った後、両氏を下宿に訪うて句を作るようになったのである。その句は両氏の手から子規居士に送られ、「日本」紙上に現れた。碧虚両氏は仙台に在ること極めて短く、廿九年の末には学校を退いて東京に出ているから、その後の作句も引続き両氏の手許まで郵送されたものであろう。この時代の句はあまり伝わっていない。

木津川を蓆帆下る日永かな　四方太
二十日月紫苑《しおん》の影の薄暗き　同
さく〳〵と米磨ぐ音や秋の暮　同

陵の横に畑打つ男かな　　同

廿九年の秋、高等学校を卒業して東京へ出ると、間もなく子規居士の門を敲《たた》き、例月の句会にも顔を出すようになったが、忽《ほしいまま》にして頭角を露すというほどの事も無かったらしい。子規居士が「日本」に連載した「明治二十九年の俳句界」の中には「四方太繞《じょうせき》石深く斯道に悟入する所あらんとす」とあって、左の一句が録されているに過ぎぬ。

雪の折戸あくれば雀さつと飛ぶ　　四方太

当時の四方太氏は大学生であった。学業の余の句作熱は卅年に入って頓《とみ》に旺盛になったものの如く、子規居士が知友の句を輯録した「承露盤」にも、前年に数倍する句が収められている。

浮き上る蛙の面や深き水　　四方太
十歩にして雉の鳴くなる雑木山　　同
宿酔さめやらず花に現し心　　同
酒蔵す我に明月の宵ありき　　同

鹿笛の近づきつやがて遠ざかる　同

売家や芽をふく柳凋る丶井戸　同

「浮き上る」の句は一見他奇ないようであるが蛙の句として異彩を放つに足るものであろう。「十歩にして」「宿酔」「酒蔵す」「鹿笛」の諸句が、いずれも句法緊密で一点の弛《ゆる》みを見せぬのは、斯人の特色として挙ぐべきものと思われる。「売家」の句の調子は芭蕉の「鶯や柳のうしろ藪の前」以来、格別目新しいことは無いけれども、内容の充実している点を認めなければならぬ。

山人へ漁史より贈るすしの桶　四方太

これは一種の明治調である。吾々はこの句を読むと、元禄にも天明にも無い、明治らしい或者を感ずる。若し今日の人に何の興味も無いとしたら、それはこの句が流行体たる証左であろう。

子規居士が卅二年一月に書いた「俳句新派の傾向」の中に、四方太氏の句が二句挙げてある。

朧夜の川幅広し笛を聞く　四方太

これは一句に二個の中心ある句の一例なので、「視官と聴官に中心点一個宛あり。笛の声と改むれば中心は一個となる」というのである。もう一つは

折戸あくれば連翹《れんぎょう》たわむ垣の内　四方太

で、印象明瞭なる写生句の一例になっている。即ち「平凡の意匠、尋常の句法、而して一読、其《その》景眼に在る者」という、この特色は明治の俳句が古句の外に開拓した新な天地でなければならぬ。この二句はいずれも卅年の作である。

「明治卅一年の俳句界」を草した時、子規居士は四方太氏を以て露月《ろげつ》氏に対し、次のような評語を下している。

露月の跌宕《てっとう》、四方太の勁直《けいちょく》、一は熊の如く、一は猪の如し。猪一突、熊或は其牙頭に翻らん、熊一搏、猪或は其脚下に倒れん。好個両雄、世人唾を呑んで観る。

熊と猪の譬喩はともかく、ここに子規居士が用いた「勁直」の語は、「明治二十九年

の俳句界」の末にある二字評の「豪放」よりも、四方太氏の句に適っているような気がする。由来斯人の作風は新奇ではあっても奇を弄した迹は見当らない、漆喰で塗固めたようなものでなく、中に筋金の通ったようなのが特色なのだから、勁直以外に該当すべき文字は無いかも知れぬ。前に述べた句法の緊密ということもこの勁直の一要素に外ならぬからである。豪放の二字になると、いささか適当な例句を挙げるのに困難を感ずる。

月の江に棹《さお》して郎と帰るかな　四方太
雞頭に芋掘り尽す畠かな　同
日西す南瓜《かぼちゃ》畠の雨とぼし　同
水に浮く卵の殻や秋の風　同
煤掃や草に煤踏む上草履　同
をちこちに黒木積みけり冬木立　同

卅一年の作中に「水に浮く」「煤掃や」句の如く微細な趣味を捉えたものがあるのは注意すべきである。こういう傾向は従来の句にあまり見当らなかったように思う。

卅二、卅三の両年は四方太氏の地歩が確立した時期と見るべく、「春夏秋冬」に収録された句もこの頃の作が多きを占めているようである。

雛棚に小さき灯並びけり　四方太
品川の汐干曇や舟の数　同
紙鳶に蘇枋《すおう》塗るべく絵具皿　同
舟中に冷たき酒や鱠　同
蜜蜂や雨に集まる箱の口　同
春の夜や物に恐るゝ女の童　同
松杉の暗きが中や藤の花　同
一坪の苗代水やさゝら波　同
夏羽織懐にして戻りけり　同
石上に梅の落葉や庭の秋　同

ここに挙げた十句の中に、中七字の終が「や」になっているのが五句ある。四方太氏ははじめこの「や」を好まず、古句を評する場合にもこれが為に価値が下るとしたほどであったが、碧梧桐氏が感服したという几董《きとう》の句「おの〳〵の喰ひ過ぎ顔や鯨汁《くじらじる》」を反覆玩味するに及んで、却《かえっ》てこの「や」を好むようになったと自ら記している。中七字の終に来る「や」を嫌うということは、句法の緊密と切離すべからざる問題であろう。

菜畠に榛《はり》の落葉や昼の月　四方太
月漏る丶雨戸の外や猫の恋　同
昼過の菊や根分の水そ丶ぐ　同
池見えて草のあなたや蜻蛉釣　同
脱ぎ捨て丶団扇の上や夏羽織　同

これ等の句は皆「春夏秋冬」に洩れているが微細な趣を発揮したものである。ここでも亦《また》中七字の終に来る「や」が過半を占めている。中七字の間に来る「昼過の菊や」の如きに至っては、終に来る「や」以上に皆が嫌ったものだというが、微細な趣とこの種の、「や」との間に何か関係があるかどうか。子規居士も太祇の句を論じた時、中七字の終に来る「や」に言及していたかと記憶する。

四方太氏は「八笑人」の愛読者であったという。又《また》落語趣味の点で子規居士と共鳴するところがあったとも云われている。その写生文を読んだ者は、抜きさしのならぬほど鍛錬された辞句の間に、常に一脈の滑稽が漂っているのを感ずるであろう。しかし俳句には存外滑稽趣味のものが少い。

梁上の君子の尻や明易き　四方太
孑孑《ぼうふら》は蚊になる紙魚《しみ》は何になる　同
北八のなぞ〳〵長き日永かな　同
瓜畑に南瓜浮名を流しける　同

の如き、その一例であるが、これを以て直に四方太氏の特色と解するわけには往くまいと思う。

卅二年十二月、子規居士は「ホトトギス」の消息に「四方太君はいつの間にやら文学士になられ候。学校では及第する、徴兵では落第するといふ好都合にて、今は只売らんかな売らんかなに御座候」と書いた。十二月十七日熊本の漱石氏に宛てた手紙にも「御学校にて文学士(国文学阪本四方太)一人御入用無之候哉」とあるが、四方太氏は職の為に地方に去るようなこともなく一生東京で暮した。但俳句は卅四年よりその数を減じ、卅五年も六年も募集句の選者として「ホトトギス」に句を示す外、あまりどこにも現れなくなった。これは社会に出て多忙になった関係もあろうが、それよりも文章に力を用いることが多くなった結果と思われる。子規居士生前から歿後に亙り、有力なる写生文作家の一人として次々に作品を発表して行ったのみならず「ホトトギス」募集文章の選択という煩しい仕事に携っている。文章方面に於《おい》て努むる分量が殖えているだけ、俳句方面が閑却される形になるのは当然の成行と云わなければならぬ。

けれども子規居士歿後の四方太氏の俳句に就《つい》て、全然記すことが無いわけではない。「ホトトギス」募集句の選者としては、卅七年一月の「人日」が最後であるが、その後に於て「根岸庵雑詠」(卅七年十二月)「浅草寺雑詠」(卅八年一月)「引越雑詠」(卅八年十一月)等の作を発表している。これは碧虚両氏もあまり企てなかった俳句上の一の試みで、後の所謂《いわゆる》連作とも少し趣を異にする。子規居士には元光院の月見を俳句百首で現した「立待月」があり、碧梧桐氏も「温泉百句」を「ホトトギス」に発表したことがあったが、四方太氏の雑詠はそれよりも扱い方がこまかくなっている。写生文で会得した呼吸を俳句に応用したと云ったら、中《あた》らずといえども遠からずということになるかも知れない。見本として「根岸庵雑詠」を左に掲げる。

根岸庵雑詠　　四方太

鶯横町　一句

子規の名を墨で消したり門の冬

座敷　二句

水仙もなし経机竹の軸

曼荼羅の色もさめたり十二月

もとの病室　四句

湯婆《ゆたんぽ》も寒暖計もなかりけり

寒き様仏子と蓑と笠とかな

仏壇の寒菊それも赤きかな

虚子はいつも此処に坐りけり箱火鉢

遺稿編輯　二句

碧童が物写し居る火鉢かな

取散らす反古《ほご》は「寒山落木」か

縁　二句

陸翁の二階が見える落葉哉

この燈炉草廬の記事を思ふ哉

庭　五句

縁先にちびくれ下駄や冬薔薇

一輪は咲くべき気色冬牡丹

椎の樹に西日遮る寒さかな

冬枯や隣の翁植木鉢

鳥籠の屋根は剝れて霜柱

四方太氏には卅五年十月に「椎の影」という文章があって、子規居士歿後に於ける根岸庵の模様を描いているが「根岸庵雑詠」はそれより二年後の消息を伝えたもので、この句によって当時の空気を髣髴することが出来る。根岸庵なら根岸庵という前書の下に一句乃至《ないし》数句を詠むことは、別に珍しいことでも何でもない。ただこういう風に部分的に捉えたものを集めて、或《ある》纏った世界を描き出すという試みは、他の作家の顧みなかったところのように思われる。卅七年から卅八年へかけては「帆立貝」の時代に当り、四方太氏としても文章に油が乗った最中であるが、その際にこの種の雑詠が三回も発表されているのは頗《すこぶ》る注目に値する。当時は一方に連句が行われ、俳体詩が新に興り、普通の俳句以外に何等かの変化を求めようとする気運があった。四方太氏のこの試みも或《あるい》はその気運に伴う現象と解すべきであるかも知れない。
卅二年の秋、神田のホトトギス発行所で闇汁会が催された時、四方太氏は闇汁十句を作っている。子規居士が「闇汁図解」に採録したのは左の七句であるが、これも普通の一題十句などと違って、各句の間に自ら連関するものがある。

闇汁は南瓜子芋に何々ぞ　四方太
芋買うて帰れば露月既に在り　同
闇汁の南瓜におくれ里の芋　同
芋五合大汁鍋の底に在り　同
里芋を二つの鍋に分ちけり　同
芋入れて汁が煮えくりかへるかな　同
芋買うて台所から上りけり　同

「根岸庵雑詠」以下の試みは、この闇汁十句に現れた傾向を更に発展させたものと見ることも出来る。前後三回で止んだのは残念であるが、この作品は四方太氏の俳句として永く忘るべからざるものと信ずる。

俳壇に於ける四方太氏の足跡は「引越雑詠」を打止として、姿を消した形になった。爾後の努力はすべて文章に傾注されたわけであるが「夢の如し」の外は書物に纏ったものが無い。(「帆立貝」に収められたのは卅八年までの作品である)その文章に文泉子の号を用いるようになったのは、明治四十一年七月以降に属する。四方太の号は本名のヨモタをシホウダと音読したまでで、俳句も文章も皆これで押通したのであったが、都合によって文泉子と号する旨が当時の「ホトトギス」の消息に見えている。文泉子というのは氏の長女長男の名を併せたもので、格別の由来は無いらしい。已《すで》に俳壇とは没交渉になった後のことだから、この署名は殆ど文章に限られたものと思っていたところ、伊藤左千夫《さちお》氏三周忌の左の句にはやはり文泉子の名が用いてあった。

○　　　　　　　　　　文泉子

七月廿五日アララギ同人諸子に従ひて始めて亀井戸普門院なる故左千夫君の墓に詣でぬ。墓辺の溝に萍《よもぎ》繁り合ひ、土饅頭の上には松葉牡丹の色鮮かに咲き誇れり。君よりも先に疾く死ぬべかりし身の、今にながらへて此朝此処に佇めるを奇しきことに思ひつゝ、諸子より一句を手向けよと促がさるゝに胸先づふたがる心地して頓にも得言ひ出ず、只だ人々の後へにつきて恭しく額づくのみ。

暑し〳〵と語らふ声を君聞けや
水雞《くいな》なくゆふべに来るべかりしを
水繞《めぐ》る奥津城もはや夏三とせ

晩年健康のすぐれなかった四方太氏の感懐は、この比較的長い前書によく現れている。「水雞なくゆふべ」のことは「夕闇」という文章に書いてあったかと思う。左千夫氏の三周忌は大正四年だから、明治卅八年から勘定すると、その間に十年の空白がある。この三句はあらゆる意味から云って珍重すべきものであるが、果して四方太氏は十年間に句を作ることが絶無であったかどうか。大正六年に出た「炬火」という句集を見ると、左の二句が四方太として採録されている。

うら〳〵日にほき立つ見ゆる井桁草　四方太
棹
供養風呂子雁の雁木交るらん　同

これはいずれも大正年間の作である。長い歳月の間には、時に感懐を十七字に託することがあっても、世間に発表することを好まぬ為、どこにも伝わらぬではあるまいか。以上の数句は吾々に取って砂中から拾い得た珠玉の如きものである。

四方太氏に就てはなお記すべきことが少くない。写生文の立場を固守して虚名を当代に求めなかった人物識見に至っては、特に景仰に堪えぬところであるが、それは他日を期することにする。本稿に引用した俳句の大部分は若い時分の作品で、四方太氏自ら慊《けん》焉《えん》の意を洩しているものである。俳人としての氏の全貌を窺うには甚だ不十分な材料だけれども、完全なる遺稿でも刊行されぬ限り、暫くこれで我慢する外《ほか》は無いかも知れぬ。

今成無事庵

「春夏秋冬」の春の部の頁をあけると、第一に

門に貼る立春大吉のお札かな　　無事庵

という句が出て来る。もし句集というものが第一頁から読まれるものならば、「春夏秋冬」を読むほどの人には先《ま》ずこの句が眼に触れる筈《はず》であるが、この句の作者である今成《いまなり》無事庵《ぶじあん》の名は、恐らく多くの人に記憶されて居らぬであろう。子規居士がはじめて新俳句の陣営に総評を試みた「明治二十九年の俳句界」の中にも「花叟《かそう》、叟柳《そうりゅう》、別天楼《べってんろう》、愛《あい》桜子《おうし》、月人、霊子《つゆこ》、燕子《えんし》、無事庵等各進歩せざるはなし」とあって、次の三句が掲げられている。

望夫台に登れば長し春の雲　　無事庵

牡丹伐つて蜂にさゝれし小僧かな　同
此秋は彼岸日和のつゞきけり　同

居士が同じ文章の末に諸家に下した二字評を見ると、無事庵は「委曲」とある。爾来無事庵の名は越後の作家として、常に香墨《こうぼく》と並挙されているけれども、当時に於《お》ける斯人の俳壇に於ける存在は決して華々しいものではなかった。

無事庵氏の句は従来纏められたものが無い。最近目黒野鳥氏が自ら輯録されたものに、無事庵氏の息女たる西脇茅花氏が今成家に現存する遺稿から抄録されたものを併せ、浄書して示された「無事庵句録」には四百卅句ばかりの句が載っている。「日本」「ホトトギス」その他に発表された句は殆《ほとん》ど網羅されて居り、作句年代も略々明瞭であるから、この一巻を材料として少しく点検を試みることにしたい。

「無事庵句録」の内容は明治廿七年にはじまっている。「日本」及「小日本」等への投句はこの年からのようであるが、子規居士との交渉は少しくおくれるように思われる。廿八年十二月五日の書簡に「拝復御懇篤なる郵書に預り奉多謝候、殊に書籍二冊摺もの一枚御恵投難有落掌致候、俳道御修行の趣斯道のため大慶に奉存候」とあるのが無事庵氏に宛てた最初のもので、両者の交渉はこの時にはじまったのではあるまいか。廿九年二月十日の書簡には、「一月来兎角やまひがちにて御返事もおこたり申候、懶惰《らんだ》の罪ゆるされ可被下候」とあって「今かへす冬の発句ぞ冴え返る」の一句が添えてある。「日本」の投句以外、直接子規居士に添削を乞うた消息はこれでよくわかる。

無事庵氏は子規居士より二歳の長者であった。居士と同じ病を獲たのは何時《いつ》頃かわからぬが、日清戦争従軍が居士の病を重くしたように、廿九年三月に長岡まで無理な旅行をしたのが宿痾《しゅくあ》再発の因となり、その後は多く病褥に在ったらしい。「無事庵句録」に病の句が散見するのも廿九年以後のようである。

病中

行春をうつら〳〵と眠りけり　無事庵

我病んで起ちも得せぬに春の行く　同

煎薬の土瓶す丶けぬ我が残暑　同

蚊帳《かや》の外に薬煮て居る老女かな　同

逸早く蚊屋に入るまで我老いぬ　同

こういう病牀生活が子規居士に対する敬慕の念を強くし、その作物に対しても同情同感を禁じ得なかったのであろう。生前一度も相見る機会が無かったに拘《かかわ》らず、居士に関する句がいくつもある。

子規庵

対すべき達磨もなくて君が冬　無事庵

年礼の廻りをさめや根岸庵　同

病中の子規子に寄す

鶯よ足たゝぬ君が庭に鳴け　同

子規子の飼ひたまふ鴨の子の成長を祈りて

小盥の小鴨米かめ小米かめ　同

達磨の句は「土達磨を毀つ辞」という子規居士の文章を蹈えている。居士にはそれより前に

燃料になるべき仏さへもたねば

寒き日を土の達磨に向ひける　子規

の句があるので、特に「対すべき達磨もなくて」と云ったのである。「年礼」の句は想像の産物であるが、市中の年礼を済して最後に根岸庵に来る在京俳人を思い遣ったところに、普通の想像以上の親しみがあり、裏面には訪い得ざる自分を顧みて多少羨しく感ずるような点もあるかと思う。鶯の句は長塚節《たかし》氏がはじめて居士を訪うた時に詠んだ「人の家にさへづる雀ガラス戸の外に来て鳴け病む人のために」という歌と同じ心持であろう。両者の相違点は遙に子規庵を思い浮べたのと、親しくその場に臨んだのとに在る。子規居士が飼った小鴨の事は「根岸草廬記事」の最初に見えている。「米かめ小米かめ」は「鴨米嚙む小鴨が小米嚙む」という早口言葉の応用らしい。早口言葉の句は珍重に値するかも知れぬ。

子規居士の病が次第に重きを加えつつある時、無事庵氏の病状も大体同一歩調を取って進んで行った。

秋を待つ病人同志の話かな　　無事庵

病中

襟巻に憂き身なりけり後の月　　同

病む人に手の届かざる蠶《かいこ》かな　同

衣更へて鼻ひる病上り　同

眼を病んでぬくき火燵《こたつ》にこもりけり　同

殊にその間には

兄弟病に臥す茲に幾年、弟先《ま》づ逝く、予も衰ふ

散るや木の葉残るも枯れ木の葉にて　無事庵

草餅や亡き弟の百ヶ日　同

亡弟一周忌

雪ふりて待てども遅き和尚かな　同

の如き同情に堪えぬ出来事もあった。冬になれば越後は大方雪に降りこめられて、

葬礼の日を吹雪して人耳語す　無事庵

二日二夜ひたぶるあれて終に雪　同

窓一つそれさへ雪に埋れけり　同
新聞の今日も届かぬ吹雪かな　同
元日の礼者絶えたる吹雪かな　同

というような空気の裡に日を送らざるを得ない。無事庵氏病中の句が比較的単調の観があるのは、如是の環境に余儀なくされたところもあるが、子規居士が病牀の瑣事微物に片端から興味を見出して行ったほど、自在の俳境を得られなかった為ではあるまいかと思う。

しかし無事庵氏の俳句の世界は、右に挙げたようなものだけではない。病牀を離れた屋外の自然の上にも種々の観察を試みている。

後の月刈田々々の水光る　無事庵
青空や玉削りなす雪の峯　同
卯の花や二三日濁る井戸の水　同
明星を浸して秋の水浅し　同
我庭は菊も作らず露葎《つゆむぐら》　同

糸瓜《へちま》より糸瓜の影の長きかな　同
傘張の傘干す庭や葉雞頭　同
箒木に群れて鳴く蚊や蒸す夕　同

これ等の句が大体に於《おい》て小景に終始しているのは、作者の生活が病牀に局限されている為に外ならぬ。更に局限されれば

秋風やくれなゐさめし蚊帳の縁　無事庵
錦絵の屏風古りたり冬籠　同
碁をくづす音や夜寒の襖越　同

の如く、室内身辺を離れ得ぬことになる。題材の大小広狭はさのみ問題とする必要は無い。それに対する詩眼の深浅が句の価値を決するのである。

子規居士と無事庵氏との間には、俳句の外にも種々の贈答があった。

無事庵より熊の肉を贈り来る

江 戸 桜 越 後 の 熊 を 肴 か な　　子 規

というのは明治卅一年の句である。これは北魚沼郡湯の谷で捕獲した熊の肉で、粕漬にして送ったらしいが、この贈物は一度に止らなかったのであろう。卅五年一月の書簡にも「熊の肉御贈被下難有奉存候、今年のはやはらかく殊に美味を覚え候」とある。その他干蕨だとか、坂戸山の松茸だとか、折々の物を居士の許に贈ったことが無事庵氏の書簡によって窺われる。卅三年四月にクラシシの毛皮を贈った時は、左の二首の歌を以て報いた。

青畳青色あせし我庵に君がめぐみのくらしゝの皮
くらしゝの羊の皮を我が敷きて隣の桜見ればたのしも

こういう贈物の上には未見の居士に対する敬慕の情ばかりでなく、真に同病相憐む温な心持が感ぜられる。無事庵氏が書簡の端に記した

子規子を思うて　無事庵

たゝく水雞君に逢ひしは夢なりき

夏瘦せて君が仙骨あらはれぬ　同

の二句は、句として格別のことは無いけれども、この情味の現れとして、やはり看過しがたい気がするのである。

クラシシの皮を贈った無事庵氏の書簡には、越後に有望の俳士続出の事、自分の家庭内にも俳句の趣味を解する者ある事等を記し、自分だけで研究していた時に比すれば楽しみが多くなったと述べた末「何を申すも身に添ふの大患治するの期なく年々衰弱相加はり候には困却仕り候、乍末毫尊君には斯道のため折角御自重専一に希上候」と結んであるが、「日本」や「ホトトギス」への投句は卅三年を限りとし、卅四年には「東北日報」に寄せた十句余が伝わっているに過ぎぬようである。無事庵氏が亡くなったのは卅五年の四月であった。五月廿八日の「病牀六尺《びょうしょうろくしゃく》」に左の記事がある。

越後の無事庵といふは一度も顔を合したことはないが、これも同病相憐む中であるので、手紙の上の問ひ訪づれは絶えなかつたが、ことし春終《つい》に空しくなつてしまふた。其《そ》の弟の丶人《ちゅじん》其《その》遺子木公《もっこう》と共に近頃吾が病牀を訪づれて、無事庵生前の話を聞いたが、斯《か》くまで其容体の能く似ることかと今更に驚かれる。一、二の例を挙ぐれば、寸時も看病人を病牀より離れしめぬ事、凡《すべ》て何か命じたる時には其詞の未だ絶えざる中に、其命令を実行せねば腹の立つ事、目の前に大きな人など居れば非常に呼吸の苦痛を感ずる事、人と面会するにも人によりて好きと嫌ひとの甚しくある事、時によりて愉快を感ずると感ぜざるとの甚しくある事、敷蒲団《しきぶとん》堅ければ骨ざはり痛く、敷蒲団やはらかければ身が蒲団の中に埋もれて却《かえっ》て苦しき事、食ひたき時は過度に食する事、人が顔を見て存外に痩せずに居るなどと言はれるのに腹が立ちて火箸の如く細りたる足を出して是でもかと言ふて見せる事、凡《およ》そ是等の事は何一つ無事庵と余と異なる事の無いのは病気の為とは言へ、不思議に感ぜられる。此《この》日はかゝる話を聞きし為に、其時迄《まで》非常に苦しみつゝあつたものが、遽《にわか》に愉快になりて快き昼飯を食ふたのは近頃嬉しかつた。

無事庵の遺筆など見せられて感に堪へず、吾も一句を認めて遺子木公に示す。

鳥の子の飛ぶ時親はなかりけり

次いで六月五日の「病牀六尺」の中に左の一句がある。

無事庵久しく病に臥したりしが此頃《この》みまかりぬと聞きて

時鳥辞世の一句無かりしや　子規

「仰臥漫録《ぎょうがまんろく》」にはこの句の外になお一句記されている。

無事庵追悼

夏草にまだ見ぬ人の行へかな　子規

無事庵氏には辞世の一句が無かったのみならず、卅五年の句は何も伝わって居らぬのである。

卅六の壮齢で館を捐てた子規居士は、生前知友の死を弔うことが寧《むし》ろ少かった。無事庵氏はその少い中の一人である。子規居士と無事庵氏との交渉は、親しく病牀に出入した人達に比べれば遥に浅かったに相違無い。明治俳壇に於ける無事庵氏の位置も亦《また》、それほど特筆するに足るものではないかも知れぬ。ただ居士と同じく病み、居士に数箇月先《さきだ》って歿し、その病中の様子に就《つい》て「何一つ無事庵と余と異なる事の無い」と感ぜしめたところに、居士との因縁の自ら他に異るものがあった。「むらぎものわがこころ知る人の恋しも。み雪ふる越路のひとはわがこころ知る」という芥川龍之介氏の旋頭歌の意が、何だかこの場合にも当嵌るような気がしてならぬ。

新海非風

幕末の天地に活躍した志士で、明治維新に際会し得なかった者は少くない。明治の自由民権運動に参加した人々の中には、国会開設以前に亡くなった者もあれば、一たび国会に出ながら、遂《つい》に局外に逸脱し去った者もある。明治俳壇に於《お》ける子規居士の事業は、先《ま》ずこれを常盤《ときわ》会寄宿舎内の友人に及ぼし、次第にその範囲を拡張して行ったのだから、最初からの同志と見るべきものは極少数に過ぎぬ。その少数の人々のうち、後々まで居士と事を共にした者が幾人も無いことを思うと、一事を成就するの難きを今更の如く痛感せざるを得ぬが、この黎明期の作者として永く忘るべからざるものは新海非風《にいのみひふう》、五百木《いおぎ》飄亭《ひょうてい》の両氏である。

子規居士が俳句を作るようになった最初の動機は何であったにせよ、常盤会寄宿舎内の文学熱がこれを発達助長せしめたことは争われぬ。非風、飄亭両氏は居士の双翼であったというよりも、寧《むし》ろ三人が切瑳琢磨する間に、自ら俳句の上に眼が開けて来たと見る方が妥当であろう。この三者を中心に同好の士が集り、遂に監督の地位に在った内藤鳴雪《めいせつ》翁までがその渦巻に捲込まれてしまったのだから、舎内の一部に攻撃の声が起るというのも、常識的には一応尤《もっとも》な次第であった。

飄亭氏のことは姑《しばら》く措く。同じく黎明期に異彩を放った作家にしても、藤野古白《こはく》などという人は、子規居士の手によって編まれた「古白遺稿」一巻が残っている。殊にその最期が厭世のピストル自殺であったというところから、後々まで人に記憶され、早稲田の同窓であった後藤宙外氏の如きも、「明治文壇回顧録」の冒頭にこの人のことを伝えている位である。非風氏に至っては「早く文学を廃し東西に流浪し俗界の人となる」と子規居士が云った通り、文芸方面を離れてから世を去ったので、その遺詠の如きも殆《ほとん》ど顧みられていない。僅《わずか》に小説「俳諧師」の中の立役者として、五十嵐十風の名をとどめているだけでは、非風氏たるもの浮ばれそうもないような気がしてならぬ。

明治二十二年の秋、非風、飄亭両氏が月明に乗じて、その頃不忍池に近い下宿に居った子規居士を訪うた。これが飄亭氏の居士と相見たはじめであったという記念すべき会合であるが、やがて三人相携えて上野の森に遊んだ。その時出来たのが

大空に月より外はなかりけり　　非風

という句である。これが非常の名吟で、当時これに及ぶものは無かったということが飄亭氏の書いたものに見えて居り、子規居士も「余復《また》歎賞して不可及となせり」と記している。非風氏の作句は何時《いつ》頃からはじまったものかわからぬけれども、この句などが人に記憶された最初のものであろう。

子規居士はかつて飄亭氏の句を評して「明治二十三、四年の頃吾人の俳句は未だ俳句を為さゞるに当りて飄亭の句已に正を成す」と云った。然るにその飄亭氏には又《また》「非風はこの間に一歩を先だてゝ居た」と云い、廿三年中の作として左の数句を挙げている。

蚊遺して魚待つひまや夏の月　非風
夕やけの波に近よる蜻蛉かな　同
波走る灯もあり浜千鳥　同
海に入る月より出たり渡り鳥　同
稲妻のする山きれや寺一つ　同

これ等の句は子規居士をして「明治俳句界の啓明と目すべき者」と評せしめた古白氏の句、「今朝見れば淋しかりし夜の闇の一葉かな」「芭蕉破れて先住の発句秋の風」「秋《しゅう》海棠《かいどう》朽木の露に咲きにけり」などほど清新ではないかも知れぬ。しかし自然の趣を得る点に於《おい》て、慥《たしか》に先鞭を著けたところがある。古白氏が居士を驚かした「今朝見れば」以下の句は明治廿四年秋の作だというから、非風氏の句はそれより一年先んじていることになる。この辺に於ける一年の先後は軽々に看過しがたい。非風氏は当時房州に遊んでいたので、触目の風物から如是の趣を捉え得たのであろう。「夕やけの波に近よる」の句は観察の微細なところ、特に注目に値する。

明治廿三年の末に非風氏も瓢亭氏も徴せられて兵営に入った。常盤会寄宿舎内に於ける三国同盟は破れたが、こういう境遇の変化位で旺盛な文学熱が冷却し去るものではない。一週一回の日曜日には子規居士のところに集って鬱結を散ずる。瓢亭氏の如きはこの兵営時代、即ち廿四年の下半期に於て俳句の趣味を解しかけたという一事に見て、その程度を察すべきである。廿五年の秋にはじまった「せり吟」なるものに、鳴雪翁と居士の外には非風、瓢亭両氏が加わって、その達吟を競っている。左の諸句は「せり吟」中のものである。

岩角にのび上りけり月の鹿　　非風
山寺に鹿の集まる月夜かな　　同

白露の中に明るき小村かな　同

廿五年七月、飄亭氏に送った子規居士の書簡に「貴兄ならし野に行きてならし野に呑まれ給ふては迚《とて》も名句出来まじく、まづならし野を一呑みにのみこんだ上にて句作し給はゞ宏壮雄豪なる名吟続出せん、己をならし野の外に置き給ふてもよろしかるべく、とに角局中にのみ区々としては句を沢山得るのみに可相成候、非風の、五月雨や木曽路へかゝる笠一人の心持にてやり給へと局外より申上候」という一節がある。同年十一月、鳴雪翁と日光に遊んだ時の紀行にも、

華厳の壮観を目あてに穤袢の汗水を山坂の名残に留めてそこまで辿り来たり。紅葉《もみじ》の間をくねりくねりて流れ来る川一筋、谷尽くると見れば忽ち倒まに落す瀑布三千丈、水煙さと立ちて落ちこむ底だに見えず。

千丈の滝の岩間やむら紅葉　非風

といふ友人の句のみ口に浮びて発句など思ひもよらず。

と記している。これ等の語によって、当時の居士が非風氏の句に一日の長を認めていた消息を窺い得るかと思う。

兵営生活の上で飄亭氏と歩調を一にした非風氏は、病の上で子規居士と途を同じうした。前に引用した飄亭氏宛の書簡に「非風いよ〳〵痼疾《こしつ》と相成候由、致し方なけれども仰に任せそれとなく且《か》ツおどし且ツなぐさめ置候」とあるので、略々その時期を知ることが出来る。この年の夏居士と共に松山にて、碧梧、虚子両氏などと句を作ったりしているのは、痼疾を得た結果であろう。非風氏が軌道を踏み外す最初の原因は、この痼疾に在ったらしい。その点同じ病人でありながら、病を得て文学に専念した子規居士と千里の差を生ずるわけである。

明治廿六年春の「日本」紙上には、非風居士の名で寄せた文章が何篇か載っている。もし非風氏が「俳諧師」に現れた五十嵐十風の道を択まなかったならば、或点《ある》まで飄亭氏と同じような径路を辿ることになったかも知れぬが、子規居士と非風氏とが性格を異にするように、非風氏と飄亭氏とも亦《また》世界が違う。三人三様の道を進むようになったのは、必ずしも往年の三国同盟が破れた為ばかりではない。

碧虚両氏が仙台の高等学校を退いて上京した明治廿七年の末頃には、子規居士と非風氏との間に殆《ほとん》ど往来が無かったそうである。この原因が「俳諧師」に書かれているように、吉原出身の婦人と同棲するに至った非風氏の生活に在ることは想像に難くない。飄亭氏は這間の消息に就《つい》て次のように述べている。

終に世に現るゝに至らずして止んだ亡友非風は、当初我々と共に俳句に熱洋した一人で、当時子規は彼が天品の奇才を欣び、大に之《これ》を培養せんと志したのであつたが、殆ど狂熱的感情家たりし彼れ非風は、中途子規と同じく結核性の肋膜炎より直に肺病となつた為、此の激烈なりし感情家は忽ち自暴自棄の人と化し自ら嘲りつゝ敢て放縦の行ひをなしたので子規はやがて之を棄てた。非風は之に対して以後常に子規の冷淡と無情とを憤つて居た様であるが、此感情の激越なる男と理性の最も強き男とは、元来どこかで衝突すべき因縁が有つたのである。併《しか》し非風を見棄る際に於ける子規は、如何に彼のため悲しんだか、亦《また》如何に親しき同志を失うて自己の周囲の落寞たるを悲しんだか、非風をして我輩局外の位置にあらしめたならば、決して爾く単純に冷淡無情を以て憤り得なかつたであらう。

子規居士としては単に遊蕩を憎むというよりも、之によって所志を貫き得ぬということの方が重大問題であったに相違無い。非風氏を見棄てたというのも文学上の同志とし

て顧みなくなったまでで、交を絶つほどのことは無かったものと思われる。飄亭氏宛の書簡を見ると、問題の婦人に関して

非風愛人の顔、先日牛伴より聞き候、牛伴一見致候由にて其顔を画きて見せ申候、誠に実物を見るが如くにて日頃の望み相足り申候呵々(廿七年七月)

とあったり。

小生今迄《まで》にて最も嬉しきもの
初めて東京へ出発と定まりし時
初めて従軍と定まりし時
の二度に候、此上に尚《なお》望むべき二事あり候
洋行と定まりし時
意中の人を得し時
の喜びいかならむ、前者或は望むべし、後者は全く望みなし、遺憾々々、非風をして聞かしめば之れを何とか云はん呵々(廿八年二月)

とあったりして、道学先生的に深く咎める風は無いからである。更に廿八年一月の佐藤肋骨《ろっこつ》氏宛の書簡には「非風内へは先日一、二度参り候、家持はとんと変つたものに候」ということが見えるから、牛伴氏(下村為山《いざん》)の画によって見るが如く感じたという婦人にも親しく逢ったのであろう。飄亭氏宛の書簡に非風氏関係の文字が多いのは、三国同盟以来の因縁も勿論あるが、飄亭氏が若い時分から人を恕する寛容の徳に富んでいたことも、与《あずか》って力ありはせぬかという気がする。

非風氏は子規居士従軍の年に職務の都合上北海道に渡ったが、健康を害して戻り、その後京都で暮すことになった。「ホトトギス」が松山に生れ、次いで東京に遷り、子規居士を中心とする俳句が大に振うに至ったのはこの時分の出来事である。京都にはそれ以前から満月会なるものがあって、遥に東京と呼応していたが、非風氏は全く俳壇の埒外に出てしまった。その句は先《ま》ず子規居士から遠ざかる頃までの所作として見て差支あるまい。

「獺祭書屋俳話」の終に載せられた俳句の中に、非風氏の句が三十足らずある。そのうち若干は「新俳句」にも取入れられているが、明治俳壇黎明期に印した非風氏の足跡としては第一にこれを挙げなければならぬ。

鶯や生麦村の四つ下り　非風
一のしに思ふことなき燕かな　同
山里の春は淋しき茗荷かな　同
住吉にともし一つや時鳥《ほととぎす》　同
古道にあふ人もなし墓参り　同
三日月や阿波の鳴門の波がしら　同
白萩の末は小川の月夜かな　同
こがらしのあるゝが中に入日かな　同
川一筋夕日に光る枯野かな　同

飄亭氏の句に見るような壮大雄勁の趣は殆ど無い。「阿波の鳴門の波がしら」の如きは壮大なるべき要素を具えているに拘らず、三日月を点じ、波頭を描いた為に、大景の中の繊細な趣を詠じたもののようになってしまった。燕の句、こがらしの句は左の句を連想せしめるが、句の価値はともかくとして、何年か先んじている功を認むべきである。

思ふことたゞ一筋に燕かな　漱石

凩《こがらし》や海に夕日を吹き落す　同

「川一筋」の句は

玉川の一筋光る冬野かな　鳴雪

と酷似している。但《ただし》いずれも明治廿五年の句なので、俄《にわか》に先後を定めることが出来ない。「新俳句」に採録されたものは幾何もないが、題材に於て少しく変化を示したところがある。

山寺は鐘の銘ほる弥生かな　非風

山吹の雫の下や蜆籠《しじみかご》　同

辻々の交番柳したゝりぬ　同

古道に馬もすゝまぬ芒かな　同

弥生の句、山吹の句の如き、奇を弄せずして自ら特色を見る。交番の柳はこの時代として新しい材料であったろう。古道の句は前の墓参と云い、この芒と云い、何となく蕭条たるものを現しているように思う。

その他この時代に属する句を若干挙げると、

釣鐘に梅の影這ふ月夜かな　非風
国道に大八車かすみけり　同
ぬかるみに菖蒲花咲く木曽路かな　同
鶯や藪を流るゝ京の水　同
夕月の木曽の崖道藤下る　同
戸のすき間〳〵を雪の積りけり　同
枯菊や流しに氷る鍋の尻　同
谷間に木の葉ちりしく冬田かな　同
汀の影に硯の水の氷りけり　同

の如きもので、必ずしも一様ではないけれども、大まかな調子の中に繊細な趣の加わっていることを看過出来ない。大景壮観を好む飄亭氏の句境とはよほどの距離を生じている。こういう趣を発揮したものが沢山あったら、鳴雪翁、飄亭氏と鼎立して明治俳壇の初期を飾ることになったかも知れぬが、惜むらくは句の数が少い。

非風氏の句にはその境涯に触れたものが殆《ほと》ど見当らぬ。激越なる感情を盛り得なかったのは、俳句の性質の自ら然《しか》らしむるところで、寧《むし》ろそれが為に本道を踏外さなかったことを多とせねばならぬが、数奇なるその生涯を記念するに足るものが一句も無いのは、斯人の一生を愈々寂寞《いよいよじゃくまく》ならしむる観がある。碧梧桐氏の記すところによれば、非風氏は親孝行な人であったという「新俳句」に採録されている

亡父の忌日に

永き日のはや暮れかゝる回向《えこう》かな　非風

の一句は、その片鱗を窺い得る点で、珍重に値すべきものであろう。

秋風や蝦夷《えぞ》の浜辺の海の音　非風

日の入りの雪野を雪車の行へかな　同

の二句は、題材から見て北海道へ渡ってからの作かと思われるが、この時代は已に俳句に疎くなっていたので、異郷の風物を詠じたらしいものは他にあまり無いのである。「春夏秋冬」は非風氏が俳壇の埒外に在った時代の撰集だから、その句は全くあるまいと思っていたところ、冬の部に至って左の二句に逢著した。

甲板に降り積みし雪の旦かな　非風
風寒く日の水氷るべかりけり　同

作句年代は明《あきらか》でないが、何となく北海道の空気を連想せしむるものがある。非風氏として最後の作ではないにせよ、世に伝えられた作品のうち、最も晩年の作であることは疑を容れぬ。

非風氏は明治卅四年十月京都に歿した。歿日は当時の「ホトトギス」にも明記してなかったように記憶する。その十一月六日、ロンドンの夏目漱石氏に宛てた子規居士の書簡には「錬卿死ニ非風死ニ皆僕ヨリ先ニ死ンデシマツタ」と書いてある。錬卿というのは少年時代からの友人であった竹村黄塔《こうとう》氏(碧梧桐氏の令兄)のことで、同じ年の二月に亡くなった。垂死の病牀に在ってこれ等の亡友を念頭に浮べた居士の心持は、この短い言葉によく出ている。子規居士は決して非風氏を忘れたわけではなかったのである。

吉野左衛門

明治廿九年十月、子規居士はじめ十二人の俳人がお茶の水の玉翠館でうつした写真がある。各人の名前の下に註記された年齢を見ると、前列中央の鳴雪翁(五十歳)が一番の年長で、左端の左衛門《さえもん》氏(二十歳)が最も若い。尤《もっと》も十二人のうち高木錦浦氏の年齢だけが不明であるが、当時の俳壇に活躍した青年の中で、左衛門氏の特に若いのが目につく。然《しか》も子規居士の新俳句を論じた最初の長論文「明治二十九年の俳句界」には「其村、東雲、左衛門の三人は鼎立の姿なりしが、其村はじめに上達し、東雲次に上達し、左衛門最後に上達す。其村漸く進んでそれより後進まず。左衛門将に或《あるい》は進まんとす」とあり、「左衛門は口を衝いて立どころに数百句を成す。句法趣向共に無造作なれども、なか〳〵に俗気少し」という評語の下に、その作十七句が挙げてあるのである。三人のうち最後に上達した左衛門氏に対し、子規居士が最も望を嘱している模様は、以上の数語によって十分窺うことが出来る。

日本派の陣営に逸早く頭角を現した左衛門氏は、太朗の別号を以《もっ》て秋声会派の群に加わっていた。「新俳句」より少しおくれて出た「俳諧木太刀」の作者に「吉野太朗」とあるのが左衛門氏の事である。無造作にして俗気少しという特徴に変りは無いけれども、両派の採る句は自ら趣を異にする。「新俳句」「俳諧木太刀」共通の作は「我昔揚屋に年を忘れける」の一句に過ぎぬ。

明治四十一年九月、「国民新聞」の政治部長時代に民友社から出版された「栗の花」は、左衛門氏の唯一の文集と見るべきものである。最初は句集を出すつもりだったのが、精選の結果、一部の書を成すに足らなくなったので、かつて何かに発表した小説、紀行、小品の類を輯録し句集は却《かえっ》て附たりのような形になった。近来はあまり古本屋でも見かけなくなったし、世間からも忘れられてしまったかも知れぬが、「栗の花」は左衛門氏その人を考える上に於《おい》て、どうしてもなければならぬ書物である。十八、九歳の時の作であるという小説「蓮華草」などを読むと、文学志望の為に家を飛出し、京阪に巌谷《いわや》小波《さざなみ》氏や須藤南翠氏を訪うたという小時の左衛門氏の面影が浮んで来る。もしあのまま小説に没頭していたとしたら、虚子氏あたりよりも早く文壇に一地歩を占めたかもわからぬところであった。然るに一朝にして初志を擲《なげう》ち、早稲田の政治経済科を出て新聞界の人となった為、先《ま》ず文壇の空気と没交渉になり、次いで俳壇にも縁が遠くなった。朝鮮に渡って「京城日報」社長の椅子に就いた前後が、左衛門氏の全盛時代だと云われているが、それは現実的生活を基準にした話で、文学的見地に立てば又《また》問題が別にならなければならぬ。

「栗の花」の終にある「左衛門句集」は、全体の句数が二百九十二であった。京城を引上げて再び東京の人になって後、即ち大正五年六月に改めて単行本として出版された「左衛門句集」は、句数は依然三百に満たぬけれども、その後の作品並に「栗の花」の本文に在って句集に無かったものなども加えられているので、その内容はよほど異っている。各季の句数に就《つい》て見ても、春は二十五句、夏は二十句を減じているに反し、秋は四十七句、冬は六句を加えているのであるから、句集としてはやはり両者を併看する必要があるかと思う。

子規居士が「明治二十九年の俳句界」に挙げた十七句のうち、「栗の花」の句集に採録されているのは次のようなものである。

宰相は牡丹の君と申しけり　左衛門
青簾琴曲指南所なり　同
足洗ふべからずとある清水かな　同

置炬燵物書かんとて寐入りけり　同

けさの雪虚子市に蓑を得しや如何に　同

根岸庵　二句

冬枯と題すべき庵となりにけり　同

草枯の萩と申すもあはれなり　同

この外に「此頃《この》は海鼠ばかりと申しけり」という句があって、「栗の花」に「此頃は新酒ばかりと申しけり」とあるのと酷似しているが、後に季題を改めたものか、同様の句が二つあったのを、一を棄てて他を存したのか、句集には作句年代が記されていないので、何とも判断出来ない。

これ等の句は「口を衝いて立どころに数百句を成す」というのが必ずしも誇張でないと思われるほど、如何にも無造作に出来上っている。あるがまま、見るがままを直に句にしている点で、面倒な註解を要する句などは一も無いが、その中にも自ら時代の変遷の已むを得ざるものがある。「宰相」の句の如き、明治年代の人ならば一読して句意を了したろうと思われるに拘《かかわ》らず、今日では「牡丹の君」の伊藤公たることに、とかくの説明を費さなければならぬであろう。

兎角して寒に入りけり松の内　左衛門
足跡や汐干の蟹の潜み顔　同
春風に玩具の蝶を飛しけり　同
夕立のぽつりと来たる八ッ手かな　同
瓜切つて戻る裸やはたゝ神　同
砧打つ臼の上なる灯かな　同
芝浦や花火は消えて台場の灯　同
静かさや大つごもりの夜の雪　同
掃溜むる末社の前の落葉かな　同
石蕗《つわぶき》咲くや手拭古りし手水鉢　同

これ等の句も皆隠れたる所なきものである。松の内の句は一見正月らしからざる趣であるが、松の内を詠んだ句の類型的なのが鼻について来ると、この句に易らざる面白味を感ずるようになる。年々歳々きまりきった松の内の数日を送迎する際に、必ず念頭に浮ぶのはこの一句である。松の内がとかくして寒に入るという平凡な事実も、旧暦時代には無かったのだから、逸早くこれを捉えた点にこの句の手柄はあるのかも知れない。「玩具の蝶」は上野の入口などに売っていた。飛行機以前に空中を飛ぶことが子供をよろこばせたものであるが、その後は全く見る機会が無くなった。これなども時世の変化が多少の説明を余儀なくせしむるので、作者としてはあるがまま、見るがままを句にしたに過ぎなかったのである。

畑打つて縛りし桑をほどきけり　左衛門
編笠を脱ぎて草刈る日蔭かな　同
夏菊に唐箕の塵のかゝりけり　同
広庭の麦殻踏ムで月見かな　同
露けさに括り分けゝり道の桑　同

こういう句には作者の郷里——と云っても今日では中央線の電車の範囲内に過ぎぬが——武蔵野の一角に在る農村の空気が現れている。それもそこに生れ、そこに育った左衛門氏として自然に出て来るので、吟行の徒の触目雑詠と同一視するわけには往かぬけれども、あるがまま、見るがままの句である点に変りは無い。

口を衝いて立どころに数百句を成す底の無造作な句は、些《いささか》の厭味を伴わぬ代りに、作者の個性とか、特色とかいう段になると、顕著なものを認め得ぬのは当然である。

肥車畑に引去る霞かな　左衛門
地車を御所に挽き込む牡丹かな　同

の如きものが、

指南車を胡地に引去る霞かな　蕪村
地車のとゞろとひゞく牡丹かな　同

に類似しているのは、或《ある》程度まで蕪村を摸して、それから脱化しようと試みたものかも知れぬが、

うか〳〵と我家遠き納涼かな　左衛門
うか〳〵と我舟遠き汐干かな　麦人

行水の盥《たらい》かへしあへず夕立す　左衛門
行水や沛然として夕立す　子規

に至っては、作者が同時代の人だけに、句の調子なり、主眼なりの似過ぎていることを遺憾とする。今この両句の先後を決定する材料が手許に無いけれども、もし作者がもっと個性の強い作者であったならば、同じような境地に臨んでも、必ず自己の特色を発揮し得たに相違無いと思われる。

然るに「栗の花」から単行の「左衛門句集」に目を移すと、そこにはいささか前日と異ったものが展開して来る。この句集に新に加えられた句の中には、古く「俳諧木太刀」に採録された「傾城の独り死にけり年の暮」の如きものも無いではないが、「左衛門句集」としての特色は「栗の花」以後の句を収め得たところに在る。それも

東風《こち》渡る頭の上や麻疹除　左衛門
金魚屋の客みて分つ浮藻かな　同
賞与金を懐ろに過ぎぬ年の市　同

の類でなしに、「赤腹日記」前後の作者の境涯に触れた句である。即ち大正四年京都に病を獲て病院に在った当時の句で、その中に次のようなものを見出すことが出来る。

夜寒さや過去なき我の影法師　左衛門
秋雨や人黙し煙草芳しき　同
人来ねば手紙書きけり秋の雨　同
菊に対し心静かや置厠　同
退院の人相乗りや秋晴る丶　同

旅中病舎にて

虚子京を去るや我れ泣く十三夜　同

これ等の句には在来の句に見えなかった作者の主観が、かなりこまやかに出ているのみならず、旅に病むという出来事によって、作者の胸臆より自ら溢れ出たものがある。左衛門氏は元来頑健の人ではなかったので、「栗の花」の中にも

荏苒《じんぜん》として秋に遇ふ身の病かな　左衛門

朝寒や病後に馴れて牛乳の味　　同

などという句があったが、「赤腹日記」時代のものは、もう少し深いところに触れている。人が来なければ誰かに手紙を書く。枕頭にいる人が黙って煙草を吹かす、その煙を芳しいと感ずるというような神経の動きは、明治時代の左衛門氏の句に見られぬところであった。

病院以外の句にしても、

嵐山温泉

寒林や手拭さげて人動く　　左衛門

丹波竹田村

雑魚取に焚火してゐる冬田かな　　同

自ら織り自ら耕して不足なし

家々の事皆足りぬ山の秋　　同

泊雲居

石蕗悲し土蔵の壁の霜崩れ　　同

の如き、いずれも従前と異った響がある。同じ大正四年の句でありながら、前に挙げた「東風渡る」以下の諸句と色彩を異にするのは、果して旅に病んだ為ばかりであるかどうか。

もし左衛門氏の得意時代たる京城生活がもっと続いたとしたら、恐らく「赤腹日記」前後の作は生れなかったであろう。仮令「京城日報」を去ったにしろ、引続き新聞界に在ったならば、身辺閑散の時なく、「左衛門句集」が世に出るような機会も無かったに相違無い。従って吉野左衛門氏は「栗の花」一巻を明治俳壇に残して、永く埒外に逸し去る外《ほか》は無かったのであるが、天公の意は人智を以て測り難い。「左衛門句集」刊行後に於て更に「赤腹日記」以上の病を斯人に与え、不朽の作を天地の間にとどめしむることになった。大正八年から九年に亙る「病間句録」がそれである。

痛所漸く加はる　二句

労はれば我と力なし露の秋　左衛門

従順になつて可笑しや秋袷　同

熱往々九度を超ゆ

熱に馴れて新涼の端居怖れざる　同

暁秋の衾重ねぬ寝汗後　同

子規忌の弟子尚動かしぬ喉仏　同

腰抜けてひとと笑ふや秋の風　同

閏八月我が病牀の火桶かな　同

尚削る肉と骨あり冬隣　同

絹衣具を剱ぬる力も今やなし　同

鬚髯《しゅぜん》延びて襟巻の如く暖かし　同

この時の句が「赤腹日記」当時と異るのは、病の性質が全く異る為である。「赤腹日記」は大患ではあっても、急性の一時的なものであったから、どこを敲《たた》いてもこれほど悲涼な声は出て来ない。その代り今度は病が重ければ重いだけ、度胸をきめて動かぬところがある。感傷的な主観の如きは殆ど地を払ってしまった。

しかしながらこの際の句といえども、病苦以外に一歩も出られぬわけではない。

草花を蹈むに任せぬ雛十羽　左衛門

蕾固く菊の葉厚き艶を見よ　同

コスモスの吹かれ消ぬべき空の色　同

野菊の葉早くも紅葉し居たりけり　同

祝日の雨や簷下《のきした》に菊ずらり　同

九月九日鳥高々と渡りけり　同

百穂画伯金短冊を画き贈らる

裏箔に盛り上る菊の胡粉かな　同

宗演《そうえん》老師遷化

松のみの時雨音なし楞伽窟《りょうがくつ》　同

後の月出たかと聞けば出たといふ　同

病を離れ、苦痛を超えた場合の作者の眼は、触るる限りのものを生々と捉えている。「菊の葉厚き艶」と云い、「裏箔に盛り上る菊の胡粉」と云うが如き微細の趣を描いているあたり、殊に病中の神経の鋭さを思わしむるものがあるが、それよりも作者と対象物とが紙一枚の隔てもないほど、渾然融合している点に瞠目しなければならぬ。「祝日の雨や簷下に菊ずらり」「後の月出たかと聞けば出たといふ」の如き句を読むと、作者の俳句が真に自在境に達していることを感ずる。宗演和尚を悼んだ「松のみの時雨音なし」の句「九月九日鳥高々と渡りけり」の句に至っては、全く塵俗の気を絶したものである。底知れぬ深淵に臨んだような、或は澄みきった空を仰ぎ見るような、朗然たる気持を読者に与えるのは、必ずしもその題材による問題ではない。

無特色に近かった左衛門氏の俳句は、この最後の「病間句録」に於て、何人も妄《みだり》に企つることを許さぬ大きな特色を発揮した。死に直面した作者の心境が、自らこの至醇の域に到ったものであることは、事々しく説くまでもあるまい。一見個性の強そうな絵具を塗り立てた作品は、ちょっと人目を惹く代りに色の褪せ易いものである。真の大きな特色は、左衛門氏のような作家にして、はじめてよく発揮し得るものなのかもわからない。

「左衛門句集」はどうしてももう一度刊行さるべきものと思う。最後の「病間句録」を欠いた句集は、左衛門氏の生涯を記念する意味から云って、甚だ物足らぬのみならず、句集としても肝腎の魂が入らぬことになるからである。子規居士はかつて秋田に帰る露月氏を送って「得意は爾が長く処るべきの地にあらず。長く処らば則ち殆《あやう》し。如かず疾く失意の郷に隠れ、失意の酒を飲み、失意の詩を作りて以て奥羽に呼号せんには。而して後に詩境益々《ますます》進まん。往け」と云った。左衛門氏が失意の裏《うち》に重患を獲て、終に不帰の客となったことは、人生の一大不幸であったに相違無いが、「病間句録」の放った光彩は容易に消えぬ。俳人左衛門としては、その点遺憾なきに近いと云えるであろう。

左衛門氏の長逝は大正九年一月廿二日であった。享年四十四。頭髪も早く半白となり、落著き払った人だっただけに、老人らしい印象を受けたが、実際は見かけより遥に若かったのである。「国史大年表」という書物には、「俳人吉野太朗歿す、年四十四」とあり、「左衛門句集」「栗の花」の二著を挙げたのみで、新聞界の閲歴その他は何も記してない。俳人太朗なるものは明治卅年前後までで、その後は左衛門に帰一したものと考えていたが、ここにこう出ているところを見ると、どこかに太朗の名が伝えられていたものらしい。大成した俳人左衛門の代りに、青年時代の別号がどうしてここに顔を出すのであろうか。いささか不審なので、ここに附記して置くことにする。

佐藤紅緑

明治俳句の興隆に与《あずか》った人々の、子規居士に近づいた経路はいろいろである。同郷の因縁というのが最も普通であるが、仮令郷里は同じであっても、居士に親炙する順序はそれぞれ異っている。紅緑氏は陸奥の産で、郷土は全くかけ離れている上に、居士に俳句の指導を受けるに至る経緯も少しく他と異るものがあった。

陸羯南《くがかつなん》翁の玄関番を勤めていた頃、向いの家の住人として認識したのが最初ではあるが、その前に羯南翁から子規居士の噂は聞かされていた。道灌山へ鳶と鴉の喧嘩を見に行ったり、かるたの勝負を争ったり、その程度の交渉で経過しているうちに、子規居士の転居があった。上根岸八十八番地から八十二番地に移る際である。この時手伝を命ぜられて、自筆の写本の多いのに一驚を喫したが、昼飯の時に発句の話が出ても、当時の紅緑氏は全然十七字詩に無関心であったから、未だ俳句の門に入るだけの機縁が熟さなかった。紅緑氏が「日本」に入ったのは子規居士の「小日本」時代なので、ここでも直に因縁を生じない。「小日本」が廃刊になって、居士をはじめ不折、露月というような人達が「日本」に合流する。紅緑氏が俳句に手を染めるのはそれ以後の話である。第一が近隣の人としての正岡さん、第二が同社員としての正岡君、第三が先生ということになる、と紅緑氏自身三時代三種の称に就《つい》て書いたことがある。

紅緑氏の最初の作句は「日本」の編輯室であった。薄の題を与えられて露月氏と一緒に作ったうち、居士の採ったのが左の二句だったそうである。

芒野や月出でんとして風が吹く　紅緑

絶壁の一本芒乱れけり　同

これを翌日の新聞に出そうとしたが雅号が無い。何かつけて下さいと頼んで、夕方植字場へ行って見たら、ちゃんと「紅緑」になっていた。本名の「洽六」に宛てたのである。この日が九月十九日で、居士の命日と同じであるのも一奇とすべきであるが、当時廿一歳であったというから、明治廿七年に相違無い。「明治廿九年の俳句界」や「紅緑子」の廿九年の条に「芒野」の句が出ているのは、以前の句が混入したものと思われる。「明治廿九年の俳句界」の中に「露月と塁《るい》を対する者を紅緑とす。一は沈黙。一は多弁。一は遅鈍にして牛の如く、一は敏捷にして馬の如し。性質に於《おい》て相反し、俳句に於て相反す。然れども其《その》句奇警人を驚かすに至りては両者或《あるい》は似たる所あり。蓋《けだ》し一時経歴を同じうせしためか」とある。一時経歴を同じうしたというのは「日本」の編輯室で机を並べていたことを指すのである。俳句に於《お》ける露月氏と紅緑氏は、碧梧桐氏と虚子氏に次ぐ一対をなすものであろう。碧虚両氏が同郷の間柄であるように、露紅両氏が共に東北の人であるのは偶然であるかどうか。後年紅緑氏が露月氏を訪うて、一緒にうつした写真を居士に示した時、糸瓜《へちま》を画いた短冊に左の句をしたためてこれに酬いた。

紅緑露月二人の写真を見る、露月は黒き鬼灯の如く紅緑は白き蕃椒に似たり

秋のいろあかきへちまを画にかゝむ　子規

牛と馬の如く、黒き鬼灯と白き蕃椒の如く、相反するように見えながら、どこか相似たところのある両氏の句は、慥《たしか》に明治俳壇に於ける興味ある対照でなければならぬ。

子規居士は「明治廿九年の俳句界」の中で「露月は大に健に、紅緑は小に巧なり」と云った。雄壮、警抜なる露月氏の特色に対し、紅緑氏の特色と見るべきものは微妙、細

心の趣である。

原中や草長うして雉子の声　紅緑
刈跡に陽炎立つや麦の畑　同
葉がくれて林檎の赤き西日かな　同
露葎《つゆむぐら》茶色の蝶の飛んで出る　同
蚊帳《かや》の別れ釣手は残る廿日程　同
雨寒し牡蠣売れ残る魚の店　同
乾鮭の壁赤々と榾明り　同

「露葎」という言葉は今では普通になってしまったが、最初にこれを俳句に用いたのは紅緑氏であるという。こういう造語の苦心は、当事者でなければわからぬかも知れない。紅緑氏にはこの外にも「露葎筧腐りて水もなし」という句がある。

明治廿九年九月の「めさまし草」に「秋の水」の句を発表した時、子規居士は

底澄むや雨を溜めたる秋の水　紅緑

魚の眼のするどくなりぬ秋の水　同

を推し、「小生は紅緑の魚の眼或は圧巻ならんと存候、併《しか》し賛成の人はあるまじきか（略）紅緑は近来細心の句多し、今少し練磨を経ば覇を一方に称するに足らん」と云った。この句は「新俳句」にも採録されている。魚の眼のするどさは固《もと》よりであるが、雨を溜めて底澄む秋の水の微妙な趣の如きも、当時の他の句に比して特に異彩を放っているように感ぜられる。

微妙、細心の句と相俟《あいま》って、紅緑氏の句に注目すべきものは滑稽趣味である。

早蕨の握るものなく伸びにけり　紅緑
むにや〳〵と眠り入るなり顔に蠅　同
おのれ渋しと知らでや柿の真赤なる　同
屋根ふきの尻をふかる、野分かな　同
雪達磨寂然として解けて居る　同
君が恋柿のへたとも思はれず　同
恋百夜猫は忘れてしまひけん　同

これ等の滑稽はそう度合の強いものではない。江戸式の軽妙な種類のものでない代りに、田舎風の気の利かぬものでもない。これには自《おのずか》ら由来があるので、子規居士が紅緑氏に向って第一に注入したのが滑稽趣味であった。紅緑氏は俳句に入る以前、狂歌を愛読していたような事実があるところから、人を見て法を説いたものであろう。但《ただし》

井戸掘は屋根葺よりも涼しかり　紅緑

などになると、也有《やゆう》の「井戸掘の浮世へ出たる暑さかな」から脱化したにしても、いささか知的興味に堕した傾がある。

以上の外《ほか》に蕪村の影響を受けた漢土趣味の句があるのは、この時分の風潮として当然のところであろう。

馬の上王照君の日傘かな　紅緑

鮓桶に五湖の鮒《ふな》とぞ題しける　同

山を下れば春風蜀の道長し　同

韓信を市に罵《ののし》る頭巾かな　同

漢土趣味を取入れた以外の句でも、

朝なく／＼毛虫の蓑の露衣　紅緑
刀打つ小鍛冶が家や星迎　同
霧晴れて眉に落ち来る山嶮し　同
萩刈つて菊に夕陽を愛すかな　同
嘘いうて歯を抜かれたる瓢《ひさご》かな　同
頭巾著て会釈かしこき長者ぶり　同
柳枯れて易者の顔の小さびしき　同
鯨売る市井の匹夫身に文す　同

の如きものには、自ら蕪村の句の影響が認められる。

短夜や毛虫の上に露の玉　蕪村
立去る事一里眉毛に秋の峰寒し　同

腹の中へ歯はぬけけらし種ふくべ　同
水の粉やあるじかしこき後家の君　同
三椀の雑煮かふるや長者ぶり　同
売卜先生木の下闇の訪はれ顔　同
鯨売市に刀を鼓《ナラ》しけり　同

此等の句と対比して転化の迹を味う時、紅緑氏が蕪村の如何《いか》なる句に興味を持ったか、略々想像するに難くない。

紅緑氏の句が奇警であり、敏捷であることは子規居士の評の通りである。しかしこけ脅しや、けれんを用いた句は殆ど見当らない。碧虚両氏が頻《しきり》に変調を用いた当時も、仙台から子規居士に向って不平の手紙を送ったほどで、奇調と目すべき句も極めて少い。僅《わずか》に

散るをすぐ掃かれたるをすぐ散る椿　紅緑
妻を呼び鮓桶の蓋を取つて曰く　同
病は気から河豚《ふぐ》などたんと召さるべし　同

掃くからに打つからに煤の散るからに　同

というような句が多少調子が変っている位のものである。

朝寒ぢや夜寒ぢや秋が暮る、のぢや　紅緑

なども句法は異様であるが、五七五の形は少しも破っていない。

散る椿落る椿を数へけり　紅緑
五月雨や水草動く水の底　同
牛小屋に牛の留守する田植かな　同
独り淋しつく〲ぼうし影法師　同
霧雨や山を見あぐる山の茶屋　同

の如く一句中に同語を重ねて用いるのは紅緑氏の好むところだと子規居士は云っている。こういう畳語は和歌などには屢々《しばしば》用いられるが、俳句には寧《むし》ろ少いかも知れぬ。この好みも奇を弄するまでに至っていないことは、右に挙げた句が悉く《ことごと》雅馴なるによって自ら明《あきらか》であろう。

藤見るやひもじうなりし昼時分　紅緑
菜の花や小学校の昼の柝　同
雲の峯風見鴉の風も無し　同
稲妻に三たび弓弦をならしけり　同
八月の大風南より来る　同
嶋二つ初汐みちて日の赤き　同
行秋や入日に赤き峯の皺　同

これ等は必ずしも微妙、細心というでもない。滑稽趣味とも違うし、蕪村の影響も認められぬ。「菜の花」「雲の峯」などは明治らしい材料を用いているが、材料によって新趣味を取入れようとしたものでもない。しかし句々緊密で、云うべからざる妙味がある。紅緑氏の句の幅を見るに足るものであろうと思う。

明治廿九年五月廿日の子規居士書簡(虚子氏宛)に次のような一節がある。

近来紅緑はしきりに小生の俳家全集を謄写し居れり、其《その》丹精此人には不似合のやうに覚えて感心致候

紅緑一日来りて曰く碧梧桐《へきごとう》も亦《また》僕の写したる物を写し始めたり

碧梧桐はまだ写してゐないのですか、さうです、碧梧桐も虚子もまだ写さないのです

其後小生ひそかに此事を思ふて覚えず涙をこぼし申候

何故に涙をこぼしたるか自らも原因は知らず、然れども涙はひとりでに瞼にあふれ来り申候、胸中には無量の感慨起り候やう覚え候、しかしそれもどんな感慨やら分らず、何しろ知識のはたらきを借らずして起る位に感情的のものなることは論無之候、われある点に於て洒竹に劣れり、諸君亦紅緑に負けんと欲するか

「俳家全集」というのは、子規居士が古来の俳家に就て個人別にその句を分類した稿本である。「俳諧叢書」に加えられた太祇、几董、樗良《ちょら》、涼菟《りょうと》、浪化《ろうか》等の集は、皆この稿本の産物であった。「子規全集」にして一冊半ほどの分量だから、全部謄写するには相当の時間がかかる。そんな骨折をしそうに見えない紅緑氏が、敢《あえ》てその事を企てたのを見て、子規居士は何よりも熱心に感心したのであろう。この書中に記された涙にはか

なり複雑な意味がある。「われある点に於て洒竹に劣れり」というのは古俳書研究の一事を指すので、居士は紅緑氏の「俳家全集」謄写を機会に、碧虚両氏に対し語を放ったのである。後年紅緑氏が「俳句小史」を書き「芭蕉論稿」を公にする萌芽は、この辺に在ると解してもいいかも知れない。

「仰臥漫録《ぎょうがまんろく》」明治卅四年十月十日の条を見ると、紅緑氏に関して次のように記されている。

鳴雪《めいせつ》翁ガ先日ノ茶話会ノ結果ヲ聞キニ来ラレシコトナド碧梧桐話シ話頭紅緑ノ上ニ移ル、紅緑ハコレ迄《まで》世上ニテトカク善カラヌ噂アリタレド、俳句ニ於ケル紅緑ハ全ク別人ノ如ク清浄無垢ナリシカバ、吾等モドコ迄モ清浄無垢ノ人トシテ相当ノ敬礼ヲ尽シタリ、然ルニ此頃紅緑ノ挙動ナド人ヅテニ聞ク所ニヨレバ、俗界ノ紅緑ハ俳句界ノ紅緑ト混和シテ世ノ中ニ立タントスルガ如シ、コレ紅緑人格ノ上ニ一段ノ進歩ナルベキモ、俳句界ノ紅緑ハ多少ノ汚濁ヲ被ルヤモ知レズ、コ、一大工夫ヲ要ス

この事に就ては紅緑氏自身「肺肝に徹する教訓である。先生でなければこんな事を云つてくれない」と云い、居士歿後数年たって遂に俳壇を去る決心をしたと云っている。

「私は先生が築き上げた聖壇を汚す事を漸く逃れ得た。身を修むる上に於ては依然として呉下の阿蒙であるが、此の志だけは先生が認めて下さるだらう」というのである。紅緑は卅五年に「俳句新註」を著し、卅七年に「俳諧紅緑子」を公にした。「俳句小史」や「芭蕉論稿」の出版もこの間の出来事である。著作の上から見た紅緑氏の事業は決して乏しとせぬのであるが、「心と身体を一つにしたい」という念願から、一切の俳事を遠ざかって行ったのであった。

俳壇を去った紅緑氏は劇壇にその気勢を揚げた。自然派の一人として小説界に馳駆した時代もある。これ等は子規居士の所謂「俗界の紅緑」の一部をなすのであろうか。その後多くの通俗小説の作者たるに及んで、子規居士の系統に立つ文学の天地からは逸し去った観がある。「佐藤紅緑全集」の読者の大部分は、俳人たる紅緑氏を知らず、たまたま明治の俳書に「紅緑」の名を発見しても、その同一人たることを疑うであろう。けれども俳壇を去るということは、俳句を抛棄する意味ではない。子規居士をして「清浄無垢」と評せしめた俳人紅緑氏は、俳壇を去ることによってその天真を守り得たのである。吾々は紅緑氏の子規居士を追慕する文章を読む毎に、そこに一点の塵気をもとどめざることを感ずる。紅緑氏が子規居士から伝えられた道を全うしたのは、夙《つと》に俳壇を去り、職業的俳人の群に投じなかった為だと云って差支あるまい。

紅緑氏の句を集めたものは前後三通り出ている。「紅緑子」の巻頭に収めた「俳三年」はその一で、明治廿九年より卅一年に至る間の作品に、諸家の批点を加えたものをそのまま採録してある。

蜊《あさり》蜆《しじみ》小桶に何を語るらん　紅緑

の一句は「明治廿九年の俳句界」にも挙げられているが、もと「盥」であったのを、子規居士が「小桶」と改めたというような消息も、この書によってはじめて知ることが出来る。句集として見れば不完全たるを免れぬけれども、一風変った試みだとは云えるであろう。昭和十八年刊の「花紅柳緑」はその意味に於て略々完備したものである。但《ただし》紅緑氏の俳句生活はここに了《おわ》らず、昭和十八年から廿三年までの句を輯録した「紅緑句集」が歿後に出版された。俳人たる紅緑氏の足迹を見る上から云えば、殆ど遺憾なきに近い。一代に文名を馳せた人の全集が、断簡零墨を掻き集める結果として、余技の俳句まで漏れなく採録される例は珍しくないが、紅緑氏の場合はそれとは違う。自ら俳壇を去ったとは云うものの、俳句は余技でない上に、「佐藤紅緑全集」の余勢が句集の出版に及んだとも考えられぬ。紅緑氏は俳壇を去っても、俳壇は紅緑氏を忘れぬと解すべきであろうか。ここに考えなければならぬ問題があるような気がする。

末永戯道

明治俳壇を回顧した文章はいろいろあっても、その中に末永戯道《ぎどう》という名を挙げているものは恐らくあるまい。戯道氏は所謂《いわゆる》俳人の範疇に属する人ではないからである。ただ子規居士の俳句方面の事業を考える場合には、やはり斯人を逸することが出来ぬような気がする。

子規居士が「日本」に入社した結果として、社内には続々俳人が現れた。飄亭《ひょうてい》、露月《ろげつ》、紅緑《こうろく》、碧梧桐《へきごとう》、把栗《はりつ》、鼠骨《そこつ》の諸氏は概《おおむ》ね前から居士を知っていた人達であり、これ等のメムバーは明治俳諧史に自ら重きをなしているのだから、特に日本新聞社の社員として絮説《じょせつ》する必要は無いが、この外にも社中の俳句作者が若干ある。陸羯南《くがかつなん》翁が蕉隠として、古島一雄氏が古洲或は古一念として時に紙上に現れる類で、俳句にはあまり力を用いなかったにせよ、中村不折《ふせつ》氏の如きもここに算えらるべきであろう。こういう作者は明治俳壇から見れば格別重要な存在ではないけれども、子規居士の影響が身辺の各方面に及び、俳句などに因縁の無さそうな人達まで多少の作品を遺している一事は注目に値する。この一群の作者に就《つい》て誰が最もすぐれていたかと云えば、どうしても戯道氏を推さなければならぬ。

戯道の号は忘れられても、末永鉄巌《てつがん》の名は今なお一部の人に記憶されているであろう。「日本」の第一面に堂々の筆陣を張り、侃々諤々《かんかんがくがく》の論を吐いた一人である。「富嶽遊草」という大判横綴の書物は、明治卅一年八月、黒田長成《ながしげ》侯に陪して富士登山を試みた際の著書で、当時としてはかなり贅沢なものであったが、現在は殆ど目に触れる機会が少くなった。鉄巌氏は漢文を以てこの壮遊の記を作り、別に短歌一百首を掲げている。鉄巌氏が短歌に於《おい》て子規居士より一日の長があったことは、例の「百中十首」の時、斯人の選を求めているのでも明《あきらか》であるが、歿後歌集の類が刊行されたことを聞かぬから、この富士に於《お》ける百首を以てその纏ったものと見るより仕方があるまい。「天雲もいゆきはゞかる富士のねの其いたゞきに立ちにけり我は」「黒雲はあしき雲かも西ひがし汝が行くかたに雷の鳴る」「あやしくも光かゞやく東の雲の下より日はのぼるらし」「野も山も黄色の雲にうづもれて麓のかたに月傾きぬ」「山の上にむすばゝむすべ真清水の黄金白銀君がまに〳〵」等の歌を読むと、格調に於て、奇趣横溢する点に於て、福本日南氏の歌には及ばぬけれども、様に依て胡蘆《ころ》を画く一般の歌に甘んぜざるところは十分に看取出来る。子規居士が「戯道種竹《しゅちく》不折諸氏黒田侯に倶して富士へ登ると聞えければ」という一連の歌の中で「から歌に歌にもつくり絵にもかき我にあらはせそのくすしさを」「不尽の歌不尽の唐歌不尽の絵は山なすあれど君が歌に絵に」と詠んだ「歌」は即ち鉄巌氏の作を指すのである。

この富士登山に出発するに先《さきだ》ち、鉄巌氏は子規居士の病牀を訪うた。居士は褥を出で机に凭り、冷然微笑していたが、やがて家人に命じ写本三冊を取って示した。これは居士の青年時代に輯録した「富士のよせ書」で、古今の富士に関する辞章を網羅したものである。鉄巌氏はこの大冊を見て今更の如く「其精力可欽而其志真可憐也」と感歎した。その翌日居士から歌一首俳一句を寄せ来ったというのであるが、その句は

神鳴の雲をふまへて星涼し

である。歌の方は「富嶽遊草」に記されていない。或《あるい》は前掲一連の作中に入っているのかも知れぬ。居士とこの富士行とはこれだけ因縁があったのみならず、「富嶽遊草」の出版に際しても国歌及《および》俳句を撰むの労を執っている。鉄巌氏が単なる論客でなかったことは、この子規居士との交渉の迹に見て察するに難くない。

鉄巌氏の俳句はその文名に蔽われたのだとも云える。又《また》それほど俳句に力を入れな

かったのだということになるかも知れないが、鉄巌氏の最も力を注いだ文章なるものは、主として時事に対する論策の類であったから、今日まで痕迹をとどめているものが殆ど無い。その意味に於て当時さのみ顧るところとならなかった俳句の作品を取上げて見るのも、あながち徒爾の業ではあるまいと思われる。

末永鉄巌の如何なる人であるかを知ると知らぬに論なく「新俳句」の頁を翻す者は――特に春の部に戯道なる作者の句を多く発見するであろう。「明治二十九年の俳句界」の中にも、その句は挙げてないけれども、末段の二字評に

○戯　道　　婉愜《えんきょう》

と出ている。二字評の加えられた作家は卅八人しか無いから、戯道氏の俳句に於ける位地も略々見当がつくわけである。

戯道氏の人物を漠然と頭に置いて、その作品を想像して見ると、壮大趣味の句、漢語調の句が大部分を占めていそうな気がするが、事実はこれに反してそういう傾向のものをあまり発見することが出来ない。

長谷寺の大釣鐘や梅の花　　戯道

千仭の崖を削りて麦畠　同
麦雛々と関八州の畠かな　同
琴棋書画中に水仙梅の花　同
花咲いて洛陽の年小銭もなし　同
雛犬の声はるかなる霞かな　同
春の水洋々として広野かな　同
麦の穂の茫々として日出かな　同
広野漫々吹雪の中の人馬かな　同

これ等が僅《わずか》にその例と見るべきもので、この程度の漢語は当時に在っては家常茶飯事である。特に斯人に就《つい》て云々するほどのものでもない。その題材に就て見ても、大景は大景ながら平遠の趣が多く、高山大嶽の突兀《とっこつ》たる姿などの無いのは寧ろ意外の感がある。戯道氏の句を点検して更に意外なのは、市中の小景を詠じたものの比較的多いことであろう。

市中や貸地広くして草若し　戯道

馬場先に若草萌えぬ荒れながら　同
聖堂のうしろに古し梅の花　同
春風や掛茶屋並ぶ赤毛布　同
市中や絵草紙店の春の風　同
本郷の岡に上れば菜種咲く　同
大仏あり鐘あり花の上野かな　同
横町の角より戻る燕かな　同
井戸端に柳植ゑたり町の中　同
焼跡や広場に霞む十二階　同
本郷の坂越ゆる時郭公《ほととぎす》　同
短夜の上野にあけて蓮を見る　同

「市中や」の句は几董《きとう》の「絵草紙に鎮おく店や春の風」より大まかである。ただ今は無くなった絵草紙屋を描いている点で「春雨や傘さして見る絵草紙屋　子規」などと同じく、なつかしい回顧資料になっている。本郷の岡から菜の花が見えるというのも、現代人の想像し得ぬ景色であろう。広い火事の焼跡に遠く見える十二階、これも今では話の中に残るだけのものになってしまった。

こういう種類の句は趣を眼前に得て直に成ったもので、苦心沈吟の余の作ではあるまい。新聞記者として市中を往来する者は屢々《しばしば》如是の小景に逢著する。然《しか》も俳句を解する者でなければ、大方は看過しそうな趣ばかりである。

戯道氏の句は又壮観大景でなしに、微細な趣の上に得たところがある。

菜の花の中に地蔵の頭かな　戯道
順礼の笈摺赤し春の雨　同
盆栽の梅若葉して実を持ちぬ　同
端居して褌白き蚊遣かな　同
仇花の咲いては萎《しぼ》む糸瓜《へちま》かな　同
枯れ尽す芒の中の小松かな　同

「菜の花」の句は「馬の首人の首行く菜種かな　飄亭」ほど働いていない。しかし菜の花の中から頭を出している地蔵尊には慥《たしか》に俳画的な雅趣がある。「盆栽の梅」は「鉢植の梅の実黄なり時鳥　子規」に比すれば未完成の嫌があるかも知れぬ。しかし盆栽の梅の若葉した中に丸い実を点じた観察は、一応新なものとして認めなければなるまいと思う。春雨に配する笈摺《おいずり》の赤は多少古いにしても、蚊遣を焚く男の褌の、白きを捉えた著眼は決して平凡ではない。この種の趣は、豪放を以て自ら任ずる粗枝大葉の人物には到底発見しがたいものである。

広庭の木蓮白う咲きにけり　戯道
塩竈や鳥居の下の春の海　同
田螺なく小山田の梅咲きにけり　同
紙雛や花橘の香に匂ふ　同
しん〳〵と神杉木立春の雨　同
夕寒み薺《なずな》貰ひぬ粥たかん　同
芋の葉の漸く伸びぬ二日月　同
階《きざはし》や芙蓉花咲く陰ながら　同
築山や鴛鴦のつがひのしぐれつゝ　同

これ等の句になると単に微細というのとも違う。俳人にしてはじめて会する一種の趣である。立言堂々たる鉄巌氏の論文を見馴れている人は、斯人にこういう一面のあることを却て意外とするかも知れぬ。「富嶽遊草」の文や歌からも、これ等の句に現れたような世界は窺わなかった。つまり戯道として俳句の洗礼を受けたことが、末永鉄巌の世界をこれだけ広くしたのである。椽大《てんだい》の筆を揮って時事を論ずる所謂《いわゆる》硬派の文人にして、この世界に到り得た者が極めて稀なことを思うとき、戯道氏の立場は自ら特異なものになって来る。文章が伝わらず、俳句が伝わっているという結果に見て、とかくの言説をなすわけではない。

戯道氏の俳句は廿九年に最も多く、卅年以後は句作の機会が少くなったものであろう。「承露盤」にも卅年の句を少しく録するのみで、爾余は全くこれを欠いている。「春夏秋冬」の冬の部に出ている左の句のうち、「大江戸」の一句が卅年の作である外、他は何時《いつ》頃のものか、「承露盤」には載っていない。多分卅年を去る遠からざるものであろうと思う。

大江戸や動くもの皆大晦日　戯道
こほる夜を塒《ねぐら》の鳥の羽たゝくか　同
松杉の御陵をしぐれたてまつる　同

煙突や枯木の中の製造所　同

得るようである。

「新俳句」と「春夏秋冬」との相違は一言に尽し難いが、用語の上の雑駁な分子を減じ、句そのものが緊って来たこともその一であろう。戯道氏の数句にもその形迹は認め

子規居士が糸瓜仏となって白雲に駕し去った後、鉄巌氏は「毎夕新聞」紙上に「余が見たる正岡子規」の一篇を掲げて哀悼の意を表した。追懐よりも批評が主になっている為、居士との交遊の記載が乏しいのは遺憾であるが、人物及文学的業績の各方面に就て種々の見地から周到な批判が下されている。殊に居士の統御の才の大なるを説いて、「俳句などをひねくる連中は力行勤勉と云ふよりは放縦不覊、悪く言へば惰弱軽佻の徒に多いので、真に風流の神骨を備へ自然を友として胸襟光風霽月の如きものは寥々晨星より尠《すくな》いであらう、であるから此《これ》等の青年子弟を糾合して行くには動《やや》もすれば反撥詆議離合集散を免れないのであるのに、兎に角彼の眼玉の黒い間は種々雑多の異分子を一洪鑪の中に収容して全然分解融合せぬ迄も各がじゝ其特色を有ちて一つの光彩陸離たる鋳型を造り出した、世間で所謂新派又は日本派と云ふのが即ち其片身であるが、此等は俳句ばかりでなく和歌や新体詩は勿論のこと、汎く文学及び美術の上に亙りて一種の霊犀

なる観察と卓越なる識見とを有て居る、而して何れの場合に於ても陳腐なる空気を排斥して清新なる光燄を発揮せんことを鼓吹し居る」と述べた如きは、局外者の漫然たる批評と異り、慥に核心に触れたところがある。居士の人物に就て「彼の名が常規と云つた通りで、常規の二字は彼の性行を一貫して居ると云うても些しも不可は無い」とあるのも、千古の確論というべきであろう。

この文章の最後に「彼余より少き一年であるが而も余は彼に就て初めて俳句を問うたのである。而して彼の平生に就ては常に推服して居た一人であるが、今此畏友を失うて悲哀の情よりも先づ寂寞の感に打たれるのである」とあって左の三句が記されている。

追悼

折からの糸瓜尊し南無仏　　戯道

百年の糸瓜の水のほしかりき　　同

間に合はぬ糸瓜の水を手向かな　　同

これは「新俳句」「春夏秋冬」「承露盤」以外に伝えられている戯道氏の句として珍重すべきものたるを失わぬ。

古島一雄氏はかつて「小日本」発刊当時の事情を述べて「『小日本』発刊の事は決したが扠《さ》て之れが主宰たる人には苦しんだと言ふものは小新聞と云う柄の人は社中其人に乏しいので、中には日南君を煩すべしとの説もあつたが是は牛刀雞を割くの感がある、鉄巌は千万言立《たちどこ》ろに成るの手腕はあるが家庭と云ふ顔付でない、其他言論の士文章の人綺羅星の如く列んでは居るが、どこを見ても皆な豪気堂々大空に横はる始末が悪い、と云つて僕は無論其任でない」と云ったことがある。而して適任者を見出すに苦しんだ結果、遂に子規居士を起用するに決したというのである。「千万言立ろに成る」風の人とのみ思われていた鉄巌氏が俳句に手を染めて、前に挙げた程度にまで進んでいるのは、社中の人も意外であったかも知れぬ。もし子規居士のような人がいなかったならば――「日本」に於て日夕机を列べる機会が無かったならば、末永純一郎氏は鉄巌の名の下に健筆を揮うにとどまり、戯道なる俳句の作者は生れずに了ったに相違ない。これは人生遭逢の因縁によると云えばそれまでである。しかしまた子規居士の影響が那辺に及び、如何なる人を俳句の世界に引入れたかを見るべき一の尺度でもある。

子規居士より一歳の年長であった鉄巌氏は大正三年の末に、この世を去った。享年四十八である。晩年は「遼東新報」の社長であったが、戯道としての俳句は夙《つと》に棄て去り、新傾向運動以後の俳壇の風潮の如きは全く無関心であったろうと思う。子規居士との因縁によって生れたこういう特別な俳人の立場は当にそうあるべきである。居士を弔った糸瓜の三句以後、果して句を作る機会があったかどうか。もしこの三句を最後として、そのまま俳句を遠ざかったとすれば、そこに無限の興味を感ずるわけであるが、筆者は単なる興味の為に自己の想像を事実の如く云為《うんい》するを好まぬ。ただ戯道氏の句はその後俳壇の表に現れなかったというにとどめて置く。

福田把栗

明治卅三年三月の「週間記事」にある子規居士の左の一首は、殆《ほとん》ど把栗《はりつ》氏の全面を云い尽したかの観がある。

三月三十日(把栗来る)

詩をつくる友一人来て青柳《あおやぎ》に燕《つばめ》飛ぶ画をかきていにけり

把栗としての俳句、静処としての漢詩、古道人としての画は、当時已《すで》に皆一家を成していたわけではないが、把栗氏の世界はその後もこの三方面を離れなかった。この歌で俳句が閑却されたように見えるのは、前書に「把栗」の字を置いた為で、この雅号は十七字詩のみに限って用いられたから、俳句の事は云わずとも含まれているのである。漱石氏も晩年には詩俳画の三天地に遊んでいたが、把栗氏の詩画は更に玄人らしい域に進んでいたように思われる。
例によって「明治二十九年の俳句界」を引用すると、次のように記されている。

昨年中著き進歩を為したるは把栗なり。把栗昨春始めて俳句を試み秋冬に至りて既に一家を成す。其《その》趣向多く漢詩より来る。清幽瀟洒誦すべき者多し。亦《また》好んで「午なり」の語を用ふ。

把栗氏のはじめの号は破笠であった。この事は「新俳句」に

破笠子名を改めて把栗といふ
君知るや三味線草《ぺんぺんぐさ》は薺《なずな》なり　子規

の一句あるによって明《あきらか》である。破笠は元禄に小川破笠があり、明治の劇作者にも榎本破笠という人があったから、同音異字の「把栗」に改めたのかも知れぬ。破笠としては「承露盤」に十数句をとどめているに過ぎぬから、この改号は俳句を作りはじめてから間もなくの事であったらしい。もし子規居士の句が無かったならば、特に把栗氏の前号

として記憶されるほどの事なしに了ったであろう。

明治の俳壇には蕪村の顕揚と相俟《あいま》って漢語調の句が頻《しきり》に行われた。これは所謂《いわゆる》日本派の俳句が従来の月並調とかけ離れた有力な原因の一であるが、子規居士の傘下に集った者は当時の書生が多く、大なり小なり漢文学の素養があったから、好んで漢語調の句を作る傾向になったものとも解せられる。把栗氏は漢文学の造詣に於て一頭地を抽《ぬ》き、已に破笠時代にも「雨寂たり梨花散点す寺の庭」「夜桜や燈火万点空を焼く」といったような調子の句があった。「午なり」というのも漢語調の一種で、子規居士はこの語に就て

昨年の流行語の中に「日午なり」「何午なり」といふあり。こは昨秋

秋の水湛然として日午なり　鳴雪《めいせつ》

といへる句に始まれるなり。

と述べている。この句が「めざまし草」に発表されたのは廿九年の九月だから、他はそれ以後の作に属するのであろう。把栗氏の作には子規居士が指摘したように、

賽銭の音に蝶とんで寺午なり　把栗
山茶花に霜滴りて庭午なり　同
霊石洞
仏の灯清水にうつる洞午なり　同

等「午なり」で結んだもののみならず、

輪飾の小きをかけて明家なり　把栗
追剝の出さうな森の朧なり　同
家も建ち畑も開け梅稀なり　同
狂女とは見えて砧《きぬた》うつこと急なり　同
柳枯れて河岸の魚市人稀なり　同
霰窓を打つて二更の月黄なり　同
竹窓を霰打つ夜の夢奇なり　同

等の如く「なり止」の句が多いかと思う。これ等は全部が全部廿九年の作ではないけれども、いずれも「なり」で結んだ為に、一句の調子が重々しくなっている。句法の上から把栗氏の句を見る場合、この「なり」は看過すべからざるものである。

子規居士は「把栗と対峙する者を墨水とす」と云った。把栗、墨水という対照は自ら露月、紅緑の対照を思わしむるものがある。

舟人の魂祭る火や荻の中　把栗
人去つて鳴子閑なり午の村　同
紅葉深し石雲を吐く処　同

というような把栗氏の句を以て

蔓をもて提る西瓜の覚束な　墨水
朝寒や浪静なる海の面　同
門涼み遠き花火を見る夜かな　同

の如き墨水氏の句に対比する時、前者の露月氏に近く、後者の紅緑氏に似ていることは、何人も認めるに躊躇せぬところであろう。しかし改めて露月氏の句と把栗氏の句とを比較して見ると、両者の漢語趣味には立脚地を異にするものがあって、同一世界の産物と考えるわけには往かない。露月氏は好んで漢土の事物を詠じ、漢詩漢史より来る語を用いたが、把栗氏の句にはこの種の漢土趣味は寧《むし》ろ稀薄である。漢詩に基く趣向乃至《ないし》格調が両者共通であるに過ぎぬ。露月氏は題材の壮大なるものを好み、時に奇怪斬新、時に雄壮警抜、真に端倪すべからざるものがあったが、把栗氏はそれほど縦横の変化を示さず、その趣味も壮大、奇警より微細、緻密なる方面を主としているように見える。

塔に上れば杉の梢に蝶一つ　　把栗
二三片山吹散つて地震ふ　　同
鶯や院々の竹に朝日さす　　同
人去てふらこゝに散る桜かな　　同
春の雪枳殻《からたち》の垣につもりけり　　同
春雨にすこし濡れたる袂かな　　同

「塔に上れば」という上五字は遠景、大観を伴い易いに拘《かかわ》らず、作者は却《かえっ》て杉の梢に飛ぶ小さな蝶に目を著けている。地上に散った山吹の二、三片も、地震を詠んだものとしては微細に失する位の題材である。「人去て」以下の三句に至っては、把栗氏の作たると否とに論なく、最も微妙繊細なる部類の句に属する。漢詩趣味の壮大などとは縁の遠い世界のものでなければならぬ。

その他

夏草に雉一羽隠れけり　把栗
萩の茶店寺の絵図など売て居る　同
煙草盆に萩のかぶさる床几《しょうぎ》かな　同
山家二軒並んで秋の灯ともる　同
夜嵐の臼も盥《たらい》も落葉かな　同
炭取の粉炭に炭団一つかな　同
墓原の落葉鴉の蹈む音す　同
試みに蹈めば氷の薄きかな　同

の如き句を挙げて行くと、把栗氏の句なるものは愈々《いよいよ》微細、緻密に傾くようであるが、必ずしもこの種の世界に終始するわけではない。

畑打つや昔海にてありし処　把栗

などという句は、軽々に叙し去ったようで、悠久なる自然の一角に触れている。桑田碧《そうでんへき》海《かい》とは反対に、昔は海だったという一帯の地が畑になって、現在そこに耕しつつある男の姿が見える。天地の生命の久しきに対し、倏忽なる人生を顧る。眼前だけでは片付かぬ句である。

湖をとりまく春の山低し　把栗
春水の南し北す柳かな　同
兀として紅葉の中の銀杏かな　同
昼の火鉢机の下に冷却す　同

これ等の句には蕪村の影響らしいものが認められる。古句に於《お》ける和歌の転化が必ずしも歌集そのものの影響でなしに、謡曲を通じた場合が少くないのと同じく、明治俳句の漢語にも直接漢詩によらず、蕪村に倣ったと思われるものが相当ある。「春水」の句は蕪村の「浅川の西し東す若葉かな」の句法を用いたものであろう。把栗氏ほどの漢詩の造詣があっても、この種の語を自在に句中のものとするには、やはり前人工夫の迹を学ばざるを得なかったのである。

われも亦吾廬を愛す蝸牛《かたつむり》　把栗
日蝕して螳螂《かまきり》蟬をとらんとす　同
斃れて而して後已む案山子かな　同
鳴子縄縦横の策を講ずらく　同
沖中や朝霧晴れて帆一片　同
頭巾して美目盼たるは誰が妻ぞ　同
我貧は骨に徹して紙衣かな　同

これ等は把栗氏の漢語趣味の最も顕著なものである。「日蝕して」の句を「白虹日を貫いて螳螂起つ」という露月氏の句に対比する時、両者の相近くして相異る所以《ゆえん》は略々明《あきらか》なように思われる。「斃れて而して後已む」といい「縦横の策を講ず」というような

漢語を俳諧化した手腕も固《もと》よりであるが、特に「沖中や」の句が李白の

天門中断楚江開　天門《てんもん》中断《ちゅうだん》して楚江《そこう》開く
碧水東流至北廻　碧水《へきすい》東流《とうりゅう》して北《きた》に至って廻る
両岸青山相対出　両岸《りょうがん》の青山《せいざん》相対《あいたい》して出《い》で
孤帆一片日辺来　孤帆《こはん》一片《いっぺん》日辺《にっぺん》より来る

より出でて、別個の大景を展開しているのに驚かざるを得ぬ。

林間に松蕈を焼く煙かな　把栗

この句はただ眼前の小景を叙したまでのものであろう。しかし上五字に「林間に」の語を置いた以上、作者は「林間煖酒焚紅葉」の詩句を想起し、松蕈を焼く煙に転化したものに相違無い。少くとも明治廿九年当時に在っては、この転化が一の眼目だったので、こういう興味は漢詩に対する関心が乏しくなるに従い、次第に稀薄になって行く性質のものかも知れぬ。

春の水山をめぐりて城に入る　　把栗
楓稀に漆多くは紅葉す　　同
雪竹を圧する窓の灯かな　　同

等の句にしても、根柢を成すものは皆漢詩趣味である。もしこれを読んで爾く感ぜぬという人があるならば、それは表面に現れたところだけを見て、裏に蔵するものを閑却した説に外ならぬ。畢竟《ひっきょう》漢詩に対する関心如何による問題であろう。

明治廿九年に愚庵《ぐあん》和尚が「愚庵十二勝」を公にした時、詩に歌に唱和する者が多かったが、子規居士は周囲の人々と共に俳句を以てこれに和した。把栗氏の作は前に挙げた「霊石洞」の外に、左の諸句が伝えられている。

紅杏林
鳥啼くや杏の花に日三竿　　把栗
爛柯石
閑古鳥僧石に詩を題し去る　　同
碧梧井

山の井の底に沈める一葉かな　同

錦楓崖

崖を削つて道つくるべく蔦紅葉　同

嘯月壇

松はしぐれ月山角を出でんとす　同

俳諧的脱化の迹は或は足らぬかも知れないが、漢詩の風趣を発揮している点は恐らく第一であろう。紅杏林、爛柯石、嘯月壇の三句は就中《なかんずく》漢詩的色彩が濃厚である。把栗氏の句と漢詩との関係に留意する者は、この十二勝の句を玩味する必要があると思う。把栗氏の俳句の世界は全体から見てそう広いものではなかった。けれども漢詩から出発して趣を山野に求めるというだけの狭隘なものでもない。明治らしい新事物も屢々《しばしば》その句に取入れられている。

草暖に羊群れたる小島かな　把栗

春水や橋の下行く川蒸汽　同

下駄はいて旅する春の山路かな　同

日出づるところの天子菊の宴　同
軍艦のそばに鰡《ぼら》釣る小舟かな　同
秋風に掃落しけり蚤取粉　同

「草暖に」は宛然たる洋画的風景である。羊の群れる小島などというのは、明治以前の俳人の思いもよらぬ趣であった。「下駄はいて」気軽に旅をするということも、明治の一風景である。昔の脚絆草鞋《きゃはんわらじ》と、今の靴ゲートルとの間に在って、一の時代的空気とでもいうべきものを現している。蚤取粉というものの昔は知らず、今日はもっとむずかしい名に変ってしまった。漢詩趣味の把栗氏にこんな句があるのは面白い。

子規居士にはじめて接近した頃の把栗氏は何であったか、居士より二歳の年長だから、明治廿九年には卅歳を越えていたわけである。卅一年十一月、紅緑氏の句稿に記した同人消息を見ると、「墨水石版屋デ把栗ハ教師カ分ラヌ」とあるが、卅二年になって「日本」に入社した。子規居士がその新婚を祝って

把栗新婚
夏衾をし鳥の画もなかりけり　子規

と詠み、「何がしの妻取りしよし聞きて」の題下に一連の歌を「ホトトギス」に発表したのもこの年であった。「仰臥漫録」の卅四年九月廿九日の条に

把栗来ル、長州へ行キ且《か》ツ故郷ニ行キテスグ帰ルトナリ、細君孕ミシトナリ、男子生ルベシトノ予言ナリ、天津ヨリ来リシ押絵一枚産屋ノカザリニト贈ル

と見えている。「天津ヨリ来リシ押絵」というのは佐藤肋骨《ろっこつ》氏が陸羯南《くがかつなん》翁に托して居士の病牀に贈ったものである。

子規居士歿後の把栗氏は自然に俳壇から遠ざかって行った。それだけ一方に於て詩画に歩を進めたわけであろう。卅七年の秋には已に嵯峨に居を卜し、長髯を蓄えていたらしい。「草廬集」五十首の詩は静処山人としての一面を示したものであるが、これが「ホトトギス」に現れたのは一代の珍たるを失わぬ。その冒頭の詩に

吾慕淵明句　　吾《われ》は慕《した》う淵明《えんめい》の句
悠然独読之　　悠然《ゆうぜん》として独《ひと》り之《これ》を読む

好風吹柳処　　好風《こうふう》　柳《やなぎ》を吹く処《ところ》
微雨到門時　　微雨《びう》　門に到《いた》る時
自覚幽情足　　自《みずか》ら覚《おぼ》ゆ幽情《ゆうじょう》の足れるを
因知白日遅　　因《よ》りて知る白日《はくじつ》の遅きを
従来宜守拙　　従来《じゅうらい》　宜《よろ》しく拙《せつ》を守る
此事復奚疑　　此《こ》の事《じ》　復《ま》た奚《なに》をか疑《うたが》わん

とあるのは、静処山人の詩の世界を語り尽しているような気がする。

宿山寺　　山寺《さんじ》に宿《やど》る
我心清不寐　　我《わ》が心　清《さ》えて寐《いね》ず
明月在天間　　明月《めいげつ》　天間《てんかん》に在り
寂寂虚窓外　　寂寂《せきせき》たり　虚窓《きょそう》の外《そと》
秋声夜動山　　秋声《しゅうせい》　夜《よる》　山を動かす

所見

千峯秋色老
一磬出林長
落木埋幽径
寒僧立夕陽

千峯《せんぽう》に秋色《しゅうしょく》老《お》い
一磬《いちけい》林《はやし》を出《いで》て長し
落木《らくぼく》幽径《ゆうけい》を埋《うず》め
寒僧《かんそう》夕陽《せきよう》に立つ

の如き、いずれも自然の趣に富んでいるところ、単に文字の彫琢に腐心する詩人の詩ではない。「寒僧立夕陽」の句を

門前に小僧立ちけり秋の暮　把栗

に対比すると、自ら微笑を禁じ得ぬものがある。

古道人としての把栗氏の画は、先《ま》ずこの詩の世界に随伴するもので、「青柳に燕飛ぶ画」時代の簡単なものでなくなった。把栗氏の俳句は画趣よりも詩趣に富んでいるものが多く、特に挙似するほどのものも無いが、

摺鉢を伏せたる如き山霞む　把栗

赤き蟹の砂に隠るゝ清水かな　同

稲分けて雞探す夕かな　同

真赤なる日出でつ雪の小松原　同

等の句にはそれぞれ画の如きものが現れているように思う。

自画自讃竹と俳句の団扇かな　把栗

の如きも後ほど画に深入せぬ時代の実況であったかも知れぬ。

晩年の把栗氏は果して全く俳句を廃して居ったかどうか。興に乗じて作ることはあっても、人に示さずに了ったのではなかろうか。昭和十二年五百木《いおぎ》飄亭氏の長逝に当り、把栗氏が「日本及日本人」に寄せた痛悼句は

国士病む宰相とへば五月雨るゝ　静処

憂国の死に至るまで五月雨るゝ　同

であった。

編後雑記

小出昌洋

平成二十八年は子規居士生誕百五十年だった。そうした年に岩波文庫には、居士の初期の俳論として知られる、「獺祭書屋俳話《だっさいしょおくはいわ》」ならびに「芭蕉雑談《ばしょうぞうだん》」の二著を合冊しての編入のあったことは、近頃の私等の欣快事といわねばならぬ。

その居士の誕生に後れること三十年、明治三十年に生れた柴田さんは、同年、生誕百二十年を迎えた。なおいえば昭和四十一年に逝いた柴田さんは、平成二十八年には、歿後五十年を迎えたのであるから、その生歿年の記念すべきときに、私等は柴田さんの多くの遺文の、いまだ纏められずにある文章を、先師森銑三《もりせんぞう》先生の考《おも》いを知るものとして、一冊子を纏めて公刊したいと願うところで、先に書店には、その集の一の出版を希望していたのであったが、思いはここにいま、ようやく熟して、進もうとしている。

しかしあらためて考うに、書店の文庫には、柴田さんの主著の一たる、「子規居士」

（同文庫本所収は「評伝 正岡子規」と、書店の意嚮によって改変された。先師は、柴田さんは子規歿後の門人といってもよく、またその門人というは、単なる俳句の門人というものではない。子規子の句も勿論認めていたけれども、それ以上にその人物を認めた。そして柴田さんは子規子を御祖師様の如くに尊び、いつも必ず子規居士といい、子規と呼び捨てになどしなかった。子規子の歩んだように、柴田さん自身も人生を生きることを念願とした。かようにもいわれた。書名の「子規居士」は、そうした柴田さんの、附したものだったのである。書名の変改というは、なお慎重になさるべきことであろうと思われる）があるので、新たなる文集もさることながら、同書の姉妹編ともいうべき、氏が昭和十八年九月に出版された「子規居士の周囲」は、また「子規居士の拾遺」に通ずるものであるとする思いを想起し、その「子規居士の周囲」に、このたびは雑誌「俳句研究」に連載せられた未刊の「明治俳壇の人々」を、同文はすなわち「居士の周囲」の人々ともいうべきものであるから、ここに新たに附して編入し、柴田さんの生誕百二十年、歿後五十年の記念としたいと思った。本文庫に編入される三著、「古句を観る」「俳諧随筆 蕉門の人々」「評伝 正岡子規」とともにあることを、願うことにしたのである。

柴田さんの初期の著作には、昭和五年二月に富士書房から、島田青峰名義で出版される、俳句の歴史を叙した、「俳句読本」一冊がある。同書は、永享より明応に至る間、すなわち足利時代の連歌を集めた「菟玖波《つくば》集」から書き起こされた、第一章の談林以前にはじまり、終章の第十章、明治時代までを書かれたものであるが、その終章になる明治時代を、柴田さんは、一に正岡子規を書かれ、二に子規の周囲を書かれた。一はのちの「子規居士」であり、二はすなわち本書、「子規居士の周囲」に通じる、初稿本ともいえそうである。

柴田さんは、大正の末にアルスより刊行された子規全集の編集に携わりもし、また少しくホトトギス社、政教社勤務という経験もあり、多くの子規子直門の人々と交わることだった。それゆえ、そうした人々から直に聞かれた話柄の挿入せられるところもある「居士の周囲」は、多くの学究の徒の著すものとはまた異なるところがあり、そのことがまた、本書を精彩あらしめる。

なかでも子規子初期の門人ともいうべき、五百木《いおぎ》飄亭子《ひょうていし》などとは、知を辱《かたじけな》うすることの最も遅かったものの、しかしその年数の短い割には、親炙する機会は多かったらしい。

柴田さんには「谺」の三巻八号に、「永訣の雨」と題して、飄亭子のことを書かれた一文がある。私はその文章に心を撲《う》たれる。表題は、その葬儀の日の、一般の告別式に移る頃より雨が降り出し、時に雲中にはためく雷の音さえ聞えたという、その日の空模様によるところだった。飄亭子の亡くなられる前後の柴田さんの日記を閲ると、六月十四日(昭和十二年)飄亭子逝去の電報に接し、「かねて覚悟せざるにあらねど今更の如く浩歎せざるを得ず」の文字がある。

虚子との「ホトトギス五百号史を編むついでに」という対談において、飄亭子についで語るところに、子が雑誌「日本」での新刊紹介を書くのに、山のように机上に積み上げて置いて、片端から書いて行く、その速力が実に早く、皆が驚いたという。しかし読んでいることは出来ないのだから、匂いを嗅ぐ程度で、中には「読んで字の如し」などというもあったらしい。こうした子の一面を紹介している。「居士の周囲」の、飄亭子を叙した文の最後に、飄亭子は、自分の一生の方向は、居士と近衛霞山公とによって定められたと、子から聞かされたことを明かされている。その最後の御通夜のとき、柴田さんは、佐藤肋骨子《ろっこつし》より見せられた革表紙の手帳には、近衛公に贈られた、

五月晴の不二の如くにあらせられ

の句を劈頭に、数句を鉛筆で書きつけられたものを読むを得たという。最後の一句はたしか、

客断えて風鈴の音一しきり

というのだったろうと記憶する、と柴田さんは書いている。なお柴田さんは母堂を喪って意気消沈していた頃、飄亭子より、

寝つかれぬ夜々の長さをかこちけり

という句を、原稿用紙に書いて示されたという。「居士の周囲」の余事に亙ることだけれども、ここに飄亭子と柴田さんとの一瑣事を、附して置きたい。

柴田さんはまた鳴雪子《めいせつし》をも知っていた。「右山」という鳴雪子の通称が助之進で、「助さん」と呼ばれていたところから、右の字を宛て、画家の下村為山子《いざんし》が為之進で、「為山」の字を宛てたのも同じ意味というを、鳴雪子から聞かされた逸話なども興深い。

いまでは講談社版「子規全集」別巻の、「回想の子規」の巻に収録される、鳴雪子の「追懐雑記」などは、私等は柴田さんが昭和十七年に編んだ「俳話」中の、「明治俳壇回顧」で読んだのだった。昭和三十一年に纏められた寒川鼠骨子《さむかわそこつし》の「正岡子規の世界」、また飄亭子歿後の昭和三十三年に公刊された「飄亭句日記」も、また柴田さんの編まれたものであるが、こうした柴田さんの、先輩諸家の著作を纏めることをされた所行は、

これら著作に止まらず、数多くある。そのことはどれだけ私等に裨益するものの大いなるものがあろうか。柴田さんにはさような行跡もあるのだった。

また柴田さんは、愚庵《ぐあん》和尚を叙した文末に、居士の、和尚の筆跡に敬意を払っていたことから、居士晩年の書には、明かに和尚の影響が認められるという。それで思うに、かつてアルス版子規全集に参与した柴田さんは、その入稿原稿の作成を庵の一室に置いて、居士原稿を筆写されるうちに、いつしか居士の書の影響をうけたようである。いま柴田さんの原稿を手にすると、その居士の書に紛うかたない。さすれば柴田さんの書はまた和尚の書に通ずる、といってもいいだろうと思う。

本書には、柴田さんが終生つかれた寒川鼠骨子の一篇のないのが訝しいが、子については、先に本文庫に編入された、「団扇の画」中に、子を書かれた「無始無終」があり、また香取秀真子《かとりほつまし》を書かれた、二文の収録があることを、ここに報じて置こう。

「明治俳壇の人々」に採り上げられた、八家の句を読むことは、いまは容易ではない。その集のない人は勿論、持つ人でも閲覧は難いといわねばならぬ。その一事をとっても、柴田さんの八家を説いた諸文は、私等に意義なしとはせぬであろう。つい二、三年前のことであった。近くの古書肆にブラリと立寄ったら、「五城《ごじょう》句集」を見出した。かつて先師に教えられて、大著「数藤斧三郎君」の一著を図書館から借り出して読んだことがあった、その人の句集を手に入れた喜びを、先師が存命ならば真っ先に報告しただろう。先師は、おや、さようですか、といい、同書を手にして、ああたよく見つけました、といって、ともに喜んでくれただろう。かつて先師も、同書を手に入れられて、「俳人数藤五城」の一文を草したことだった。そういえば先師は、「数藤斧三郎君」のうちの「追懐録」中で四方太子《しほうだし》が、五城子の数学の力量が分らないので、数藤先生は、どんなむつかしい問題も解けない事はないと生徒がいいますが、本当にそうですか、と直接尋ねるところがある。と書かれているのを、「かやうな愚問を発するのが、頭脳のまた特別に冴えてゐた四方太なのだから面白い」とお書きであったのが、妙にいまに記憶にある。

また虚子が柴田さんとの対談で、五城は肺病で、よく風邪を引いて細い頸にきれを巻いて、微かな咳を頻発しながら、俳句会に見えていた様子が、髣髴と目に残っています、といい、なお五城子には弟があって、ともに俳句を作られたことをいうが、またその弟の子規門下であったかは分からない。

私等などは、写生文作家としての四方太子を知るばかりであるが、柴田さんの文によって、少しく俳句の世界をも知ることの出来ることは、うれしい。また三十六歳で逝いた子規子よりも前に物故された、今成無事庵子《いまなりぶじあんし》のことなど、私等はここに収められる柴田さんの一文によって知るばかりである。「むらぎものわがこころ知る人の恋しも。み雪ふる越路のひとはわがこころ知るという」芥川龍之介子の旋頭歌をもって、同文を擱筆した柴田さんは、いかにも柴田さんらしい。

その無事庵子のあとには、新海非風子《にいのみひふうし》を採り上げている。子は子規子と、常磐会寄舎において同室だった一人で、子規子が俳句に手を染めた時に、第一番に共鳴したのは、この非風子だったことを、寒川鼠骨子が書いていたかと思う。子規子の小説病に伝染した、軍人志望の子との間には、合作になる「山吹の一枝」という小説がある。当時の世態、思想の片鱗があちらこちらに窺えるとともに、子規子の壮健時代の、野球に熱中していたころのことだから、そうした記述も知られて、興味深いものがある。

またジャーナリストとして記憶に遺る末永純一郎の、俳人としての戯道子《ぎどうし》は、柴田さんの一文によって、ここに後世に伝えられることになったのではないかと考われる。五城以下把栗《はりつ》に至る八家を叙した一文は、実に得難いものといってよいだろう。

本書を編むにあたって、あらためて柴田さんの文章を読んでいると、柴田さんもまた居士の周囲に属する人たることを知る。先師の云うごとく、子規子歿後の門人だった。その人がもう生誕百二十年を迎え、歿後五十年を閲したのを、つくづくと思い、子を畏敬し、最愛の友として、晩年の床に伏してあったときも、出版されたばかりの文庫版「古句を観る」を頭上に掲げ、読書して居られた先師の姿を、私はいつまでも忘れられない。あれからも三十年を経た。こうしてまた一冊、柴田さんの書物を編して公刊するを、先師は喜んでくれるであろう。

本書は、書店の文庫編集部の表記方にもとづいて、漢字は新字体を、仮名遣いは柴田さんがお書きのところは新仮名に、他は底本のままに表記した。なお底本は、「子規居士の周囲」は平成四年四月に刊行された小沢書店の「柴田宵曲文集」第三巻により、適宜、昭和十八年九月、六甲書房より刊行された単行書をも参看することとし、また同書に附載せられた索引は見合せた。

また「明治俳壇の人々」は、雑誌「俳句研究」昭和二十六年四、六、七、九、十、十一、十二月号及び同二十七年四月号に連載せられたものを底本とした。

カバーに掲載した下村為山(牛伴)の描く子規庵写生図は、雑誌「日本及日本人」の表四に掲載されたものである。明治三十一年三月二十五日、はじめて子規庵において歌会が開かれたので、三日後の漱石子宛書翰に、「先日はしめて歌の会を催し候　会するものは矢張俳句の連中のみ」とあるのはこのことであったか、子規子をはじめとして、露月、肋骨、碧梧桐、四方太、鳴雪ら二十六名の面々が描かれてある。絵には福田把栗（遠人）が団扇を太鼓に見立てて、お会式に行くところの、隠し芸を披露している図である。子規子の笑顔の、なんともいえなくいいのが、うれしい。なお為山子の絵はもう一枚知られて居り、それは講談社版子規全集別巻二の口絵に収録してある。

【編集附記】

一　原則として漢字は新字体に、仮名づかいは、著者(柴田宵曲)の文は、現代仮名づかいに改めた。引用文は旧仮名づかいとした。

一　漢字語のうち、使用頻度の高い語を一定の枠内で平仮名に改めた。平仮名を漢字に変えることは行わなかった。

一　本文中に、今日からすると不適切な表現があるが、原文の歴史性を考慮してそのままとした。

「II　明治俳壇の人々」の「福田把栗」における漢詩の訓読は、小川隆氏による。記して謝意を表します。

(岩波書店　文庫編集部)

子規居士《しきこじ》の周囲《しゅうい》

2018年2月16日　第1刷発行

著　者　柴田《しばた》宵曲《しょうきょく》

発行者　岡本　厚

発行所　株式会社　岩波書店
〒101-8002 東京都千代田区一ツ橋2-5-5
案内 03-5210-4000　営業部 03-5210-4111
文庫編集部 03-5210-4051
http://www.iwanami.co.jp/

印刷・精興社　製本・中永製本

ISBN 978-4-00-311066-9　Printed in Japan

読書子に寄す

——岩波文庫発刊に際して——

岩波茂雄

真理は万人によって求められることを自ら欲し、芸術は万人によって愛されることを自ら望む。かつては民を愚昧ならしめるために学芸が最も狭き堂宇に閉鎖されたことがあった。今や知識と美とを特権階級の独占より奪い返すことはつねに進取的なる民衆の切実なる要求である。岩波文庫はこの要求に応じそれに励まされて生まれた。それは生命ある不朽の書を少数者の書斎と研究室とより解放して街頭にくまなく立たしめ民衆に伍せしめるであろう。近時大量生産予約出版の流行を見る。その広告宣伝の狂態はしばらくおくも、後代にのこすと誇称する全集がその編集に万全の用意をなしたるか。千古の典籍の翻訳企図に敬虔の態度を欠かざりしか。さらに分売を許さず読者を繋縛して数十冊を強うるがごとき、はたしてその揚言する学芸解放のゆえんなりや。吾人は天下の名士の声に和してこれを推挙するに躊躇するものである。このときにあたって、岩波書店は自己の責務のいよいよ重大なるを思い、従来の方針の徹底を期するため、すでに十数年以前より志して来た計画を慎重審議この際断然実行することにした。吾人は範をかのレクラム文庫にとり、古今東西にわたって文芸・哲学・社会科学・自然科学等種類のいかんを問わず、いやしくも万人の必読すべき真に古典的価値ある書をきわめて簡易なる形式において逐次刊行し、あらゆる人間に須要なる生活向上の資料、生活批判の原理を提供せんと欲する。この文庫は予約出版の方法を排したるがゆえに、読者は自己の欲する時に自己の欲する書物を各個に自由に選択することができる。携帯に便にして価格の低きを最主とするがゆえに、外観を顧みざるも内容に至っては厳選最も力を尽くし、従来の岩波出版物の特色をますます発揮せしめようとする。この計画たるや世間の一時の投機的なるものと異なり、永遠の事業として吾人は微力を傾倒し、あらゆる犠牲を忍んで今後永久に継続発展せしめ、もって文庫の使命を遺憾なく果たさしめることを期する。芸術を愛し知識を求むる士の自ら進んでこの挙に参加し、希望と忠言とを寄せられることは吾人の熱望するところである。その性質上経済的には最も困難多きこの事業にあえて当たらんとする吾人の志を諒として、その達成のため世の読書子とのうるわしき共同を期待する。

昭和二年七月

《日本文学(現代)》〔緑〕

怪談 牡丹燈籠　三遊亭円朝
真景累ヶ淵　三遊亭円朝
塩原多助一代記　三遊亭円朝
小説神髄　坪内逍遥
当世書生気質　坪内逍遥
役の行者　坪内逍遥
桐一葉・沓手鳥孤城落月　坪内逍遥
ウィタ・セクスアリス　森鷗外
雁　森鷗外
阿部一族 他二篇　森鷗外
山椒大夫・高瀬舟 他四篇　森鷗外
渋江抽斎　森鷗外
舞姫・うたかたの記 他三篇　森鷗外
ファウスト 全二冊　森林太郎訳
みれん　シュニッツラー 森鷗外訳
うた日記　森鷗外

大塩平八郎・堺事件　森鷗外
鷗外随筆集　千葉俊二編
森鷗外 椋鳥通信 全三冊　池内紀編注
浮雲　二葉亭四迷 十川信介校注
平凡 他六篇　二葉亭四迷
其面影　二葉亭四迷
今戸心中 他二篇　広津柳浪
河内屋・黒蜴蜓 他一篇　広津柳浪
野菊の墓 他四篇　伊藤左千夫
漱石文芸論集　磯田光一編
吾輩は猫である　夏目漱石
坊っちゃん　夏目漱石
草枕　夏目漱石
虞美人草　夏目漱石
三四郎　夏目漱石
それから　夏目漱石
門　夏目漱石

彼岸過迄　夏目漱石
行人　夏目漱石
こころ　夏目漱石
硝子戸の中　夏目漱石
道草　夏目漱石
明暗　夏目漱石
思い出す事など 他七篇　夏目漱石
文学評論 全二冊　夏目漱石
夢十夜 他二篇　夏目漱石
漱石文明論集　三好行雄編
倫敦塔・幻影の盾 他五篇　夏目漱石
漱石日記　平岡敏夫編
漱石書簡集　三好行雄編
漱石俳句集　坪内稔典編
漱石・子規往復書簡集　和田茂樹編
文学論 全二冊　夏目漱石
坑夫　夏目漱石

漱石紀行文集　藤井淑禎編
二百十日・野分　夏目漱石
五重塔　幸田露伴
運命 他一篇　幸田露伴
努力論　幸田露伴
幻談・観画談 他三篇　幸田露伴
連環記 他一篇　幸田露伴
天うつ浪 全二冊　幸田露伴
子規句集　高浜虚子選
病牀六尺　正岡子規
子規歌集　土屋文明編
墨汁一滴　正岡子規
仰臥漫録　正岡子規
歌よみに与ふる書　正岡子規
俳諧大要　正岡子規
獺祭書屋俳話・芭蕉雑談　正岡子規
金色夜叉 全二冊　尾崎紅葉

三人妻　尾崎紅葉
不如帰　徳冨蘆花
自然と人生　徳冨蘆花
謀叛論 他六篇 日記　徳冨健次郎　中野好夫編
武蔵野　国木田独歩
愛弟通信　国木田独歩
蒲団・一兵卒　田山花袋
温泉めぐり　田山花袋
藤村詩抄　島崎藤村自選
破戒　島崎藤村
春　島崎藤村
千曲川のスケッチ　島崎藤村
嵐 他二篇　島崎藤村
夜明け前 全四冊　島崎藤村
藤村文明論集　十川信介編
藤村随筆集　十川信介編
にごりえ・たけくらべ　樋口一葉

大つごもり・十三夜 他五篇　樋口一葉
高野聖・眉かくしの霊　泉鏡花
夜叉ケ池・天守物語　泉鏡花
草迷宮　泉鏡花
春昼・春昼後刻　泉鏡花
鏡花短篇集　川村二郎編
日本橋　泉鏡花
婦系図 全二冊　泉鏡花
外科室・海城発電 他五篇　泉鏡花
鏡花随筆集　吉田昌志編
化鳥・三尺角 他六篇　泉鏡花
鏡花紀行文集　田中励儀編
俳諧師・続俳諧師　高浜虚子
回想 子規・漱石　高浜虚子
泣菫詩抄　薄田泣菫
有明詩抄　蒲原有明
上田敏全訳詩集　山内義雄・矢野峰人編

赤彦歌集　斎藤茂吉・久保田不二子選
小さき者へ・生れ出ずる悩み　有島武郎
一房の葡萄 他四篇　有島武郎
寺田寅彦随筆集 全五冊　小宮豊隆編
柿の種　寺田寅彦
与謝野晶子歌集　与謝野晶子自選
与謝野晶子評論集　鹿野政直・香内信子編
入江のほとり 他一篇　正宗白鳥
長塚節歌集　斎藤茂吉選
つゆのあとさき　永井荷風
濹東綺譚　永井荷風
荷風随筆集 全二冊　野口冨士男編
摘録 断腸亭日乗 全二冊　永井荷風・磯田光一編
すみだ川・新橋夜話 他一篇　永井荷風
あめりか物語　永井荷風
ふらんす物語　永井荷風
荷風俳句集　加藤郁乎編

煤煙　森田草平
斎藤茂吉歌集　山口茂吉・柴生田稔・佐藤佐太郎編
桑の実　鈴木三重吉
小鳥の巣　鈴木三重吉
千鳥 他四篇　鈴木三重吉
小僧の神様 他十篇　志賀直哉
万暦赤絵 他二十二篇　志賀直哉
暗夜行路 全二冊　志賀直哉
高村光太郎詩集　高村光太郎
白秋愛唱歌集　藤田圭雄編
北原白秋歌集　高野公彦編
北原白秋詩集 全二冊　安藤元雄編
友情　武者小路実篤
銀の匙　中勘助
犬 他一篇　中勘助
蜜蜂・余生　中勘助
中勘助詩集　谷川俊太郎編

若山牧水歌集　伊藤一彦編
新編 みなかみ紀行　若山牧水・池内紀編
木下杢太郎詩集　河盛好蔵選
新編 百花譜百選　木下杢太郎画・前川誠郎編
新編 啄木歌集　久保田正文編
啄木詩集　大岡信編
蓼喰う虫　谷崎潤一郎・小出楢重画
春琴抄・盲目物語　谷崎潤一郎
吉野葛・蘆刈　谷崎潤一郎
卍（まんじ）　谷崎潤一郎
幼少時代　谷崎潤一郎
谷崎潤一郎随筆集　篠田一士編
文章の話　里見弴
萩原朔太郎詩集　三好達治選
郷愁の詩人 与謝蕪村　萩原朔太郎
猫町 他十七篇　萩原朔太郎・清岡卓行編
恩讐の彼方に・忠直卿行状記 他八篇　菊池寛

半自叙伝・無名作家の日記 他四篇	菊池寛
父帰る・藤十郎の恋 菊池寛戯曲集	石割透編
室生犀星詩集	室生犀星自選
出家とその弟子	倉田百三
愛と認識との出発	倉田百三
苦の世界	宇野浩二
神経病時代・若き日	広津和郎
羅生門・鼻・芋粥・偸盗	芥川竜之介
地獄変・邪宗門・好色・藪の中 他七篇	芥川竜之介
河童 他二篇	芥川竜之介
歯車 他二篇	芥川竜之介
蜘蛛の糸・杜子春・トロッコ 他十七篇	芥川竜之介
侏儒の言葉・文芸的な、余りに文芸的な	芥川竜之介
芥川竜之介書簡集	石割透編
芥川竜之介俳句集	加藤郁乎編
芥川竜之介随筆集	石割透編
田園の憂鬱	佐藤春夫

厭世家の誕生日 他六篇	佐藤春夫
小説永井荷風伝 他三篇	佐藤春夫
日輪・春は馬車に乗って 他八篇	横光利一
上海	横光利一
旅愁 全二冊	横光利一
宮沢賢治詩集	谷川徹三編
童話集 風の又三郎 他十八篇	宮沢賢治 谷川徹三編
童話集 銀河鉄道の夜 他十四篇	宮沢賢治 谷川徹三編
山椒魚・遙拝隊長 他七篇	井伏鱒二
伊豆の踊子・温泉宿 他四篇	川端康成
雪国	川端康成
山の音	川端康成
川端康成随筆集	川西政明編
詩を読む人のために	三好達治
中野重治詩集	中野重治
藝術に関する走り書的覚え書	中野重治
梨の花	中野重治

夏目漱石 全三冊	小宮豊隆
社会百面相 全二冊	内田魯庵
檸檬《レモン》・冬の日 他九篇	梶井基次郎
蟹工船 一九二八・三・一五	小林多喜二
防雪林・不在地主	小林多喜二
独房・党生活者	小林多喜二
風立ちぬ・美しい村	堀辰雄
菜穂子 他五篇	堀辰雄
富嶽百景・走れメロス 他八篇	太宰治
斜陽 他一篇	太宰治
人間失格・グッド・バイ 他一篇	太宰治
お伽草紙・新釈諸国噺	太宰治
日本唱歌集	堀内敬三 井上武士編
日本童謡集	与田準一編
近代日本人の発想の諸形式 他四篇	伊藤整
小説の方法	伊藤整
小説の認識	伊藤整

中原中也詩集	大岡昇平編
ランボオ詩集	中原中也訳
小熊秀雄詩集	岩田宏編
風浪・蛙昇天 ―木下順二戯曲選I	木下順二
玄朴と長英 他三篇	真山青果
随筆滝沢馬琴	真山青果
新編 近代美人伝 全二冊	長谷川時雨 杉本苑子編
みそっかす	幸田文
土屋文明歌集	土屋文明自選
古句を観る	柴田宵曲
俳諧随筆 蕉門の人々	柴田宵曲
評伝 正岡子規	柴田宵曲
随筆集 団扇の画	柴田宵曲 小出昌洋編
小説集 夏の花	原民喜
原民喜全詩集	
いちご姫・蝴蝶 他二篇	山田美妙 十川信介校訂
貝殻追放抄	水上滝太郎
銀座復興 他三篇	水上滝太郎
鏑木清方随筆集 東京の四季	山田肇編
柳橋新誌	成島柳北 塩田良平校訂
島村抱月文芸評論集	島村抱月
石橋忍月評論集	石橋忍月
立原道造・堀辰雄翻訳集 ―林檎みのる頃・窓	
野火／ハムレット日記	大岡昇平
中谷宇吉郎随筆集	樋口敬二編
雪	中谷宇吉郎
冥途・旅順入城式	内田百閒
東京日記 他六篇	内田百閒
佐藤佐太郎歌集	佐藤志満編
西脇順三郎詩集	那珂太郎編
山岳紀行文集 日本アルプス	小島烏水 近藤信行編
宮柊二歌集	宮英子 高野公彦編
山の絵本	尾崎喜八
日本児童文学名作集 全二冊	桑原三郎 千葉俊二編
山月記・李陵 他九篇	中島敦
新選 山のパンセ	串田孫一自選
小川未明童話集	桑原三郎編
新美南吉童話集	千葉俊二編
岸田劉生随筆集	酒井忠康編
摘録 劉生日記	岸田劉生 酒井忠康編
量子力学と私	朝永振一郎 江沢洋編
科学者の自由な楽園	朝永振一郎 江沢洋編
書物	森銑三 柴田宵曲
新編 明治人物夜話	森銑三 小出昌洋編
自註鹿鳴集	会津八一
窪田空穂随筆集	大岡信編
わが文学体験	窪田空穂
明治文学回想集 全二冊	十川信介編
梵雲庵雑話	淡島寒月
鷗外の思い出	小金井喜美子
新編 学問の曲り角	河野与一 原二郎編

- 子規を語る　河東碧梧桐
- 碧梧桐俳句集　栗田靖編
- 新編 春の海 ―宮城道雄随筆集　千葉潤之介編
- 放浪記　林芙美子
- 山の旅 全二冊　近藤信行編
- 日本近代文学評論選 全二冊　千葉俊二・坪内祐三編
- 吉田一穂詩集　加藤郁乎編
- 食道楽 全二冊　村井弦斎
- 酒道楽　村井弦斎
- 文楽の研究 全二冊　三宅周太郎
- 五足の靴　五人づれ
- 尾崎放哉句集　池内紀編
- リルケ詩抄　茅野蕭々訳
- ぷえるとりこ日記　有吉佐和子
- 日本の島々、昔と今。　有吉佐和子
- 江戸川乱歩短篇集　千葉俊二編
- 堕落論・日本文化私観 他二十二篇　坂口安吾

- 桜の森の満開の下・白痴 他十二篇　坂口安吾
- 風と光と二十の私と・いずこへ 他十六篇　坂口安吾
- 久生十蘭短篇選　川崎賢子編
- 墓地展望亭・ハムレット 他六篇　久生十蘭
- 六白金星・可能性の文学 他十一篇　織田作之助
- 夫婦善哉 正続 他十二篇　織田作之助
- わが町・青春の逆説　織田作之助
- 歌の話・歌の円寂する時 他一篇　折口信夫
- 死者の書・口ぶえ　折口信夫
- 釈迢空歌集　折口信夫・富岡多恵子編
- 折口信夫古典詩歌論集　藤井貞和編
- 汗血千里の駒 坂本龍馬君之伝　坂崎紫瀾・林原純生校注
- 山川登美子歌集　今野寿美編
- 明石海人歌集　村井紀編
- 日本近代短篇小説選 全六冊　紅野敏郎・紅野謙介・千葉俊二・宗像和重・山田俊治編
- 自選 谷川俊太郎詩集
- 訳詩集 月下の一群　堀口大學訳

- 訳詩集 白孔雀　西條八十訳
- 茨木のり子詩集　谷川俊太郎選
- 第七官界彷徨・琉璃玉の耳輪 他四篇　尾崎翠
- 大江健三郎自選短篇　大江健三郎
- M/Tと森のフシギの物語　大江健三郎
- 辻征夫詩集　谷川俊太郎編
- 明治詩話　木下彪
- 石垣りん詩集　伊藤比呂美編
- 漱石追想　十川信介編
- 自選 大岡信詩集
- 日本近代随筆選 全三冊　千葉俊二・長谷川郁夫・宗像和重編
- 尾崎士郎短篇集　紅野謙介編
- 山之口貘詩集　高良勉編
- 原爆詩集　峠三吉
- 近代はやり唄集　倉田喜弘編
- 竹久夢二詩画集　石川桂子編

《日本文学（古典）》〔黄〕

古事記　倉野憲司校注
日本書紀　全五冊　坂本太郎・家永三郎・井上光貞・大野晋校注
万葉集　全五冊　佐竹昭広・山田英雄・工藤力男・大谷雅夫・山崎福之校注
原文万葉集　全二冊　佐竹昭広・山田英雄・工藤力男・大谷雅夫・山崎福之校注
竹取物語　阪倉篤義校訂
伊勢物語　大津有一校注
玉造小町子壮衰書　―小野小町物語　杤尾武校注
古今和歌集　佐伯梅友校注
土左日記　紀貫之　鈴木知太郎校注
枕草子　池田亀鑑校訂
和泉式部日記　清水文雄校注
更級日記　西下経一校注
今昔物語集　全四冊　池上洵一編
三条西家本栄花物語　全三冊　三条西公正校訂
堤中納言物語　大槻修校注
新訂梁塵秘抄　後白河院撰　佐佐木信綱校訂

西行全歌集　久保田淳・吉野朋美校注
後撰和歌集　松田武夫校訂
古語拾遺　斎部広成撰　西宮一民校注
落窪物語　藤井貞和校注
新訂方丈記　市古貞次校注
新訂新古今和歌集　佐佐木信綱校訂
新訂徒然草　西尾実・安良岡康作校注
平家物語　全四冊　梶原正昭・山下宏明校注
水鏡　和田英松校訂
神皇正統記　北畠親房　岩佐正校注
宗長日記　島津忠夫校注
御伽草子　全二冊　市古貞次校注
わらんべ草　大蔵虎明　笹野堅校訂
東関紀行・海道記　玉井幸助校訂
太平記　全六冊　兵藤裕己校注
好色一代男　井原西鶴　横山重校訂
日本永代蔵　井原西鶴　東明雅校訂

武道伝来記　井原西鶴　前田金五郎・横山重校注
芭蕉紀行文集　付嵯峨日記　中村俊定校注
芭蕉おくのほそ道　付曾良旅日記・奥細道菅菰抄　萩原恭男校注
芭蕉俳句集　中村俊定校注
芭蕉文集　潁原退蔵編註
芭蕉俳文集　全二冊　堀切実編注
蕪村俳句集　付春風馬堤曲 他二篇　尾形仂校注
蕪村書簡集　大谷篤蔵・藤田真一校注
蕪村七部集　伊藤松宇校訂
蕪村文集　藤田真一編注
曾根崎心中・冥途の飛脚　他五篇　近松門左衛門　祐田善雄校注
国性爺合戦・鑓の権三重帷子　近松門左衛門　和田万吉校訂
東海道四谷怪談　鶴屋南北　河竹繁俊校訂
鶉衣　全二冊　横井也有　堀切実校注
近世畸人伝　伴蒿蹊　森銑三校註
玉くしげ・秘本玉くしげ　本居宣長　村岡典嗣校訂
新訂一茶俳句集　丸山一彦校注

- 増補 俳諧歳時記栞草 全二冊　曲亭馬琴編　藍亭青藍補　堀切実校注
- 近世物之本江戸作者部類　曲亭馬琴　徳田武校注
- 北越雪譜　鈴木牧之編撰　京山人百樹刪定　岡田武松校訂
- 東海道中膝栗毛 全二冊　十返舎一九　麻生磯次校注
- 日本外史 全三冊　頼山陽　頼成一・頼惟勤訳
- 百人一首一夕話 全二冊　尾崎雅嘉　古川久校訂
- わらべうた ―日本の伝承童謡　町田嘉章・浅野建二編
- 山家鳥虫歌 ―近世諸国民謡集　浅野建二校注
- 誹諧 武玉川 全四冊　山澤英雄校訂
- 雑兵物語・おあむ物語 附 おきく物語　中村通夫・湯沢幸吉郎校訂
- 芭蕉臨終記 花屋日記 付 芭蕉翁終焉記・前後日記・行状記　小宮豊隆校訂
- 俳家奇人談・続俳家奇人談　竹内玄玄一　雲英末雄校注
- 砂払 ―江戸小百科 全二冊　山中共古　中野三敏校訂
- 与話情浮名横櫛 切られ与三　瀬川如皐　河竹繁俊校訂
- 蕉門名家句選 全二冊　堀切実編注
- 耳嚢 全三冊　根岸鎮衛　長谷川強校注
- 色道諸分 難波鉦 ―遊女評判記　西水庵無底居士　中野三敏校注

- 弁天小僧・鳩の平右衛門　黙阿弥　河竹繁俊校訂
- 実録先代萩　黙阿弥　河竹繁俊校訂
- 嬉遊笑覧 全五冊　喜多村筠庭　長谷川強・江本裕・渡辺守邦・岡雅彦・花田富二夫・石川了校訂
- 井月句集　復本一郎編
- 江戸端唄集　倉田喜弘編

《日本思想》〔青〕

- 風姿花伝（花伝書）　世阿弥　野上豊一郎・西尾実校訂
- 世阿弥 申楽談儀　表章校註
- 五輪書　宮本武蔵　渡辺一郎校注
- 広益国産考　大蔵永常　土屋喬雄校訂
- 葉隠 全三冊　山本常朝　和辻哲郎・古川哲史校訂
- 養生訓・和俗童子訓　貝原益軒　石川謙校訂
- 都鄙問答　石田梅岩　足立栗園校訂
- 二宮翁夜話　福住正兄筆記　佐々井信太郎校訂
- 新訂 日暮硯　笠谷和比古校注
- 蘭学事始　杉田玄白　緒方富雄校註
- 講孟余話 旧名講孟箚記　吉田松陰　広瀬豊校訂

- 吉田松陰書簡集　広瀬豊編
- 塵劫記　吉田光由　大矢真一校注
- 兵法家伝書 付 新陰流兵法目録事　柳生宗矩　渡辺一郎校注
- 南方録　西山松之助校注
- 人国記・新人国記　浅野建二校注
- 上宮聖徳法王帝説　東野治之校注
- 霊の真柱　平田篤胤　子安宣邦校注
- 世事見聞録　武陽隠士　本庄栄治郎校訂　奈良本辰也補訂
- 茶湯一会集・閑夜茶話　井伊直弼　戸田勝久校注
- 新訂 海舟座談　巌本善治編　勝部真長校注
- 西郷南洲遺訓 付 手抄言志録及遺文　山田済斎編
- 文明論之概略　福沢諭吉　松沢弘陽校注
- 新訂 福翁自伝　富田正文校訂
- 学問のすゝめ　福沢諭吉
- 日本道徳論　西村茂樹　吉田熊次校
- 新島襄の手紙　同志社編
- 新島襄 教育宗教論集　同志社編

岩波文庫の最新刊

川合康三、富永一登、釜谷武志
和田英信、浅見洋二、緑川英樹訳注
文選 詩篇(一)

中国文学の長い伝統の中心に屹立する詞華集『文選(もんぜん)』。先秦から梁に至る文学の精華は、中国文学の根幹をなす。その全詩篇を深く読みこんだ画期的訳註。(全六冊) 〔赤四五-一〕 本体一〇二〇円

浜田雄介編
江戸川乱歩作品集II
陰獣・黒蜥蜴 他

推理、謎解きを追究した乱歩の代表作五篇。日本探偵小説の名作「陰獣」。女賊と明智探偵の対決を描いた「黒蜥蜴」の他、「一枚の切符」「何者」「断崖」を収録。 〔緑一八一-五〕 本体一〇〇〇円

西成彦編訳
世界イディッシュ短篇選

東欧系ユダヤ人の日常言語「イディッシュ」を創作言語として選び取った作家たちが、生まれ故郷を離れて世界各地で書き残した十三の短篇。ディアスポラの文学。 〔赤N七七一-一〕 本体九二〇円

ハーバーマス/山田正行、金慧訳
後期資本主義における正統化の問題

政治・行政システムが経済危機に対処不能となり、大衆の忠誠を維持できなくなる「正統化の危機」。現代特有の構造的な病理を理論的に分析した一九七三年の著作。 〔青N六〇一-一〕 本体九七〇円

今月の重版再開

リカードウ/羽鳥卓也、吉澤芳樹訳
経済学および課税の原理 (上)(下)
〔白一〇九-一〕〔白一〇九-二〕 本体各九〇〇円

ボオマルシェエ/辰野隆訳
フィガロの結婚
〔赤五二二-一〕 本体七二〇円

小金井喜美子
森鷗外の系族
〔緑一六一-二〕 本体九五〇円

定価は表示価格に消費税が加算されます 2018.1